U0146584

讓生命潛能 帶你探索心靈世界的真、善、美
Life Potential Publishing Co., Ltd

意識航行之道

內在旅程的百科全書

The Way of the Psychonaut
Encyclopedia for Inner Journeys

II

史坦尼斯拉弗‧葛羅夫 著

林瑞堂 譯

　　關於原文書封面圖像：「濕婆舞王（Shiva Nataraja）出現在我最重要的數次啟靈藥療程中，而我認為這是我自己的原型。我也和穆克達難陀尊者（Swami Muktananda）有過許多關於濕婆的非凡經驗，這些都在《不可能的事發生之時》（When the Impossible Happens）[01]一書中有所描述。這個特殊的濕婆影象是由布麗姬（Brigitte）在我們位於大索爾（Big Sur）的家中所拍攝的，那時我已經在伊沙蘭[02]住了十四年，也是我生命中非常重要的一段時期。」——史坦尼斯拉弗·葛羅夫

01　編註：本書作者的另一著作，2006，Sounds True 出版。
02　編註：伊沙蘭學院，位於美國加州大索爾的非營利靈修中心，創立於 1960 年代。

獻詞——

　　本書獻給布麗姬，是我此生摯愛和另一半，為我的世界帶來了光、夏克提（shakti）[03]、啟發、熱誠以及無條件的愛；是完美的妻子，也是內在與外在旅程的理想伴侶——讓我為妳和妳所代表的一切，獻上深刻的感激與讚賞。

03　編註：印度教中宇宙初元的創造力量，也表示女神的生殖力，代表了推動整個宇宙的動能力量。

推薦序──

一個嶄新世界的面貌

　　記得小時候仰望星空，對於天上的世界、浩瀚的宇宙感到無比好奇。常常嚮往坐上一艘太空船，進入那未知的領域，揭開它神祕的面紗。隨著時間的推移，我的好奇從外在的宇宙延伸到內在的天地，對心靈的探索產生了強烈的興趣，也正因如此，它帶領著我從電腦工程師的領域進入心理諮商的行業。在這過程中，有幸經歷史坦尼斯拉弗‧葛羅夫的全向呼吸，讓我有機會如小時候期待的一般，穿梭於宇宙之中。但這個宇宙是意識的宇宙，一個蘊藏我個人經歷、傷口、智慧、力量的地方，同時也是通往集體意識、能量和訊息的渠道，成為了葛羅夫所形容的心航員。在這旅程中，我看到了人類意識的寬廣。同時，藉由葛羅夫的發現與研究，整合了靈魂多種的碎片，讓生命有了不同的色彩。

　　葛羅夫在他多年的意識研究中，發現了他稱之為非尋常意識的狀態，這個狀態其實在人類的文明中一直都存在，是各種巫師、祭祀、療癒家、成就者等在他們的傳承中，經由訓練與教導，能自如進入的意識狀態。當意識進入到這個頻率，很多不可思議的事情就有可能會發生。當然，這類意識狀態不只限於某些受過訓練的人，任何人只要經歷深度轉換、瀕死經驗、神聖儀式等，都有可能進入非尋常意識狀態。伴隨這個狀態而來的，往往是強烈的身心衝擊、情感爆發、尋常三度空間的融解、時間空間的重疊。

在這過程中療癒會發生，但有時因為未知、恐懼、排斥等，這些流動無法完成，就造一種未完成的整合。

　　所以葛羅夫在他各種研究中看到了這個意識狀態的力量，尤其是對深層傷口的癒合，同時他也發現了在這個狀態下需要的支持跟導引，讓經歷這些的人可以完成整合，得到生命的療癒。因為不是每個人進入到這個狀態時都是準備好的，並且有足夠的認知跟工具，畢竟擁有這類傳承智慧的人群在現今社會中是少數。所以在超過六十年的時光裡，葛羅夫專注地透過各種方式去研究與探索，甚至創造出非藥物的方法——全向呼吸——來進入這個意識狀態。葛羅夫就像個航海員進入未知的領域，一點一滴的畫出航海圖。

　　而這套《意識航行之道》就是集合了葛羅夫這一甲子所畫出的意識圖。為了給予對意識與心靈感到好奇的人一個嶄新世界的面貌，更是為了那些曾經進入非尋常意識，或有所謂超個人、靈性經驗的心航員，一個藍圖，一個導航儀，才不會因為害怕與未知而否定、排斥，甚至受傷，反之可以充分使用這個狀態給予的禮物。

　　身為一個職業的心理治療師，我無法用簡單的言語道出葛羅夫對心理學、心理治療、意識研究的貢獻與影響。在我自己的成長與療癒，還有專業的工作，葛羅夫的意識圖是不可缺少的核心，給予了我更完整的架構看待心理、更全面的方法抱持個案與團體的顯現跟需求。

　　所以我相信這套書不管是所謂心理專業或非心理專業；身心靈成長道路上的老修或初學者，這本智慧與研究的精華可以提供

你理論框架、實踐案例、心靈地圖來認識自己,認識這與生俱來的浩瀚宇宙。而我相信這個內宇宙絕對不會比我們眼睛看到的外宇宙遜色。

就讓葛羅夫帶著你航向意識的神祕海洋,去發現與見證生命的各個次元,相信在很多的意想不到中,你的生活就產生了變化。

許翊誠

美國加州婚姻與家庭心理治療師

各界推薦──

　　史坦尼斯拉弗‧葛羅夫對啟靈藥療法、全向呼吸療法以及超個人意識狀態的研究在心理學與精神醫學界無人能望其項背。這套四冊鉅著以獨特的百科全書風格摘述了六十年的非凡探索；對任何想要以整合式方法研究人類意識多層次領域的人，本書都是必備讀物。

──傅立喬夫‧卡普拉（Fritjof Capra）
著有《物理學之道》以及《生命之網》等書
亦為《系統的生命觀點》一書共同作者

　　史坦尼斯拉弗‧葛羅夫數十年來對意識以及非尋常意識狀態療癒潛力的開創性探索已經觸及數以千計的生命，啟發了全世界的療癒實踐者。啟靈藥研究與治療在主流醫學中日益獲得接受，這大部分是源自於史丹付出的努力，而且現代臨床實驗所採用的治療方法直接援用他明智且技巧性運用啟靈藥所學到的一切。本書是珍貴的資源，將會持續教導並啟發啟靈藥治療師直到未來。

──醫學博士麥可‧米霍佛（Michael Mithoefer, M.D.）
與護理學理學士安妮‧米霍佛（Annie Mithoefer, B.S.N.）
MDMA 輔助心理治療研究者

本書提供人類內在旅程的概觀，作者不僅是領路人，更發現了幾條全新的路徑。史坦尼斯拉弗·葛羅夫一生都投入於研究意識，尤其是非尋常意識狀態，而他在本書中分享了他的地圖與革命性發現。本書是完美的智慧良方，讓我們所有人向心智的本質開啟。

——魏斯·尼斯克（Wes Nisker）
靜坐教師
著有《瘋狂智慧精要》一書

如果你曾經好奇，如果能坐下來與佛洛伊德、榮格，或是威廉·詹姆斯講話會是什麼感覺，那麼此刻你有機會閱讀一位現代歷史上首屈一指的心理學理論家最即時且充滿活力的著作。史坦尼斯拉弗·葛羅夫帶領著我們穿越自己的意識領域，從我們的核心本質到最遙遠、最非凡的邊界。本書充滿學術性、基進性、歷史性、原創性，以完全易讀的風格寫成——每一頁都可能將你的心智再擴展一點點。

——哲學博士卡桑德拉·維頓（Cassandra Vieten, Ph.D.）
思維科學研究所（Institute of Noetic Sciences）總裁
著有《深層生活：日常生活轉化的藝術與科學》
及《臨床實踐中的靈性與宗教能力：給心智健康從業人員的指南》等書

　　「心航員」（psychonaut）這詞選的很好，因為內在空間和外在空間同樣無邊無際，充滿奧祕；而且，就像太空人無法持續停留在外太空，同樣的，在內在世界中，人們也必須回到日常實相。此外，兩種旅程都同樣需要良好的準備，也才能在進行時遭遇最少的危險並且真正獲益。

　　　　　　　　　　　　——艾伯特·赫夫曼（Albert Hofmann）[04]

　　《心航員的回憶》（Memories of a Psychonaut），2003 年

慶祝艾伯特·赫夫曼發現 LSD-25 第 75 週年

04　編註：發現了 LSD 的瑞士科學家，人稱 LSD 之父。

始於五百年前，造就我們當前文明及現代技術的科學革命在過去一百年間有巨大進展。今日，我們將太空探索、數位科技、虛擬實相、人工智慧以及光速溝通視為理所當然。儘管有這種種進步，根本實相的本質仍不為人所知。如果你上網搜尋科學仍未能答答的問題，你將會發現關於實相本質的兩個最重要的問題仍未獲得解答——宇宙是由什麼所構成的？意識的生物學基礎為何？顯然，這兩個問題彼此相關。要認識存在，我們必須覺察到存在！

在過去六十年間，史坦・葛羅夫比起我能想到的任何人更像開拓者，他讓我們更加認識內在實相以及它與所謂外在實相經驗的關係。這套著作有系統地探索他的旅程，由個人層面、超個人層面直到存在的超越範疇。如果任何人想深入鑽研存在與經驗的奧祕，那麼忽略如此重大的工作將會相當不智。

生與死有什麼意義？出生創傷（birth trauma）如何影響我們的生命經驗？在我們清醒的「夢境」之外，是否有其他的經驗領域存在？我們為何需要認識它們才能緩解個人與集體的苦難？人類如何療癒這種自我造成的創傷？我們如何克服自己對死亡的恐懼？我們超越心智、身體、宇宙等經驗之外的真實本質為何？

史坦・葛羅夫鶴立雞群，而我們有幸能站在這位巨人的肩上。稱呼他是意識界的愛因斯坦還算是客氣的說法。我個人因他指出的方向而深深受惠。未來的世代將永遠感激他幫助我們由所謂日常實相的這種集體催眠中甦醒。

我整晚熬夜閱讀史坦・葛羅夫的這套曠世鉅著。

——狄巴克・喬布拉醫師（Deepak Chopra, M.D.）[05]

05　編註：著名醫學博士與心靈導師，畢生致力於身心靈自我療癒的研究。

目　錄

第三章

深層心理學的心靈地圖：
邁向不同方法的整合

在我們前往新的領域旅行時，擁有一份良好的地圖很重要，而前往非普通實相的內在旅行也不例外。遺憾的是，西方主流精神科醫師與心理學家目前所使用的心靈地圖相當膚淺且不足，令人痛苦不已。作為深層自我探索的嚮導，它沒有用，而且會對心航員造成嚴重問題，因為它認為周產期與超個人經驗──兩者都具備重大的治療與靈性價值──是病理性程序的產物。

在 1960 年代大規模的自我探索過程中，出發進行內在旅程的年輕心航員沒有地圖能幫助他們探索神祕的非普通實相。因此，就像早年的探險者，他們前往地球不為人知的區域旅行並發現新的世界。早期旅行者的地圖描繪了他們已經探訪過的區域，地圖上有廣大的區域標示著以下的文字：HIC SUNT LEONES（這裡有獅子）。獅子是充滿野性與危險的動物，牠的符號用來作為參照點，指出在尚未探索的領域可能遭遇的所有意料之外的困難與挑戰：野蠻人、肉食動物、有毒植物與蛇類。相反的，前方也可能出現愉悅的驚喜：友善且支持的居民、有用的動物與植物、驚人的美好自然景色。

在這一章，我們將探討深層心理學的歷史，回顧各種創造人類心靈地圖的嘗試。心理治療的世界包含許多彼此競爭的學派，它們對與這項任務相關的根本議題有著嚴重分歧。這些議題包括了心靈層面究竟為何的答案；什麼是主要賦予動機的力量？症狀為什麼會發展出來？又有什麼意義？個案生命經驗中的哪些層面在造成情緒障礙與心身症中扮演關鍵角色？哪些技術該用來處理個案？這種分歧不僅發生在來自非常不同的先驗

哲學立場的學派（例如行為主義與精神分析），也發生在最初來自相同根源的學派（例如精神分析反叛者所創造的各種方法）。西方的心理學與心理治療學派與東方偉大的靈性哲學，例如印度教、佛教、道教、蘇非派，雙方對心靈的認識有著更深的分歧。

針對意識全向狀態的研究讓我們有可能釐清並簡化西方心理治療學派的無解迷宮，進而創造如同前面章節所描述的更為完整的心靈地圖，這樣的地圖同時也建立起連結東方靈性傳統的橋梁。接下來，我們將採用歷史性觀點，逐步探討人類心靈地圖的發展。我們將會指出，這些學派創造者的哪些觀念能通過時間的考驗，獲得全向研究結果的支持，又有哪些觀念需要調整或捨棄。

佛洛伊德

關於追尋人類心靈地圖的故事，我們要從深層心理學之父開始，也就是奧地利神經學家西格蒙德・佛洛伊德。在精神分析與心理治療早期的發展中，全向狀態扮演了關鍵角色。在精神醫學手冊中，深層心理學的根源通常會追溯到尚－馬丁・夏爾柯（Jean Martin Charcot）[01] 在巴黎的薩伯特里耶醫院（Salpetri re Hospital）為歇斯底里患者所進行的催眠療程，以及追溯到希波里特・伯恩海姆（Hippolyte Bernheim）與安布斯・

01　編註：法國著名病理解剖學家與神經學家。

西格蒙德‧佛洛伊德（1856-1939），奧地利神經學家，精神分析創始人及深層心理學之父。

里耶布（Ambroise Liébault）在南錫學派（Nancy School）[02] 所進行的催眠研究。佛洛伊德前往法國旅行時分別造訪了兩地，學會了誘發催眠的技術。從巴黎回國之後，他便將催眠運用於他的個案工作上。

佛洛伊德早年概念的啟發，是來自針對某位患者的治療工作，那時他接受朋友約瑟夫·布羅伊爾（Joseph Breuer）邀請，以神經學顧問身分共同參與這位患者的治療。一位年輕的女士——柏莎·帕本罕（Bertha Pappenheim），佛洛伊德在他的著作中則稱她為安娜·歐（Anna O.）——罹患嚴重的歇斯底里症狀。在治療療程中，她能進入自我催眠的出神狀態，並在其中經歷自發性的意識全向狀態。她回溯到童年，重新經歷了潛藏於神經失常底下的種種創傷記憶。這種情況伴隨著「情緒紓減」（abreaction）——亦即，將堆積的情緒與阻塞的生理能量表達出來。她覺得這些經驗相當有幫助，將它們稱為「打掃煙囪」（chimney sweeping）。

不過安娜·歐的治療卻遇到嚴重問題：她對布羅伊爾發展出強大的移情作用，反覆地想要擁抱並親吻他。她也開始出現假孕（pseudocyesis）的症狀，宣稱布羅伊爾是她孩子的父親。這造成了布羅伊爾的婚姻危機，讓治療必須終止。在兩人的共同著作《歇斯底里症研究》（Studies in Hysteria）中，佛洛伊德與布羅伊爾將歇斯底里症的起源連結到童年時的心理創傷情境

02　編註：早期心理治療學派之一，觀察到能藉由催眠產生類似歇斯底里的症狀，這些症狀也能夠藉由催眠消除，因此認為催眠及歇斯底里症都是源自暗示的作用。伯恩海姆和里耶布都是南錫學派的代表性人物。

（主要是亂倫），在此過程，兒童無法適當地在情緒與生理方面做出回應。這會導致「情感擠壓」（abgeklemmter Affekt），進而成為症狀的能量來源（Freud and Breuer 1936）。

　　對於歇斯底里症的治療，佛洛伊德與布羅伊爾建議催眠退行[03]，重新經歷潛藏的童年創傷，藉此獲得情緒與生理的情緒紓減。在此之後，由於理論與實務議題上的差異，佛洛伊德與布羅伊爾便分道揚鑣。布羅伊爾追求生理學的假說，持續運用催眠技術；佛洛伊德則放棄使用催眠，將興趣放在心理機制上。

03　編註：一種心理防禦機制，指成年人在遇到嚴重挫折、巨大焦慮時，表現出較早期生命階段的行為，以求能得到協助，好處在相對安全的環境裡。這裡指的是藉由催眠回溯到童年時期。

薩伯特里耶醫院是巴黎索邦大學著名的教學醫院，尚－馬丁·夏爾柯在此為歇斯底里症病患進行實驗。

意識航行之道
The Way of the Psychonaut

描繪法國神經學家與病理解剖學教授尚－馬丁‧夏爾柯（1825-1893）
在歇斯底里症病患身上示範催眠效應的素描。

奧地利醫師與「談話治療」發明者約瑟
夫‧布羅伊爾（1842-1925）邀請西格蒙
德‧佛洛伊德擔任顧問，協助治療他的
患者柏莎‧帕本罕。

柏莎‧帕本罕（1859-1936）是奧地利猶
太女性主義者社交名流，別名為安娜‧
歐，在精神分析歷史中扮演重要角色，
是約瑟夫‧布羅伊爾與西格蒙德‧佛洛
伊德的患者。

隨著佛洛伊德的概念成熟，他發展出一套新的理論與技術並稱之為「精神分析」（psychoanalysis）。

與患者近距離接觸讓佛洛伊德越來越不安，因此他離開了全向狀態以及「讓無意識成為意識」的直接情緒經驗，轉而使用尋常意識狀態中的自由聯想。佛洛伊德採用這個方法的啟發，是來自達迪安諾斯的阿特米多魯斯（Daldianos of Artemidoros），這位古希臘人用這個方法來詮釋他的個案的夢境。不過，阿特米多魯斯用的是他自己的自由聯想，佛洛伊德則認為，更合理的是使用患者的聯想。他也將重點由有意識地重新經歷無意識心理創傷與情緒紓減，轉向處理「移情性精神官能症」（transference-neurosis）與移情分析；此外，他由從真實的創傷轉向伊底帕斯幻想（Oedipal fantasies）。回顧這段歷史，這是令人遺憾的發展，在接下來五十年將精神分析與西方心理治療送往錯誤的方向（Ross 1989）。

佛洛伊德運用自由聯想法對人類心靈進行了開創性研究，也為新的學科——深層心理學——奠定基礎。他的許多概念對心航員而言都非常珍貴：他發現了無意識的存在，描述其動力學，發展出夢境分析的技術，探索精神官能症（psychoneuroses）與心身症生成的心理機制，讓世人注意到嬰兒性慾，描述了移情作用與反移情作用的現象。他創造了人類心靈的第一份模型與地圖，儘管它僅限於出生後生活史與個人無意識。

由於佛洛伊德是獨立地探索西方科學家先前未知的心靈領域，因此可以想見，他的概念會隨著他遭遇新的問題而持續改變。不過，在這些變化中，有一個元素保持不變，亦即佛洛伊

德深刻地需要將心理學建立為一種科學的學門。深刻影響他的是他的教師恩司特·布魯克（Ernst Brücke），亦即名為亥姆霍茲醫學院（Helmholtz School of Medicine）的科學組織創辦人。

根據布魯克的觀點，所有生物組織都是繁複的原子系統，受到嚴格的法則控制，特別是保存能量這個原則。亥姆霍茲醫學院明確的目標與理想，就是將牛頓科學思維的原則導入其他學門，好讓它們成為真正的科學。正是依據亥姆霍茲醫學院的精神，讓佛洛伊德依據牛頓力學來描述心理程序。精神分析方法的四項基本原則——動力論、經濟論、拓樸論、決定論——完全對應了牛頓物理學的四個基本概念。所以，舉例來說，本我（Id）、自我（Ego）、超我（Superego）都具備牛頓式物體的性質——它們會衝突，會彼此取代，而且其中之一出現之處，其他就不會出現。欲力（Libido）能量在組織內流動，就像水力學系統一樣，經常卡住並造成擁塞。

佛洛伊德最重要且獨特的貢獻可以分成三個主題領域：直覺的理論、心靈的模型、精神分析治療的原則和技術。佛洛伊德相信個人的心理歷史是從出生後開始，並且將新生兒稱為「白板」，意即「沒有文字」或「擦拭乾淨」的寫字板。他認為心智動力學中最關鍵的角色是本能驅力，這是橋接精神與身體層面的力量。在他的早期著作中，佛洛伊德相信人類心靈就像兩軍對峙的戰場——「欲力」以及非關性慾且與自我保護相關的「自我本能」（ego instinct）各據山頭。他相信，這些本能彼此衝撞所造成的心靈衝突造成了精神官能症以及許多其他的心理現象。以這兩種直覺而言，欲力吸引了佛洛伊德更多的注意，

是他優先處理的對象。

　　佛洛伊德發現，性慾的起源並不是在青春期，是在童年早期；以臨床觀察為基礎，他提出了發展式性理論。根據他的觀點，心理與性的活動是在哺乳時開始，那時嬰兒的口腔發揮了性慾區的功能（口腔期）。在如廁訓練的時期，重點轉換了，首先轉換到與排便相關的感受（肛門期），後來則是與排尿相關的感受（尿道期）。最後，大約在四歲左右，這些前生殖器的局部驅力會在以陰莖或陰蒂為中心的生殖器的興趣下整合起來（性器期）。

　　與這同時發生的是伊底帕斯情結（Oedipus complex 或戀母情結）或伊蕾克特拉情結（Electra complex 或戀父情結）的發展，這是對雙親中性別相異的一方抱持高度正向的態度，同時對性別相同的一方抱持攻擊態度。對佛洛伊德而言，對陰莖的過度重視和閹割情結在這個時期扮演重要角色。男孩因為對閹割的恐懼而放棄自己的戀母傾向。女孩從對母親的主要迷戀中離開並轉向父親，因為她對「受閹割」的母親感到失望，希望從她的父親身上得到陰莖或孩子。

　　對性活動的過度沉溺，或是干擾性活動的挫折、衝突、創傷等相反情況，兩者都可能造成固著於欲力發展的不同階段。固著及無法解決戀母情況可能造成精神官能症、性變態以及其他形式的精神病理學。佛洛伊德和他的追隨者發展出詳盡的動力分類學，將不同的情緒障礙與心身症連結到特定的欲力發展與自我成熟變異（Fenichel 1945）。佛洛伊德也將人際關係中的困難連結到干擾著由嬰兒最初的自戀期（其特徵為對自己的愛）

朝向差異化的客體關係（這時欲力會投射到其他人）演變的各種因素。

在他的精神分析探索與猜想的早期，佛洛伊德非常強調快樂原則（pleasure principle），也就是說一種與生俱來的傾向，要追求快樂並避免痛苦；他認為這是主掌心靈最主要的節制原則。他將痛苦與不適連結到過度的神經元刺激，將快樂連結到壓力的釋放與刺激的降低。與快樂原則相對的是現實原則（reality principle）或自我本能，這是一種後天習得的功能，反映出外在世界的要求，並且要求人延遲立即的快樂（frustration by delay）。在佛洛伊德後來的研究中，他發現越來越難調和臨床事實與快樂原則在心理程序中獨佔的角色。

他注意到，在許多情況下，攻擊衝動並不是為了保護自己，因此不該將這些歸因為自我本能。受虐狂那種難以解釋的受苦需要、憂鬱症患者自我毀滅的衝動（包括自殺）、某些情緒失常所出現的自我傷害、牽涉到自我破壞的反覆性強迫症等，從中都能清楚看出這點。佛洛伊德使用「超越快樂原則」（beyond the pleasure principle）一詞來描述這些現象。

也因此，佛洛伊德決定將攻擊性（aggression）當成獨立的本能，其根源來自骨骼肌肉，其目標是毀滅。這點為精神分析所描繪的，基本上是負面的人類天性做出最後的潤飾。根據這個觀點，心理不僅只受到低下本能的推動，其中更包含了某種破壞性，作為心靈與生俱來的基本成分。在佛洛伊德的初期著作中，攻擊性被視為是對挫折、對欲力衝動受到阻礙的一種反應。在他後期的猜想中，佛洛伊德構思了兩種基本的本能

的存在——性本能（Eros），其目標是要維繫生命；死亡本能（Thanatos），這會反制性本能，傾向於摧毀生命組織並讓它回歸無機狀態。

　　佛洛伊德關於死亡本能角色的最終構想出現在他最後一本主要著作《精神分析概要》（An Outline of Psychoanalysis）。在本書中，性本能（Eros 或 Libido）以及死亡本能（Thanatos 或 Destrudo）兩個主要力量所構成的基本二元對立就成為他對心理程序與失常的理解的轉捩點。在新生兒身上，性本能扮演主導角色，而死亡本能的角色則可忽略。在生命的過程中，死亡本能的力量會增加，而到了生命末期，它會摧毀身體組織並將它分解為無機的狀態（Freud 1964）。

　　死亡本能的概念幫助佛洛伊德解決施虐狂的問題。他將施虐狂視為企圖將死亡本能導向另一個客體，以避免成為其受害者。不過，他從未能替施虐受虐狂（sadomasochism）找到理想答案，尤其是針對性慾與攻擊性之間的緊密連結，以及施加疼痛及經驗疼痛這兩種需要之間的連結。心靈作為性本能與死亡本能兩者敵對的戰場，這個意象成為主導佛洛伊德晚年思維的概念。

　　然而，這個精神分析理論的重大修正並未讓佛洛伊德追隨者產生多少熱情。魯道夫·布魯恩（Rudolf Brun）[04] 所進行的數據研究顯示，在佛洛伊德追隨者中，只有百分之六的人接受他的這些晚期概念。這個版本的精神分析從未完整地融入主流的

04　編註：瑞士神經學家，也是瑞士精神分析協會會員。

精神分析思維中（Brun 1953）。即使佛洛伊德最熱切的追隨者也強力批評晚期的佛洛伊德：只要他討論的是性，他就是絕佳的觀察者；當他開始書寫死亡的事，他的概念就受到個人問題所扭曲。他失去太多親戚，他因為第一次世界大戰龐大的死亡人數所悲痛，而且他自己承受巨大的痛苦：他罹患了蝕骨細胞瘤，得切除一部分的下顎，因此在十六年間都得戴著製作不良的假牙。在他生命的後期，他還得了舌癌，最後他請他的醫師注射過量的嗎啡，替他安樂死，結束了自己的痛苦。

佛洛伊德早期的心靈拓樸模型，概述於二十世紀初期的《夢的解析》（The Interpretation of Dreams）一書中，乃是源自他對夢境、精神官能症的動力學，以及日常生活的精神病理學的分析（Freud 1953）。這個模型依據與意識的關係來區分出心靈的三個區域：無意識、潛意識、意識。

無意識包含了本能驅力的心智再現；這些本能驅力曾經是意識，但是不被接受，因此從意識被驅逐出境並加以壓制。無意識的所有活動就是要追求快樂原則──要尋找發洩及欲望的滿足。為了這個目的，它使用忽略邏輯關聯的「原發程序思維」（primary process thinking）；它沒有時間概念，不在意負面事物，隨時準備讓矛盾事物共存。它企圖透過壓縮（condensation）、替換（displacement）、象徵化（symbolization）等機制來達成它的目標。

最終，佛洛伊德將系統意識（system-conscious）與系統無意識（system-unconscious）的概念以他著名的心理機制（mental apparatus）模型取代；此一模型相信，心靈有三個分離的結構性

要素進行著動態的互動：本我、自我、超我。本我代表本能能量的原初庫存，這些能量與自我矛盾，而且受到原發程序所掌管。自我與意識有關，掌管著外在實相感知與對它的回應。超我則是心靈結構要素中最年輕者；它是隨著戀母情結的解決而完整存在。它的面向之一，代表完成內化的、來自父母的禁制與命令，由閹割情結所支持；這就是良知或內在「惡魔」。另一個層面就是佛洛伊德所謂的「理想自我」（Ego Ideal），反映的是對父母或其替代者的正向認同。

　　除此之外，佛洛伊德注意到，超我有某個層面兇狠又殘暴，透露出它無疑地乃是源自於本我。他認為，正是此一部分造成在某些精神病患者身上所觀察到的極端自我懲罰與自我摧毀的傾向。對佛洛伊德派理論更為晚近的研究著重於驅力以及前戀母階段所形成的客體執著在超我的發展過程中扮演的角色。超我在前生殖期的這些先行者反映出兒童自己施虐驅力的投射，以及一種基於報復的素樸正義概念。梅蘭妮·克萊恩（Melanie Klein）[05] 使用沙遊作為治療工具並證實了兒童心靈的這些傾向（Klein 1960）。然而，研究指出，克萊恩在兒童遊戲中所觀察到的暴力衝動或許也有周產期起源，這點稍後將會說明。

　　一般來說，精神分析療法的實踐反映出笛卡兒的身心二元論。在精神分析實踐中，這點表達在它完全聚焦於心理程序上，完全不涉及任何直接的生理介入。事實上，與病患發生任何身體接觸是個嚴重的禁忌。某些精神分析師甚至強烈建議不要與

05　編註：精神分析學家，對精神分析理論具有重大貢獻。

病患握手，因為這具有移情／反移情動力的潛在危險。強烈的情緒表達與生理活動被稱為「行動化」（acting out），被視為治療程序的阻礙。

以上概述了古典精神分析的基本概念及其理論與實務的演變，在這個基礎上，我們可以藉助於意識全向狀態相關的深層經驗式心理治療來思考佛洛伊德的貢獻。大致上，我們可以說精神分析似乎是個恰當的概念框架，只要療程是聚焦在無意識的生活史層面。即使是在從未接受分析、從未閱讀精神分析書籍，而且從未接觸過其他形式明確或隱含的教導之單純個案療程中，佛洛伊德所描繪的精神性慾動力及人類心靈的根本衝突，都會以非比尋常清晰與生動的方式表現出來。

這些個案會有退行到童年甚至嬰兒期早期的經驗，會重新經歷與嬰兒性慾相關的不同精神性慾創傷及複雜感覺，還會面對與不同性慾區相關活動的衝突。他們必須面對並處理精神分析所描述的基本心理問題，例如戀父或戀母情結、離乳創傷、閹割焦慮、陰莖羨嫉以及圍繞著如廁訓練的衝突。佛洛伊德關於精神官能症與心身症的生活史根源，以及兩者與不同性慾區及自我發展階段的特定連結的觀察，也都在全向狀態的研究中獲得證實。

然而，佛洛依德派的概念框架必須導入兩個重大修正才能解釋無意識生活史層面的某些重要面向。第一項修正就是將具有情緒關聯性記憶進行組織安排的動態管理系統的概念，為此我創造了「濃縮經驗系統群」一詞。第二項修正是關於生理創傷（例如手術、疾病、受傷或溺水）所具備的極度重要精神創

傷衝擊；佛洛依德派精神分析並不認可或考慮這點。這樣的記憶在不同的情緒性與身心性症狀的生成中扮演重要角色，同時提供了經驗式橋梁來連結周產期層次的相應元素。我們已在前面章節討論了這些差異（見第一冊 P188）。

　　不過這些仍是很容易矯正的次要問題。精神分析最根本的謬誤在於，完全只強調出生後生活史事件以及個人無意識。它試圖將它的發現普遍化——這些發現確實關係到一個膚淺且狹窄的意識頻寬——並沿用到其他層次的意識，延伸到人類心靈的整體。因此，它主要的缺點在於，它並未真正承認無意識的周產期與超個人層次。這點讓精神分析基本上完全無法作為處理意識全向狀態的概念框架，例如啟靈藥療法與全向呼吸療法，也無法支持個人度過靈性緊急狀態。要探索這些狀態，我們需要充分認識心靈的周產期與超個人層面。

　　由於精神分析侷限於出生後生活史，因此它提供的是膚淺且不充分的精神病理學理解。根據佛洛依德的看法，情緒障礙的病源與動力學幾乎完全可由出生後事件來解釋。正如前面所討論的，經驗式治療提供了龐大證據，說明童年創傷並不代表情緒障礙與心身症的主要致病成因。它們代表的是強加於情緒、生理能量以及心靈更深層內容之上的膚淺層次。情緒障礙與心身症的症狀具備繁複的、多層次且多次元的動力結構（濃縮經驗系統群）。生活史層次只代表這個繁複網路的一個要素；牽涉到的問題的重要根源幾乎總是可以在周產期與超個人層次發現。

　　將周產期層次納入無意識地圖，對精神分析理論具有深遠

的效應；它會釐清此一理論的許多問題，並且提供非常不同的觀點。將重點由生活史所決定的性慾動力學，轉移到基礎周產期母型的動力學不僅可能，亦無需放棄精神分析多數重要的發現，因為性高潮模式與生物誕生的高潮模式具有深刻的經驗相似性，同時在分娩過程中也同時會啟動並運用所有性慾區（口腔、肛門、尿道、性器）。

認識周產期動力學，將之納入無意識地圖，這會提供簡單、優雅、強大的解釋模型，可說明讓佛洛伊德及其追隨者感到棘手的許多現象。在精神病理學領域，精神分析已經無法針對施虐受虐狂、自我摧殘、施虐性謀殺及自殺等現象提供令人信服的解釋。它也無法適當地處理超我的殘暴部分（似乎是本我的衍生物）的謎團。

女性性慾的概念及佛洛伊德所概述的普遍陰性特質，這毫無疑問是精神分析最弱的層面，已接近怪異可笑。它對女性心靈幾乎毫無任何真實理解，忽視了諸如懷孕與分娩等女性生命的關鍵元素，本質上就是將女性視為閹割的男性。對於出現在精神病患者身上種種的其他現象，精神分析也只提供了膚淺且難以令人信服的詮釋。

佛洛伊德無法體認到周產期動力學的重要，錯誤地詮釋超個人經驗，將之化約為基本的生理事實。正因如此，他無法提供合理的基礎來理解許多關於人類儀式與靈性生活的現象，例如薩滿信仰、圖騰崇拜、通道儀式、古老的死亡與重生祕儀、世界上各個偉大宗教及其神祕傳統。

佛洛伊德將宗教定義為人類的強迫性精神官能症，並且將

強迫性精神官能症定義為個人的宗教，這種將宗教問題化約為儀式完全錯失了重點（Freud 1907）。所有宗教的起源都是其創建者、先知及早期追隨者曾經歷的超個人經驗。儀式若是沒有連結到靈視經驗就會是空的，毫無意義。同樣有問題的是，佛洛伊德企圖將宗教解釋為，那些年輕男性聚集起來對抗父親（原始部落中掌權的暴君式男性）、將他謀殺並吃掉，因而感受的罪惡感所造成（Freud 1989）。佛洛伊德對靈性與宗教的誤解正是精神分析對心航學沒有價值的主因之一，因為靈性追尋在心航學中扮演著中心角色。

佛洛伊德企圖運用精神分析來解釋社會政治事件，但也無法針對戰爭、種族屠殺、血腥革命等現象提供足以服人的洞見。我們將在本書稍後的部分談到，若沒有考慮心靈的周產期與超個人層面，這些事件都將無法得到恰當理解。我們也該提到，作為治療工具的精神分析普遍性缺乏功效，這也是這個在其他方面令人著迷的思想系統所具備的嚴重缺點之一。

然而，在不少地方，佛洛伊德的天分幾乎將近要發現無意識的周產期層次。他的許多論述都處理到與出生及死亡重生程序密切相關的問題，儘管並未清楚提及。他率先提出這樣的想法：經過產道的過程會經歷重大焦慮，這或許代表著未來所有焦慮最深的根源與原型。不過，因為某些原因，他並未進一步探討這個刺激的概念，也未曾嘗試要將它納入精神分析之中。

後來，他反對自己的門徒奧托·蘭克的推論；蘭克出版了一本著作徹底修正了精神分析，強調出生創傷作為人類生命根本事件的高度重要性（Rank 1929）。在佛洛伊德與其追隨的

著作中，一般都會畫出清楚地驚人的界限，一邊是對生產前期或周產期的詮釋與評估，一邊則是出生後事件。在自由聯想或夢境中出現的材料，如果與出生或子宮內存在相關，則一律稱為「幻想」；相形之下，來自出生後時期的材料，通常被視為很可能反映出關於真實事件的記憶。奧托‧蘭克、南多‧弗多（Nandor Fodor）、列泰爾特‧皮爾波特（Lietaert Peerbolte）則是例外，因為他們真正體會並瞭解周產期及生產前期的動力學（Rank 1929, Fodor 1949, Peerbolte 1975）。

就死亡在心理層面的重要性而言，佛洛伊德的發展也相當有趣。在佛洛伊德的早期著作及主流的古典精神分析中，死亡不會再現於無意識中。對死亡的恐懼有以下的可能詮釋：對閹割的恐懼；對失去控制的恐懼；對難以抵擋的性高潮的恐懼；或是對於他人的死亡願望（death wish），由於嚴格的超我而反轉，導回主體自身。然而，對於無意識或本我並不瞭解死亡的這種說法，佛洛伊德自己並不太滿意，而且他覺得越來越難否認死亡對心理學與精神病理學的關聯性。

在佛洛伊德後期的論述中，等到他承認「超越快樂原則」相關現象的存在與重要性，他便在自己的理論中導入死亡本能的概念，而且他認為死亡本能至少是與性本能或欲力同樣有力的對等者。不過，佛洛伊德對死亡的認識並未準確描述它在周產期動力學中的角色。他仍未觸及這樣的洞見：在死亡與重生過程的脈絡中，出生、性、死亡構成難以拆解的三角關係，而且此三者都能作為通往超越的門戶。然而，佛洛伊德對死亡的心理學意義的認識仍相當重要；在此，如同在許多其他領域，

他顯然遠遠超前其他追隨者。

納入周產期動力學的模型具有影響長遠的益處。這不僅能針對許多情緒障礙與心身症及其動態的交互關係提供更恰當、更全面的詮釋，更能邏輯性地將這些連結到出生過程的解剖學、生理學、生物化學層面。施虐受虐狂的現象可以很容易地以第三母型的經驗解釋，因為它與性興奮、疼痛、敵意之間有著緊密連結。

性慾、攻擊性、焦慮、糞便迷戀的混合是第三周產期母型的重要特徵之一，也提供了自然的脈絡讓我們理解其他性的失常、偏差、變態。在這個層次，性與焦慮是同一程序的兩個面向，兩者都無法從彼此衍生。這也讓我們以新的方式理解佛洛伊德充滿挫折的嘗試，想將焦慮解釋為來自欲力感覺的壓抑，並且更進一步地將焦慮描述為造成壓抑的諸多負面情緒中最主要的一種。

第三母型的另一特徵是攻擊性衝動及性欲衝動的過度生成，並且因為子宮收縮而同時阻礙了任何類型的外在行動表現，而這些全都發生在極度殘暴、威脅生命、充滿痛苦的情境脈絡中。對佛洛伊德派的野蠻超我（它既殘酷又原始）而言，這似乎為它的深層根源提供相當自然的基礎。這個母型與疼痛、受虐狂、自我傷害、暴力以及自殺（自我的死亡）的連結很容易理解，也不構成任何奧祕，只要將它視為產道無情衝擊的一種內化。

在周產期動力學的脈絡中，「有牙陰道」的概念，亦即會殺人或將人閹割的女性生殖器官，對佛洛伊德而言乃是原始的

嬰兒幻想的產物,但是這代表了一種基於出生記憶的寫實評估。在接生過程中,有無數的兒童遭到這個潛在危險的器官所殺害、幾乎殺害或是承受嚴重損傷。有牙陰道與閹割恐懼的連結會變得很清楚,只要這些恐懼能追溯回它們實際的根源——亦即剪斷臍帶的記憶。

這會釐清「閹割恐懼」同時出現於男女兩性的弔詭,也釐清這個事實:在自由聯想中,精神分析的對象會將閹割等同於死亡、分離、失去重要的關係、窒息、毀滅。因此,有牙陰道的形象代表著一種對這個器官的感知所進行的不恰當普遍化;這個感知如果應用於特定情境(亦即分娩而非日常生活)就會是正確的。錯誤的是這種普遍化而不是感知本身。

辨認出無意識的周產期層次會消除精神分析思維中一個嚴肅的邏輯鴻溝;考慮到精神分析在他處的心智敏銳程度,這個鴻溝的出現相當難以解釋。根據佛洛伊德、他的追隨者,以及許多受他啟發的理論家的看法,在嬰兒生命的口腔期階段所發生的非常早期的事件會對後來的心理發展產生深遠影響。這點普遍都為人接受,即使是相形之下較為精細的影響。

因此,哈利·史戴克·蘇利文(Harry Stack Sullivan)[06]認為哺乳中的嬰兒能夠在口腔性慾區辨別出經驗的細微差異,例如「好的乳頭」、「壞的乳頭」、「錯的乳頭」。「好的乳頭」會提供母乳,而且母親表現出關愛;「壞的乳頭」會給予母乳,但是母親表現出拒絕或焦慮;「錯的乳頭」,例如嬰兒的大腳趾,

---

06　編註:新精神分析學派代表人物之一,曾提出「人際關係理論」。

不會提供母乳。因此，嬰兒經驗到什麼類型的乳頭會對他或她的一生造成深刻影響（Sullivan 1953）。那麼，能夠品味不同類型乳頭的這種生命組織又怎麼會，在幾分鐘或幾小時前，沒有經驗到分娩的極端狀態——危及生命的缺氧、極端的物理性壓力、帶來焦慮的痛苦還有其他指向極端危險的各類警訊？

　　根據來自啟靈藥療法的觀察，哺乳相關的種種生理與心理細節都非常重要。然而，正如我們可以由前面的描述所預期的，出生創傷的關聯性屬於更高層次。嬰兒必須確定自己能獲得適當的、給予生命的氧氣補給，然後他或她才會感覺飢餓或寒冷、注意到母親是否在場或是分辨哺乳經驗的細微差異。

　　出生和死亡都是具有根本關聯性的事件，相對於所有其他生命經驗，這些事件佔據了「超然立場」（metaposition）。它們是人類存在的肇始與終結。沒有將它們納入的心理學系統必定都會是膚淺的、未完成的，且影響力有限。針對理解人類的儀式與靈性生活、精神病經驗的現象學、世界神話以及嚴重的社會精神病理學（例如戰爭與革命、極權主義、種族屠殺等），精神分析模型也無法提供任何有用的線索。針對這些現象的嚴肅取徑都需要周產期與超個人動力學的知識；因此這顯然是古典佛洛伊德派分析力有未逮之處。

　　前面對精神分析的討論或許無法滿足它當代的實踐者，因為這僅侷限於古典佛洛伊德派概念，並未考慮到這個領域重要的晚近發展。因此，似乎應該簡單討論自我心理學（ego psychology）的理論與實踐。這個學門的根源可以在佛洛伊德和其女安娜·佛洛伊德（Anna Freud）的著作中發現。它的基本概

念更進一步的發展與細緻化則是藉助於以下人士：海因茨‧哈特曼（Heinz Hartmann）、恩斯特‧克里斯（Ernst Kris）、魯道夫‧羅文斯坦（Rudolph Loewenstein）、勒內‧史皮茲（Rene Spitz）、瑪格麗特‧馬勒（Margaret Mahler）、伊迪絲‧雅各布森（Edith Jacobson）、奧圖‧克恩伯格（Otto Kernberg）、海因茨‧科胡特（Heinz Kohut）等人。

　　對古典精神分析的基本理論修正包含了對客體關係此一概念的細緻發展，體認到客體關係在人格發展的中心角色，並且聚焦於人類調適的問題。自我心理學所探討的額外重要概念是心靈中的無衝突區、與生俱來的自我機制、普遍可期待的環境等。

　　自我心理學大為擴展了精神分析關注的光譜，一方面包括了正常的人類發展，另一方面也納入嚴重的精神病理學——包括自閉性與共生性嬰兒精神病、自戀性人格失常、邊緣型人格等。這些理論的改變也反映在治療的技術上。相關的技術革新包括自我建造、驅力削減以及對扭曲的結構進行矯正，這些技術讓人有可能針對自我力量岌岌可危，顯現出邊緣型精神病症狀群的患者嘗試心理治療工作。

　　儘管這些發展對精神分析相當重要，但是它們仍保有古典佛洛伊德派思維的嚴重缺陷，亦即狹窄的生活史導向。由於這些發展並未承認心靈的周產期與超個人層次，因此它們無法達成對精神病理學的真正理解。相反的，它們針對自己瞭解並不充分的某一層次的心靈編織出更加細緻的概念。許多邊緣型及精神病狀態的重要根源都在於周產期母型的負面層面或是在超

個人領域。

　　同樣的道理，儘管透過在經驗層面觸及超越個體的心理領域可以獲得強大療癒機制與人格轉變，但是自我心理學無法想像或利用這些。就本百科全書所介紹的治療策略而言，主要的問題並不是要透過繁複的語言策略來保護並建構自我，而是要創造一個支持架構，讓人在其中可以從經驗層面加以超越。自我死亡的經驗以及隨後的聯合經驗——兩者都屬於共生的生理與超越本質——將進而成為新的力量與個人身分認同的泉源。自我心理學，就像之前的古典佛洛伊德派分析，都完全無法瞭解這類概念與機制以及它們在治療中的運用。

著名的反叛者
阿爾弗雷德·阿德勒

　　在精神官能症的動力學中，阿爾弗雷德·阿德勒（Alfred Adler）的個體心理學非常強調「不夠好的感覺」、某些器官或器官系統「體質性的劣等」以及克服這些狀況的傾向。以優越與成功為目標所做的努力會遵循著某種嚴格的主觀模式，而此模式反映出個人的生活情境，尤其是人的生理稟賦及早期童年環境（Adler 1932）。不過，阿德勒關於自卑的概念遠比表面更為廣泛，因為此種概念的種種元素中還包含了不安全感與焦慮。同樣的，對優越的努力乃是追尋著完美與完成，不過這也隱含著追尋生命的意義。

　　在自卑情結背後一個更深的隱藏層次，是嬰兒期無助感的

記憶，而其根源則是面對死亡宰制時的無能與無力。這種對嬰
兒的無助感與死亡的關注，讓阿德勒幾乎辨認出出生創傷的重
要性，這些正是創傷中重要的元素。透過過度補償的機制，自
卑情結可能導向優越的表現，而且在極端案例中可能會創造出
天才。阿德勒最偏愛的例子則是狄摩西尼（Demosthenes），這
位講話結巴的希臘男孩聲音很小，肩膀還會不自覺抖動。他在

阿爾弗雷德・阿德勒（1870-1937），奧地利醫師與心理治療
師，個人心理學學派創始人。

海邊練習演講，舌下含著石頭，努力與浪濤聲對抗。一把劍由樹枝上懸著，正對著他的肩膀，每次肩膀抖動都會刺傷他。在沒那麼幸運的案例中，同樣的機制可能會創造出精神官能症。

阿爾弗雷德·阿德勒的個體心理學仍然侷限於生活史層次，就像佛洛伊德派精神分析，不過它的焦點並不相同。相較於佛洛伊德決定論的重心，阿德勒的取徑顯然基於目的論與本質終極性。佛洛伊德探討的是精神官能症與其他心理現象病因的歷史與因果層面，阿德勒感興趣的則是它們的目的與最終目標。對阿德勒而言，每個精神官能症的指導原則都是這個想像目標：要成為「完整的人」。

對阿德勒而言，佛洛伊德所強調的性驅力及朝向不同類型性偏差的傾向，其實只是這個指導原則的次要展現。性相關材料在精神官能症患者的幻想生活中的數量優勢只是一個術語，一種「說法」（modus dicendi），表達出朝向陽剛目標的努力。這種朝向優勢、整體、完美的驅力反映出某種深刻的需要，要為全面性的自卑與不足的感覺進行彌補。

在他的治療實踐中，阿德勒強調治療師的主動角色。治療師要為患者詮釋社會，分析患者的生活方式與目標，建議採行特定的調整。治療師給予鼓勵，注入希望，重建患者對自己的信心，幫助他領悟自己的力量與能力。在阿德勒的心理學中，治療師對患者的認識被視為患者成功重建的必要元素。患者對自己的動機、意圖、目標的瞭解則並不被視為治療性改變的先決條件。阿德勒認為佛洛伊德關於移情作用的概念是錯誤且誤導的，是治療過程不必要的阻礙。他強調治療師必須溫暖、可

信賴、可依靠,並且以患者此時此地的幸福為職志。

針對阿德勒與佛洛伊德之間的理論衝突,LSD 研究與其他經驗式方法所得到的觀察會帶來新的觀點與洞見。一般來說,這個爭論乃是基於錯誤地相信心靈的複雜性可以化約為某些簡單的基本原則。人類的心理是如此複雜,我們可以打造許多不同理論,讓它們似乎全都合乎邏輯且具有一致性,並且能解釋觀察到的重大事實,但是它們同時又彼此不相容或是顯然彼此矛盾。

更明確地說,精神分析與個體心理學之間的不合,反映出缺乏對意識光譜及其不同層次的認識。在這個意義上,兩個系統都不完整且膚淺,因為它們完全聚焦於生活史層次,不承認周產期與超個人領域。也因此,這些受到忽視的心靈區域的不同元素投射就會以扭曲和稀釋的型態出現在兩個系統之中。

對性驅力的強調與對權力與男性欽羨(masculine protest)的意志的強調,這點會顯得重要且難以調解,只因為人對心靈的知識只侷限於生活史層次。如同我們已經討論過的,強烈的性興奮(包括口腔、肛門、尿道、生殖器等性慾區的啟動)、無助的感覺以及交替出現的種種迫切嘗試,要運用一己力量來求生存,這正代表著第三基礎周產期母型動力學不可或缺、不可分離的層面。儘管針對死亡與重生程序,或許會短暫地對周產期開展的性或權力層面更加強調,但是兩者彼此緊密交織。

舉個例子,由森姆‧贊納士(Sam Janus)、芭芭拉‧貝絲(Barbara Bess)與卡羅‧莎特斯(Carol Saltus)三位作者共同完成的《掌權男性的性慾側寫》(A Sexual Profile of Men in

Power）這份研究，所根據的是與來自美國東岸的高級應召女郎超過七百小時的訪談所完成的（Janus, Bess, and Saltus 1977）。和其他研究者不同的是，三位作者感興趣的並不是應召女郎的個性，而是她們顧客的偏好與習慣。這些男性包括許多卓越的美國政治家、大型公司與法律事務所的總裁，還有一位最高法院的法官。

　　這些訪談透露出，只有極少的顧客只是追求性交。他們多數人所感興趣的都是另類的性慾實踐，夠格稱為「相當變態的性」。要求綑綁、鞭打以及其他型式的折磨相當常見。這些顧客中，某些願意付出高額代價，要安排複雜的施虐受虐場景的心理戲劇演出。例如，其中有位顧客要求寫實地演出這樣的情境：他要扮演二次大戰時的美軍飛行員，遭到納粹德國擊落並俘虜。娼妓被要求打扮成殘暴的蓋世太保女性，穿著高跟皮靴與軍裝頭盔。她們的任務就是對顧客進行不同且別具巧思的折磨。

　　最常被要求且所費不貲的操作就是「金色雨」及「棕色雨」，也就是在性行為中遭到屎尿加身。根據這些應召女郎的陳述，在施虐受虐及糞便迷戀的經驗完成之後，她們的顧客達到性高潮，而許多這些極度充滿野心與影響力的男性都退化到嬰兒狀態。他們希望被抱，希望吸吮娼妓的乳頭並且獲得嬰兒一樣的對待。這個行為與這些男性一向努力在日常生活中所投射出的形象形成強烈對比。

　　該著作詮釋這些發現的方式完全是基於生活史，本質上是佛洛伊德派取徑。作者群將折磨連結到父母的懲罰，將金色雨

和棕色雨連結到如廁訓練相關問題；將需要吸吮乳房連結到遭受挫折的哺乳與依賴性需求、母親固著等。然而，仔細檢視會顯示出，這些顧客其實上演了典型的周產期場景，而不是出生後的童年事件。身體拘束、疼痛與折磨、性興奮、糞便的參與以及後續回溯到口腔期的行為，這些元素的結合毫無疑問指出第三與第四母型的啟動。

　　贊納士、貝絲、莎特斯三人的結論值得特別討論。作者群請求美國大眾不要期待他們的政治家與其他聲譽卓著的公眾人物成為性行為的模範。根據他們的研究，這種期待非常不實際。他們的發現指出，在今日社會成為成功的公眾人物所需的高度動機與野心，其實和過度的性驅力及偏差性慾的傾向有著難以劃分的連結。

　　因此我們對於上層社交與政治圈出現的醜聞應該習以為常，諸如英國國防大臣約翰‧普羅富莫（John Profumo）與應召女郎克莉絲汀‧基勒（Christine Keeler）的婚外情震驚了英國議會，並對保守黨造成重大打擊；泰德‧甘迺迪（Ted Kennedy）的放蕩行為毀了自己競選總統的機會；約翰‧甘迺迪（John Kennedy）的裸泳派對與性生活瑕疵威脅了國家安全；安東尼‧韋納（Anthony Weiner）的多次性醜聞與色情簡訊；比爾‧柯林頓（Bill Clinton）的性狂放則讓美國政府數月動彈不得。

　　性的病理學，亦即克拉夫特‧埃賓所謂的「性精神病態」（Psychopathia Sexualis），其最深的根源可以在第三母型找到，在此強大的性欲力興奮連結著焦慮、疼痛、敵意以及與生理材料的相遇。差勁、自卑、自我價值低落等感覺可以追溯到胚胎

在分娩時面對威脅生命與壓倒性的情境所感到的無助，遠遠早於早期的童年生活制約。佛洛伊德與阿德勒兩人，由於取徑的深度不足，都選擇性地聚焦於兩類心理力量，而兩者在更深的層面其實代表著同一過程的兩個層面。

死亡的覺知，這是周產期程序的關鍵主題，也對這兩位研究者造成強大衝擊。佛洛伊德在他最後的理論性論述中提出死亡本能的存在，將之視為心靈的重要力量之一。他對生理層面的強調讓他無法看到在心理層面超越死亡的可能性，因此他為人類存在創造出一種幽暗消極的圖像。死亡的主題也在他的個人生活中扮演著重要角色，因為他罹患了嚴重的死亡焦慮（thanatophobia）。

阿德勒的生命與工作也受到死亡問題非常強大的影響。他認為，無法預防並控制死亡乃是自信不足這種感覺的核心。有趣的是，阿德勒也意識到，自己之所以決心成為醫師——成為試圖控制並征服死亡的職業的一分子——是受到他在五歲時的瀕死經驗很深的影響。同樣的因素也很可能如同稜鏡般起作用，形塑他的理論推斷。

根據來自深度經驗治療的觀察，下定決心追求外在目標並追求成功，這並無助於克服信心不足、自我價值低落的感覺，無論這些努力帶來什麼成果。自卑感無法透過運用人的力量做出過度補償來解決，而必須是在經驗層面去面對並臣服於它們方能解決。如此，這些感覺將在自我死亡與重生的過程中消融，新的自我形象將會由人對自我宇宙性身分的意識中出現。真正的勇氣在於願意經歷這個令人敬畏的內在轉變過程，而不是在

於對外在目標的英雄式追求。除非個人成功地在內在發現自己
真實的身分認同，否則任何企圖透過致力於外在成就以賦予自
身生命某些意義的嘗試終究都會自我消解，成為自欺欺人的征
戰。

威廉・賴希

另一位重要的精神分析反叛者是威廉・賴希（Wilhelm
Reich），他是奧地利精神分析師及政治倡議者。雖然賴希接受
佛洛伊德主要的論點，亦即性慾因素作為精神官能症最重要的
致病成因，但是他仍大量調整了佛洛伊德的概念，強調「性的
經濟學」，亦即能量負荷與釋放（或者說性的刺激與抒解）之
間的平衡。根據賴希的看法，受壓抑的感覺，搭配伴隨而來的
性格態度，便構成了真正的精神官能症；臨床的各種症狀只是
它外部的顯現。

慢性肌肉緊張的繁複模式——意即「性格盔甲」（character
armor）——會壓抑並困住情緒性創傷與性慾的感覺。「盔甲化」
（armoring）一詞指的是，為了保護個人抵抗外在與內在充滿痛
苦與威脅的經驗所形成的功能。對賴希而言，構成不完整的性
高潮與生物能量阻塞的關鍵因素乃是社會的壓迫式影響。罹患
精神官能症的人，他們運用肌肉緊張來束縛自己的過多能量，
進而限制性興奮，藉此維持平衡。健康的人不會有這樣的限制；
他或她的能量並未束縛於肌肉的盔甲中，可以自由流動。

賴希對治療的貢獻非常重要而且影響深遠。對精神分析方

法感到不滿，他因而發展出一套稱為「性格分析」（character analysis）的系統，後來這又演變為「性格分析式植物療法」（character analytic vegetotherapy）（Reich 1949）。這是與古典佛洛伊德派技術的極端分歧，因為它專注於由生物物理觀點來治療精神官能症，並且運用到生理學元素。賴希運用過度換氣、許多身體操控技術以及直接身體接觸來活化卡住的能

威廉‧賴希（1897-1957），奧地利醫師與精神分析師，是精神分析歷史中最基進的人物之一。

量並且將阻塞處去除。賴希的治療實驗啟發了 1960 年代革命性的經驗式與物理治療法，它們許多都被稱為新賴希式（neo-Reichian）——亞歷山大·洛恩（Alexander Lowen）的生物能量學（bioenergetics）、約翰·皮爾拉可斯（John Pierrakos）的核心能量學（Core Energetics）、查爾斯·凱利（Charles Kelly）的基數療法（Radix Therapy）、史丹利·克爾曼（Stanley Keleman）的形式心理學（Formative Psychology）、亞瑟·亞諾夫（Arthur Janov）的原始療法（Primal Therapy）等等。

根據賴希的看法，治療的目標是確保患者能夠完全臣服於身體自發性、不自主的運動，這些通常關聯著呼吸程序。如果能達成這點，呼吸性的波動就會在身體內製造出波浪形的運動，賴希將這稱為「高潮反射」（orgasm reflex）。他相信，能在治療中達成這點的患者，便能完全地臣服於性的情境，會抵達完全滿足的狀態。完整的高潮會釋放身體組織內所有的額外能量，患者就能保持從症狀中解脫的狀態（Reich 1961）。

隨著賴希繼續發展自己的理論並嘗試應用自己的概念，他變得越來越充滿爭議。因為他將社會的壓抑性角色視為情緒性失常的主要成因之一，因此他將自己在心理治療上的創新工作結合了身為共產黨一員的基進政治活動。這最終導致他與精神分析圈及共產黨運動兩者決裂。在賴希與佛洛伊德的衝突之後，他的名字由國際精神分析協會（International Psychoanalytic Association）的名單中撤下。他出版了充滿政治爆炸性的著作《法西斯的群眾心理學》（Mass Psychology of Fascism）（Reich 1970），並在書中描述納粹運動乃是性慾受到壓抑而產生的社

會病理學；這點造成他被共產黨開除黨籍。

在賴希晚年，他越來越相信有某種原初的宇宙能量存在，此能量是三個大型存在領域的根源，而這三個領域（機械性能量、無機物質團、生命物質）乃是透過繁複的分化過程所形成的。賴希將這種能量稱為「奧剛」（orgone），可以透過視覺、熱力學、驗電法以及透過蓋革計數器來顯示。這個能量不同於電磁能量，而且它的主要特質之一就是脈動。

根據賴希的看法，奧剛的動力學，以及「無質量之奧剛能量」與「成為物質之奧剛能量」之間的關係，對任何真正有用的宇宙、自然以及人類心靈知識而言都是必須的。奧剛能量的流動以及它動態的疊加可以解釋種種不同的現象，例如次原子粒子的創造、龍捲風、北極光、銀河的形成以及生命型態的起源、成長、運動、性活動和生殖過程、還有心理現象。

賴希設計出特殊的奧剛累積器；根據他的說法，這些盒子會收集並濃縮奧剛能量以供治療之用。他將一台這樣的儀器寄給愛因斯坦，後者花了五天研究，然後表明奧剛理論是個幻覺，並試圖說服賴希不要繼續研究下去。奧剛治療乃是基於這樣的假設：身體與心靈都以生物能量的方式奠基於脈動的快感系統（血液與植物性機制），此為心理性與身體性功能共同的泉源。因此，奧剛療法不是心理性療法而是生理性療法，所處理的是自發性系統脈動中出現的干擾。

威廉‧賴希的研究，最初原是高度創新的治療實驗，但逐漸進入越來越遙遠的領域，包括物理學、生物學、細胞生物病理、生命無生源論、氣象學、天文學、外星生命造訪以及哲學

式的推想。他如風暴般的科學生涯有著悲劇般的終局。由於他使用並推廣奧剛生成器——這個儀器並未獲得美國食品藥物管理局所認可——因此他與美國政府發生嚴重衝突。在遭受嚴重騷擾之後，他入獄了兩次，最後因為心臟病發而在獄中過世。

從本百科全書所介紹的概念來檢視，賴希的主要貢獻似乎在於生物能程序的領域，以及身心交互關係在情緒性失常的生成與治療中的功能。賴希完全了解潛藏於精神官能症狀之下的巨大阻塞能量，也很清楚純粹語言取徑的治療乃是徒勞。此外，針對盔甲化及肌肉組織在精神官能症中扮演的角色，他的理解也是種永續價值上的貢獻。來自 LSD 研究所得到的觀察確認了基礎的賴希式概念，包括能量阻塞以及肌肉與自主神經系統與精神官能症的關係。

患者與自己情緒症狀的經驗式遭遇經常伴隨著強烈的顫抖、發抖、抽動、扭曲、持續維持極端姿勢、表情扭曲、發出聲音，甚至偶爾還會嘔吐。相當明顯的，戲劇化的生理表現，以及這個過程的心理層面，例如感知的、情緒的、觀念的顯現，都具有密切的內在連結，代表著同一事物的兩個面向。我的觀點與賴希派理論之間的基本差異在於對這個程序的詮釋。

威廉·賴希非常強調的是，性慾能量會因為社會影響對完整性高潮的干涉而在有機體內逐漸積累與阻塞。由於反覆發生不完整的釋放，慾力會卡在有機體內，最終會在各種精神病理學現象中找到偏差的表現方式，從精神官能症到性偏差與施虐受虐狂。因此，有效的治療需要釋放阻塞的慾力能量，消解「身體盔甲」，並且達成完整的高潮。由全向狀態工作所得的觀察

支持了賴希關於身體盔甲的概念，但是也清楚指出，這種能量蓄積並不是因為不完整性高潮導致的長期性慾停滯。

在經過產道時所經歷的壓力、疼痛、恐懼以及窒息，會觸發持續數小時的過度神經刺激，而經驗式心理治療所釋放的許多能量其實都是來自這些刺激。多數的性格盔甲最深的基礎似乎都在於向內在投射的動態衝突，此衝突的一方是生產過程所造成的，強大的神經過度刺激；另一方則是產道毫不放鬆的束縛，抑制著適當的情緒與生理反應與邊際性的抒解。在很大的程度上，盔甲的消解會與死亡重生程序的完成同時發生。然而，它的某些元素有著更加深刻的根源，直達超個人領域。

周產期能量很容易被誤認為卡住的欲力，因為第三母型具備顯著的性元素，也因為性高潮與生產高潮的模式相當類似。啟動的周產期能量會尋求邊際性的釋放，而生殖器官代表著最合乎邏輯、最重要的管道之一。這似乎構成了某種惡性循環的基礎：和第三母型有關的敵意、恐懼、罪惡感會干涉完整的高潮能力，而相反的，性高潮的缺乏或不完整會阻塞出生能量最重要的安全閥。

因此情況和賴希推斷的完全相反。並不是說社會性與心理性因素干擾了完整的性高潮，因此導致性能量的累積與停滯，而是深層的周產期能量干擾了適當的高潮，在此同時，也創造出心理與人際關係的問題。要矯正這個情況，這些強大的能量必須在非性慾的、治療的脈絡中釋放並降低到某個層次，好讓患者與其伴侶能夠自在地在性的互動中處理。賴希討論的許多現象，不管是施虐受虐狂或是法西斯的群眾精神病理學，都能

藉助於周產期動力學做出更合宜的解釋，而不是只從不完整性高潮與性能量阻塞的角度來理解。

賴希的推測，儘管並不傳統且偶爾缺乏統整，但是就其本質而論，卻通常相容於現代科學的發展。就他對自然的理解而言，他已經接近了量子相對論物理學所提出的世界觀──強調世界底層的一統性，聚焦於過程及運動，而非實質與固定的結構，並且承認觀察者的積極角色。賴希關於無機物質、生命、意識、知識之合成起源的觀點，有人會聯想到大衛·波姆與鄂文·拉胥羅的哲學推論。他以論證來反對熵（entropy）的原則及熱力學第二定理[07]的普遍適用性，其論證相當類似伊利亞·普里戈金（Ilya Prigogine）對耗散結構（dissipative structures）[08]及混亂中的秩序所進行的謹慎且系統性研究所得到的結論。

在心理學領域，賴希在理論與實務方面都已經接近要發現無意識的周產期層面。他關於肌肉盔甲的研究、他對突然去除盔甲之危險的討論，以及他關於完全高潮的概念，這些顯然都牽涉到周產期動力學的重要元素。然而，他堅定地抗拒它最關鍵的元素：出生與死亡經驗在心理學上的意義。從他激烈地為生殖力的主要角色辯護，並且排斥奧托·蘭克關於出生創傷的

07　編註：「熵」指的是物質系統不能用於作功的能量的度量；而根據熱力學第二定律，一密閉系統的熵只會增加不會減少，因此宇宙的亂度只會一直增加。

08　編註：是指一個遠離平衡狀態的開放系統，由於不斷和外環境交換能量物質和熵而能繼續維持平衡的結構，對這種結構的研究，解釋了自然界許多以前無法解釋的現象。提出此理論的伊利亞·普里戈金為化學家、物理學家，1977 年曾獲諾貝爾化學獎。

概念、佛洛依德對死亡的推論以及卡爾・亞伯拉罕[09]關於心理層面對懲罰的需求的假說，在在都證明這一點。

在許多方面，賴希也都徘徊在神祕主義與超個人心理學的邊緣。他顯然很接近宇宙意識及神祕學覺察的概念，這點表現在他關於奧剛能量的想像。對他而言，真正的宗教乃是在沒有盔甲的情況下和宇宙性奧剛能量的動力學融合。然而，與長青哲學（perennial philosophy）[10]形成強烈對比的是，賴希對這種宇宙能量的理解相當具體；奧剛是可測量的，有著明確的物質特性。

賴希從未對世上偉大靈性哲學達到真正的理解與欣賞。在他對靈性與宗教進行狂熱的、批判性的探討中，他經常將神祕主義與主流宗教教義的某些膚淺與扭曲的版本混淆。在他的批判中，他對某些具體信仰進行駁斥：包括長了尾巴、手持草叉的惡魔、有翅膀的天使、藍黑色的無形鬼魂、危險的怪獸、天堂與地獄等。接著他將這些貶抑為不自然的、扭曲的器官感受的投射，而且，追根究柢，視之為對奧剛能量的宇宙流動的某種誤解。同樣地，賴希也強烈反對榮格對神祕主義的興趣以及他將心理學靈性化的傾向。

對賴希而言，神祕主義傾向反映出盔甲化及對奧剛經濟學某種嚴重的扭曲。神祕主義的追尋因此可以化約為受到誤解的

09　編註：相當具影響力的德國精神分析學家，是佛洛伊德非常親近的合作者。

10　編註：指的是在世界上各種宗教內蘊含的，關於萬物的神聖實在的理論，而這理論在各宗教內有單一且普世的特徵，因而實際上是共享相同的真理，並以此為基礎而成長。

生理衝動。因此：「對死亡與瀕死的恐懼就等同於無意識的高潮焦慮，而所謂死亡本能，亦即對解體、對虛無的渴望，乃是無意識地渴望以高潮方式解決緊張。」賴希還說：「神代表著自然的生命力量、人內在的生物能量，因此除了性高潮外，無處能如此清楚地表現神。如此說來，惡魔就代表著盔甲化，會導向這些生命力量的變態和扭曲。」賴希做出與啟靈藥研究觀察完全相反的宣稱，認為只要治療成功解除盔甲，神祕傾向就會消失。根據他的看法，「性高潮強度並不會在神祕主義者之中發現，就像神祕主義不會出現在具備性高潮力量的人們之間」（Reich 1972）。

奧托・蘭克

　　奧托・蘭克與佛洛依德最大的意見不合之處在於，蘭克強調，出生創傷相較於性慾動力有著更高的重要性，這也否定了戀母情結的關鍵角色；而且他認為自我是自主性的意志代表，不是本我的奴隸。蘭克也對精神分析技術提供了修正，而他的修正和理論貢獻同樣基進。他認為心理治療的語言取徑價值有限，而且治療工作的主要強調應該在於經驗。根據蘭克的看法，重點在於病患必須在治療中重新經歷出生創傷；沒有這樣，治療就不應該視為完成。他甚至告訴個案精神分析將會結束的日期，並且相信，這個日期的逼近將會啟動個案與出生相關的無意識材料，並且將它帶到意識的門檻處。

　　就出生創傷在心理學中的角色而言，佛洛依德其實是第一

個讓人注意到，在通過產道這個充滿挑戰的過程中，相關的「感受與神經支配」所關聯到的恐懼可能就是所有未來焦慮的原型與泉源。他之所以有這個想法，是因為某次他去視察產科護士的醫學考試。考試過程中的題目之一就是：「在生產時，胎便何時出現、為何出現？」正確的答案應該是，這個情況指出胚胎承受高度的窒息。那位護士的答案是「因為胎兒被嚇屎了」（because the fetus is scared shitless），因此強調了恐懼對肛門括約

奧托・蘭克（1884-1939），奧地利精神分析師、作家、講師及教師。蘭克發現了出生創傷在心理學上的意義。

肌的效應。

　　那位護士考試並未過關，不過佛洛依德卻認真地看待她所指涉的恐懼與生產的關係。他想到，在某些語言中，代表恐懼與狹窄空間的詞彙之間有著語言學的相似性，例如拉丁文中的angustiae（狹窄的山谷）與anxietas（恐懼），以及德文中的eng（狹窄）與Angst（焦慮）等。在捷克文中，úzkost這個字的字面意義既是「狹窄」也是「焦慮」。同樣眾所皆知的是，在戰鬥中經歷極端恐懼的士兵有時候會無法控制肛門括約肌並且弄髒褲子。佛洛依德在他的許多著作中討論了這件事，但是他並未進一步研究。

　　奧托・蘭克深深為這個想法感到著迷，祕密地寫作《出生的創傷》（The Trauma of Birth）這本書（Rank 1929）。他將剛剛完成且出版的這本書送給佛洛依德當成生日禮物。佛洛依德的傳記作家恩斯特・瓊斯（Ernest Jones）說，在閱讀這本書之後，佛洛依德陷入情緒震驚的狀態長達四個月。他的反應並不是對蘭克所寫的內容表達批判與憤怒。事實上完全相反；他很害怕未來的世代會認為蘭克的理論比他自己發現的精神分析更為重要。

　　佛洛依德對此相當敏感，因為他曾如此接近獲得科學的優勢地位——關於古柯鹼麻醉功效的發現與它對醫學的重要性——卻又失之交臂。這份榮耀給了他維也納的同業卡爾・科勒（Karl Koller）。等到佛洛依德由蘭克的著作帶來的震撼中恢復，他就為這本書寫了一份公平的報告。他稱這本書是對精神分析理論非常重要的貢獻，其重要性僅次於他自己對精神分析

的發現。他建議分析師應該研究經由剖腹產方式出生的人，並與經歷正常及困難出生過程的人進行比較，看看能找到什麼樣的差異。

後來，佛洛依德收到柏林深具影響力的精神分析師卡爾·亞伯拉罕與其他人的信件，警告他說蘭克的書將會摧毀精神分析運動的同質性。他們說某些成員將熱情地擁抱蘭克的理論，其他人則會加以排斥並拒絕接受蘭克極端的構想。佛洛依德屈服於壓力，因此與蘭克發生衝突，最終導致蘭克不再成為精神分析協會的成員。

不過，佛洛伊德和蘭克所理解的出生創傷概念卻有一個重大的差異。全向狀態研究顯示，在佛洛伊德思索出生創傷的短暫時期中，他對出生的理解其實比蘭克更為精確。佛洛伊德強調的是穿越產道所牽涉到的極端生理挑戰，蘭克則更加強調胚胎失去母親子宮的舒適，失去子宮所提供的無條件且無須努力的滿足，並且必須面對產後生命的挑戰。

蘭克將出生創傷視為最終極的原因，能解釋分離為何是最痛苦、最令人恐懼的人類經驗。根據他的看法，所有日後局部驅力的挫折都可視為這個主要創傷的衍生物。個人所經驗為創傷的多數事件，都是由這種與生物誕生的相似性而獲得其致病力量。整段童年時期都可視為試圖得到發洩的一系列努力，也是在心理層次試圖掌握這個根本的創傷。嬰兒的性慾可以重新詮釋為兒童渴望回到子宮以及與其相關的焦慮，以及對自己從何而來感到的好奇。

不過，蘭克並未就此止步。他相信人類的心靈生活源自出

生創傷所促成的原初焦慮與原初壓抑。最核心的人類衝突包含了渴望回到子宮以及對這個渴望的恐懼。因此，任何由愉快的情境轉變為不愉快的情境都會造成焦慮的感覺。蘭克同時也針對佛洛伊德派的夢境詮釋提出另一個選擇。睡眠這個情境很接近子宮內的生活，因此夢境可以理解為，企圖重新經歷出生創傷並回歸出生前的狀態。夢境代表了在心理層面回歸子宮，甚至遠超過睡覺的行為本身。對夢的分析為出生創傷的心理意義提供了最強的支持。

同樣的，蘭克同時再次詮釋了佛洛伊德理論的基礎，即戀母情結；他將重點放在出生創傷以及回歸子宮的渴望。根據他的觀點，伊底帕斯神話的核心就是人類起源之謎，而伊底帕斯企圖透過回歸母親的子宮來解決這個謎團。這不僅是在表面層次發生，亦即和他自己的母親結婚及性交；這也在象徵層面發生，透過他的盲目以及消失於通往死後世界的岩石裂縫之間（Mullahy 1948）。

在蘭克心理學中，出生創傷也在性慾中扮演關鍵角色；它的重要性乃是基於回歸子宮內存在的這個深切渴望，而這個渴望也主宰著人類心靈。根據他的觀點，兩性之間最主要的差異都能如此解釋：女性有能力透過自己的身體重現生殖過程，並且在繁衍後代中找到自己的不朽；相形之下，對男性而言，性代表死亡的必然，因此他們的力量乃是在於和性無關的創造力，例如技術、科學、繪畫、音樂與文學。有趣的是，探索自己心靈周產期層面的男性有時會發展出「子宮羨慕」（womb envy），與佛洛伊德所聚焦的「陽具羨慕」（penis envy）形成強

烈對比。

分析了人類文化之後，蘭克發現出生創傷是宗教、藝術、歷史背後強大的心理力量。每種形式的宗教都傾向於重新建立子宮，重建那個提供最初滋養與保護的環境。藝術最深的根源就是對自身來自母體的起源與成長的「自體模仿」（autoplastic imitation）。藝術，作為現實的再現且同時作為現實的否認，是一種處理原初創傷特別強大的方式。人類居所的歷史，從尋找原始的庇護所到細緻的建築結構，都反映出溫暖、提供保護的子宮的本能記憶。器械與武器的使用，追根究底，就是基於一種「難以滿足的傾向，要強迫地完全進入母親之內。」

LSD心理治療與其他形式的深層經驗工作，都為蘭克關於出生創傷所具備的高度心理意義的論點提供強大支持。然而，蘭克的取徑仍須大量的調整才能增進它與實際臨床觀察的相容性。如同前面提過的，蘭克的理論聚焦於與母親分離及失去子宮等問題，將之視為出生最核心的創傷層面。對他而言，創傷包含了這個事實：出生後的環境遠比出生前的環境更不讓人喜愛。一旦離開子宮，兒童需要面對食物供給的不規則性、母親的缺席、溫度的變化、噪音等。他或她需要呼吸、吞嚥食物、排除廢棄物。

在全向狀態工作中，情況顯得更加複雜。出生之所以是創傷，並不僅是因為兒童由子宮天堂般的情境轉移到外在世界的不利環境；通過產道，這本身就帶有巨大的情緒與生理壓力與疼痛。這點在佛洛伊德最初關於出生的推論中就已經獲得重視，但是蘭克完全忽略。在某個意義上，蘭克關於出生創傷的概念

更適用於經由選擇性剖腹產而出生的人，而不是經過陰道分娩而出生的人。

多數精神病理學狀況都是根植於第二母型及第三母型，這反映出在產道內度過的時間中經驗到的挑戰，就在未受干擾的子宮內狀態以及出生後的外在世界的存在之間。將在出生掙扎的過程中所累積的感覺與能量加以外在化，並予以排除的衝動代表著一種深層的動機力量，推動著廣泛類型的人類行為。

就像佛洛伊德、阿德勒與賴希，蘭克也未曾真正瞭解超個人層次。他將宗教性、神話性主題與形象視為出生創傷的衍生物。例如，耶穌釘上十字架的身軀代表著胚胎在子宮中舒適與放鬆的身體以及可怕的女神形象——例如冥界女神赫卡特（Hekate）或蛇髮女妖梅杜莎（Medusa）——兩者間的極端對比，這正是由出生過程所經驗到的焦慮所啟發。儘管有這些缺點，但是蘭克發現了出生創傷及其許多延伸影響在心理學上的重要性，這確實是重要的成就，直到數十年後 LSD 心理治療才證實了他的發現。驚人的是，一百年以後，主流精神醫學的學院派人士與臨床治療者仍然拒絕接受出生代表著重大的心理創傷，無視於經驗式治療所提供的龐大證據。

我們也該提到，許多其他精神分析師也體認到出生創傷不同層面的意義。南多‧弗多（Nandor Fodor）在他開創性的著作《追尋摯愛》（The Search For The Beloved）中相當細緻地描述了出生過程的不同層面與重要的精神病理學症狀之間的關係，而他的描述與 LSD 觀察有大量的相符之處（Fodor 1949）。列泰爾特‧皮爾波特（Lietaert Peerbolte）寫了一本相當完整的書《出

生前動力學》（Prenatal Dynamics），討論了他關於出生前存在
與出生經驗之心理學關聯性的獨特見解（Peerbolte 1975）。包
括法蘭克・雷克（Frank Lake）的著作，以及法蘭西斯・莫特
（Francis Mott）相當原創且充滿想像力，但更偏向推論且僅有
淺薄臨床基礎的著作也都針對這個主題投入相當的注意與討論
（Lake 2007, Mott 2012）。

卡爾・古斯塔夫・榮格

　　著名精神分析反叛者的清單若是少了卡爾・古斯塔夫・榮
格（Carl Gustav Jung）就不會完整；他原是佛洛依德最欣賞的門
徒之一，也被指定為精神分析的「儲君」。榮格的修正是截至
目前最為基進的，而他的貢獻也確實深具革命性。我們可以毫
不誇張地說，他的工作讓精神醫學遠遠離開了佛洛依德，就像
佛洛依德的發現也遠遠超前自己所屬的時代。榮格的分析心理
學並不僅是精神分析的某一類型或調整；它代表了全新的深層
心理學與心理治療概念。

　　榮格很清楚，他的發現無法相容於笛卡爾－牛頓式的思維
典範，而且這些發現需要徹底修正西方科學某些最根本的哲學
假定。他對量子相對論物理學的革命性發現相當感興趣，也與
它的某些創建者，包括沃夫岡・包立（Wolfgang Pauli）與愛因
斯坦，有過成果豐碩的交流。與其他精神分析理論家不同的是，
榮格也對神祕學傳統有真實的了解，也相當尊重心靈及人類存
在的靈性層面。榮格是第一位超個人心理學家，儘管他未曾如

卡爾‧古斯塔夫‧榮格（1875-1961），瑞士精神科醫師與精神分析師，分析心理學創始人。

此稱呼自己。

　　榮格也堪稱第一位現代心理學家。佛洛依德派精神分析與榮格的分析心理學之間的差異正代表古典與現代心理治療之間的差異。儘管佛洛依德和他的某些追隨者對西方心理學提出相當基進的修正，但是只有榮格挑戰了它的核心及其哲學基礎，亦即一元的物質論及笛卡爾－牛頓式典範。如同朱恩‧辛格（June Singer）[11]相當清楚地指出的，榮格強調「重要的是無意識而非意識，是神祕事物而非已知事物，是神祕主義而非科學，是創造性而非生產性，『而且』是宗教性而非瀆神」（Singer 1994）。

　　榮格關於人類心靈的概念代表了超越佛洛依德生活史模式的重大擴展。他徹底脫離佛洛依德的精神分析，就是始於他對美國作家米勒小姐（Miss Frank Miller）詩文集所做的分析，那本書是由西奧多‧福魯諾（Theodore Flournoy）[12]在日內瓦出版，後來人們稱之為《米勒幻想》（Miller Fantasies）（Miller 1906）。榮格發現，她的文章中有許多主題都能在全世界不同國家、不同歷史時代的文學中找到呼應之處。他的著作《轉變的象徵》（Symbols of Transformation）是由這些研究而啟發，也具有重要的歷史意義，代表著他與佛洛依德自此分道揚鑣（Jung 1956）。

　　透過分析病患的夢境與幻想；透過分析思覺失調患者的幻

11　編註：榮格派分析師，出版有多本相關著作。

12　編註：瑞士心理學教授，以研究心理現象而聞名。

覺與錯覺；透過分析自己的夢境活動，榮格進一步證實了這些
觀察。這也讓他相信，我們擁有的不僅是佛洛伊德式的個體無
意識——某種心理學的垃圾場，塞滿了受到排斥的本能傾向、
受到壓抑的記憶、在潛意識層面受到同化的禁制等——還擁有
某種集體的無意識，這是具有心智力與創造力的宇宙力量的彰
顯，會將我們與全人類、自然以及整個宇宙束縛在一起。

　　榮格的集體無意識具備了歷史層面，其中包含了人類的整
個歷史，以及原型層面，其中存放了人類的文化遺產，包括曾
經存在過的每個文化的神話。在意識全向狀態，我們能經驗到
來自這些神話的人物與場景的影像，即使我們過去在心智層面
從沒有相關的知識。探索集體無意識時，榮格發現有某些普世
法則主掌這個心靈層面的動力學。最初他將它們稱為「原初形
象」（primordial images）——這是他向雅各・布克哈特（Jacob
Burckhardt）[13] 所借用來的詞彙；後來他將它們稱為「集體無意
識的主導因素」，最後則將它們稱為「原型」。根據榮格心理
學、意識研究以及學術性神話研究所得到的理解，原型是超越
時間的、原初的宇宙原則，是物質世界的基礎並構成其組成肌
理（Jung 1959）。

　　榮格非常強調無意識及其動力，不過他的相關概念卻與佛
洛伊德全然不同。榮格不認為人類是生物機器。他體認到，人
類能超越自我及個人無意識的狹窄界線，連結到等同於整個宇
宙的「自性」（Self）。榮格將心靈視為各種意識與無意識元

13　編註：十九世紀相當具分量的文化史、藝術史學家。

素的互補性交互作用，同時兩者間有著持續的能量交換與流動。根據他的看法，無意識並不只是由歷史決定論（historical determinism）所主宰，同時也具有投射性、本質終極性以及目的論的功能。「自性」對我們每個人有著特定的目標或目的，可以引導我們走向它。榮格將這稱為「個體化過程」（individuation process）。

　　榮格透過聯想實驗來研究無意識的特定動力學，發現了其功能單位；他創造了「情結」（complexes）一詞來描述這些單位。情結是心理學元素——觀念、意見、態度、信念——所構成的排列；它們環繞著某個核心主題彼此串連，並且關係到明確的感覺（Jung 1960）。榮格能將情結由生活史所決定的主題追溯到集體無意識中的原型（(Jung 1959)。

　　在他的早期著作中，榮格看到原型與動物本能之間的相似性，因此認為原型是內建於人類大腦的物質結構。後來，他研究夢境或靈視等與外在世界發生的事件產生奇特巧合的案例，亦即「共時性」（synchronicities），因此得到如此結論：原型必定以某種方式影響著世界的肌理（Jung 1960a）。由於它們似乎代表著物質與心靈或意識之間的連結，因此榮格將它們稱為「類心靈體」（psychoids），這是借用了「生機論」（vitalism）創始人漢斯·杜里舒所創造的名詞。

　　比較宗教學及世界神話學可以視為無意識集體層面的獨特資訊來源。根據佛洛伊德的看法，神話可以由性格問題與童年衝突的角度詮釋，而神話的普世性則反映著人類經驗的共通性。榮格則無法接受這樣的解釋；他反覆觀察到，普世性的神話主

題，亦即「神話樣式」（mythologems），會出現在完全沒有相關心智知識的個人身上。對他而言，這代表著無意識心靈中存有某種形塑神話的結構元素，這不僅創造了個人的幻想生活與夢境，也創造了民族的神話。夢境因此可以視為個人的神話，而神話則是集體的夢境。

佛洛伊德一生中都對宗教與靈性非常感興趣。他相信有可能理性地掌握非理性程序，也傾向於用尚未解決的嬰兒階段心理性慾發展衝突的角度來詮釋宗教。相對於佛洛伊德，榮格願意接受非理性、弔詭的，甚至是神祕的元素。他一生中擁有許多宗教經驗，讓他確實相信萬物的宇宙規劃中包含了靈性層面。榮格的基本假設是，靈性元素乃是心靈有機且不可或缺的一部分。真正的靈性是集體無意識的層面之一，獨立於童年的程序與個人的文化或教育背景。因此，如果自我探索與自我分析抵達足夠的深度，靈性的元素將會自發地進入意識之中。

榮格和佛洛伊德的另一個不同在於，他對精神分析中心概念（亦即欲力）的理解。榮格並不認為欲力是全然生理性，僅追求機械性發洩的力量；他視之為自然的創造力量，是一種宇宙法則，如同亞里斯多德所謂的「圓滿實現」（entelechy）或亨利‧柏格森（Henri Bergson）[14] 所謂的「生命衝力」（élan vital）。榮格對靈性真實的理解，以及他對欲力作為宇宙力量的認識，表現在一種關於符號功能的獨特概念上。對佛洛伊德

14　編註：二十世紀的法國哲學家，其思想對當時的文學、哲學、藝術造成相當大的影響。

而言，符號是關於某種已知事物的類比式表現或指涉；其功能可以比擬為交通號誌。在精神分析中，一個形象會用來取代另一個通常具備禁忌性慾特質的形象。榮格不認同「象徵」一詞的這種用法，並且將佛洛伊德派的象徵稱為符號。對榮格而言，真正的象徵指向自身之外的意識更高層次。這是關於某種未知事物可能最好的陳述，是一種無法以更清晰、更明確方式來代表的原型。

讓榮格真正成為第一位現代心理學家的是他的科學方法。佛洛伊德的取徑完全是歷史性、決定論的；他的興趣是尋找所有精神現象的合理解釋，並且依照線性因果論的系列關係將它們追溯回生物學根源。榮格意識到線性因果關係並不是自然中唯一的必要連結原則。他首創了「共時性」的概念——這是非因果論的連結原則，指向有意義的事件巧合，儘管事件可能有著時間以及／或者空間上的分隔。榮格願意進入弔詭的、神祕的、不可言喻的領域，這點也包含對偉大的東方靈性哲學抱持著開放的心胸與態度。他研究並評論了《易經》、《西藏度亡經》、《太乙金華宗旨》（Secret of the Golden Flower）以及拙火（Kundalini）的覺醒。他的密教興趣還包含了占星術、靈媒以及其他的通靈現象（Jung 1958, 1967, 1970, 1995, 1996）。

從啟靈藥經驗與其他類型意識全向狀態所得到的觀察反覆證實了榮格多數絕佳的洞見。儘管連榮格的分析心理學都未能恰當地處理全向狀態中出現的全部現象類型，但是它在所有深層心理學派中需要的修正或調整最少。在生活史層面，榮格對心理情結的描述與濃縮經驗系統群有些相似性，儘管兩個概念

並不相同。榮格及其追隨者很清楚死亡重生過程在神話中的重要性，也研究了它的許多型態，從古希臘祕儀到原住民文化的通道儀式。然而，榮格無法瞭解這個程序與生物誕生的緊密連結。

榮格發現了歷史性、原型性集體無意識的廣大範疇，但是他無法接受出生是一種心理創傷並且在人類心靈中扮演重要角色。在一次訪談中——目前可以用《榮格談電影》（Jung on Film）這個名字來找到——理查·伊凡斯（Richard I. Evans）請教榮格他如何看待他的同儕奧托·蘭克關於出生創傷的心理意義的理論。榮格笑著駁斥這個概念：「喔，出生不是創傷，是一個事實；每個人都是從出生而來的」（Jung 1957）[15]。

榮格對心理治療最根本的貢獻，就是他對心靈的靈性層面的肯定以及在超個人領域的發現。來自全向狀態的觀察為集體無意識及原型世界；為榮格對欲力的理解以及對自我與「自性」之間所做的區分；為榮格辨認出的無意識的創造性與前瞻性功能以及為個體化程序的概念等提供了堅強的支持。

這些元素全都可以從啟靈藥及全向呼吸療法療程所得到的觀察得到獨立的驗證，甚至是對並不瞭解的受試者。這類材料也經常出現在非榮格派的治療師所帶領的療程，甚至是完全不瞭解榮格心理學的治療師的療程。更明確地說，分析心理學在

---

15 譯註：此處的書目資訊似乎有誤，未見於本章末尾的引用文獻。本次訪談內容亦收錄於普林斯頓大學出版社於 1987 年出版的《用榮格的話說》（C.G. Jung Speaking）（ISBN: 978-0691018713）一書，相關內容參見該書P286。

理解經驗式療程中自發出現的不同原型圖像與主題上非常有用。深層經驗式工作也獨立證實了榮格對共時性意義的觀察。

相較於影響深遠的交互關係，本書提出的概念與榮格的理論之間的差異比較小。前面已經提到，濃縮經驗系統群的概念類似但不等同於榮格對心理情結的描述。對心理靈性死亡與重生的程序作為原型主題，榮格派心理學有良好的普遍性理解，但是並不承認無意識的周產期層次及出生創傷的重要性。

周產期現象及它對出生與死亡的強調代表了個體生活史與超個人領域的關鍵介面。與心靈這個層次發生深度的經驗遭遇，這一般會伴隨著某種對生存產生嚴重威脅的感受，伴隨著生與死的掙扎。死亡重生的經驗具備重要的生物學層次；這些經驗通常伴隨有大範圍的強烈生理學表現，例如窒息感、身體不同部位的疼痛、顫抖、冠狀動脈不適、唾液分泌過多、流汗、噁心嘔吐等，偶爾會出現不自主的尿失禁。

比起啟靈藥療法或某些全新、更強力的經驗式方法，榮格派分析會使用更為精細的技術，而此類分析所強調的是死亡重生過程的心理學、哲學、靈性層面，同時身心元素則經常不會有效處理，甚至不去處理。在經驗式心理治療中，人總是會遭遇各種關於生物誕生的實際胚胎記憶，以及來自原型與歷史性集體無意識的伴生主題。瑞士心理學家阿尼‧敏德爾（Arny Mindell）和他的妻子艾美（Amy）發展出他們稱為「歷程心理治療」（process psychotherapy）的技術，藉此將遺失的身體元素導入榮格式分析（Mindell 2001）。

在超個人領域，榮格派心理學似乎非常詳盡地探索了某些

類型的經驗，但同時又完全忽略其他類型經驗。榮格及其追隨者所發現並徹底研究的領域包括原型與集體無意識動力學、心靈的神話詩歌特性、某些類型的通靈現象以及心理程序與物質世界間的共時性連結。

然而，榮格派心理學似乎沒有提到牽涉到與其他人、動物、植物、無機程序產生真實認同的超個人經驗，儘管這些經驗可以中介並導向關於物質世界的相關元素的嶄新資訊。考慮到榮格對東方靈性哲學的深刻興趣與研究，我們不禁訝異於他對前世記憶似乎毫不注意，儘管這種記憶對任何形式的深層經驗式心理治療都具有關鍵的重要性。雖然有這些差異，但是榮格派研究者一般而言似乎在概念上有最好的準備能處理意識全向狀態的現象學，前提是他們能夠習慣這類經驗的戲劇化型態，也能自在面對。了解榮格派心理學與神話學，這點對於安全且能帶來回報的心航學而言是不可或缺的。

桑多爾・費倫齊

這段穿越深層心理學世界的簡短旅程似乎適合以探討桑多爾・費倫齊（Sandor Ferenczi）的研究作為終點；他是另一位重要先驅，也是佛洛伊德的維也納學圈內的成員。儘管一般並不視他為反叛者，但是他的原創構想與實踐讓他遠遠超越了正統的精神分析。在他著名的〈成人與兒童之間對舌頭的混淆〉（The Confusion of the Tongues Between the Adults and the Child）這篇論文中，費倫齊回到佛洛伊德最初的概念，關於真正的亂倫（而

不是兒童的亂倫幻想）在精神官能症產生中所扮演的重要角色
（Ferenczi 1949）。他對精神分析另一個充滿爭議性的貢獻，就
是他的「相互分析」（mutual analysis）的概念，這是他與他的美

桑多爾‧費倫齊（1873-1933），匈牙利神經學家與精神分析師，亦為
佛洛伊德的維也納學圈成員之一。

籍病患伊莉莎白·塞弗恩（Elizabeth Severn）與克拉拉·湯普森（Clara Thompson）所進行的。此外，他對奧托·蘭克的支持清楚指出，他遠遠不是順服聽話的佛洛伊德追隨者。

在他的理論框架中，他嚴肅思考的不僅是周產期與出生前事件，還包括親緣關係記憶。身為佛洛伊德一提出死亡驅力概念後就立即表態接受的少數門徒之一，費倫齊也將對死亡的形上學分析納入他的概念系統中。在他的〈海：生殖理論〉（Thalassa: A Theory of Genitality）這篇重要論文中，費倫齊將性驅力描述為一種回歸母親子宮甚至超越子宮的嘗試。根據他的觀點，在性交中，互動的生理組織會分享著生殖細胞的滿足感（Ferenczi 1938）。

男性擁有直接回歸子宮的特權，同時女性只能保有幻想的替代物，或是在懷孕時認同於他們的孩子。不過，費倫齊提出的「海洋回歸潮流」（Thalassa regressive trend）概念，其重點在於，回歸到更為古早的情境——亦即在原始海洋中最初的水生存在。追根究底，子宮內的液體代表著海水填滿母親子宮的孔隙。根據費倫齊的觀點，陸生哺乳動物擁有深刻的組織性渴望，要反轉它們離開海洋環境時曾經做出的決定，並且回歸它們來自的地方。這也是今日的鯨魚和海豚的祖先在數百萬年前確實做出的決定。

不過，所有生命的最終目標或許就是抵達一種沒有不適感的狀態，並且最終要達成無機世界的惰性。因此，很可能死亡與瀕死就不是絕對的，而生命的種子與回歸傾向甚至也潛藏在無機物質之內。那麼人們就可以將整個有機與無機世界想像成

某種永恆擺盪的系統，擺盪於生存意志與死亡意志之間，在此永遠不會達到無論是生命或死亡的絕對霸權。因此，費倫齊相當接近了長青哲學與神祕主義的概念，儘管他的構想是用自然科學的語言來表達。

　　以上回顧了早期精神分析運動中的概念分歧的歷史，其中清楚指出，西方心理學中許多看似令人驚訝的新穎概念，其實都由精神分析的早年先驅以不同形式嚴肅思考並熱切地討論過。這種回顧的主要貢獻在於，透過現代意識研究的發現來為深層心理學的不同學派進行評價，同時將它們的貢獻整合成完整的心靈地圖學，藉此滿足心航員的需要。

參考文獻

Adler, A. 1932. *The Practice and Theory of Individual Psychology.* New York: Harcourt, Brace & Co.

Brun, B. 1953. Ueber Freuds Hypothese vom Todestrieb (Apropos of Freud's Theory of the Death Instinct). *Psyche* 17:81.

Fenichel, O. 1945. *The Psychoanalytic Theory of Neurosis.* New York: W. W. Norton.

Ferenczi, S. 1968. *Thalassa.* New York: W. W. Norton and Company.

Ferenczi, S. 1949. Confusion of the Tongues Between the Adults and the Child. *The International Journal of Psychoanalysis,* 30:225-230.

Fodor, N. 1949. *The Search for the Beloved: A Clinical Investigation of the Trauma of Birth and Prenatal Condition.* New Hyde Park, NY: University Books.

Freud, S. 1907. "Obsessive Actions and Religious Practices." *The Standard Edition of the Complete Psychological Works of Sigmund Freud, Vol. 9.* London: The Hogarth Press & The Institute of Psychoanalysis.

Freud, S. and Breuer, J. 1936. *Studies in Hysteria.* New York: Nervous and Mental Diseases Publication Company.

Freud, S. 1953. "The Interpretation of Dreams." *The Standard Edition of the Complete Psychological Works of Sigmund Freud. Vol. 4.* London: The Hogarth Press & the Institute of Psychoanalysis.

Freud, S. 1964. "An Outline of Psychoanalysis." *The Standard Edition of the Complete Psychological Works of Sigmund Freud. Vol. 23.* London: The Hogarth Press & The Institute of Psychoanalysis.

Freud, S. 1989. *Totem and Taboo.* London: W.W. Norton.

Janus, S., Bess, B., and Saltus, C. 1977. *A Sexual Profile of Men in Power.* Englewood Cliffs, NJ: Prentice-Hall.

Jung, C. G. 1956. *Symbols of Transformation. Collected Works, vol. 5, Bollingen Series XX,* Princeton, NJ: Princeton University Press.

Jung, C. G. 1958. *Psychological Commentary on the Tibetan Book of the Great Liberation. Collected Works, vol. 11. Bollingen Series XX,* Princeton, NJ: Princeton University Press.

Jung, C. G. 1959. *The Archetypes and the Collective Unconscious. Collected Works, vol. 9,1. Bollingen Series XX,* Princeton, NJ: Princeton University Press.

Jung, C. G. 1960a. *Synchronicity: An Acausal Connecting Principle. Collected Works, vol. 8, Bollingen Series XX.* Princeton, NJ: Princeton University Press.

Jung, C. G. 1960b. *A Review of the Complex Theory. Collected Works, vol. 8, Bollingen Series XX.* Princeton, NJ: Princeton University Press.

Jung,C. G. 1967. *The I Ching or Book of Changes (Richard Wilhelm, translator). Collected Works, vol. Bollingen Series XIX,* Princeton, NJ: Princeton University Press.

Jung, C. G. 1970. *Commentary to The Secret of the Golden Flower: A Chinese Book of Life (Richard Wilhelm, translator).* New York: Harcourt, Brace, and Company.

Jung, C. G. 1996. *The Psychology of Kundalini Yoga: Notes on the seminars given in 1932 by C. G. Jung (Soma Shamdasani, ed.). Bollingen Series XCIX.* Princeton, NJ: Princeton University Press.

Klein, M. 1960. *The Psychoanalysis of Children.* New York: Grove Press.

Lake, F. 2007. *Clinical Theology: A Theological and Psychiatric Basis for Clinical Pastoral Care.* Lexington, KY: Emeth Press.

Miller, F. 1906. "Quelques Faits d'Imagination Créatrice." *Archives de psychologie (Geneva)* V 36-51.

Mindell, A. 2001. *Working with the Dreaming Body.* Portland, OR: Lao Tse Press.

Mott, F. J. 2012. *The Nature of the Self.* London: Starwalker Press.

Mullahy, P. 1948. *Oedipus Myth and Complex: A Review of Psychoanalytic Theory.* Trenton, NJ: Hermitage Press.

Peerbolte, L. 1975. *"Prenatal Dynamics" Psychic Energy.* Amsterdam, Holland: Servire Publications.

Rank, O. 1929. *The Trauma of Birth.* New York: Harcourt Brace.

Reich, W. 1949. *Character Analysis.* New York: Noonday Press.

Reich, W. 1961. *The Function of the Orgasm: Sex-Economic Problems of Biological Energy.* New York: Farrar, Strauss & Giroux.

Reich, W. 1970. *The Mass Psychology of Fascism.* New York: Simon & Schuster.

Reich, W. 1972. *Ether, God, and Devil and Cosmic Superimposition.* New York: Farrar, Straus & Giroux.

Ross, C. 1989. *Multiple Personality Disorder.* Indianapolis, IN: Wiley Publications.

Singer, J. 1994. *Boundaries of the Soul: The Practice of Jung's Psychology.* New York: Anchor Books.

Sullivan, H. S. 1953. *The Interpersonal Theory of Psychiatry.* New York: W. W. Norton.

第四章

情緒障礙與心身症的結構

為了理解全向狀態研究對認識情緒障礙與心身症的廣泛意義，我們必須先檢視精神醫學目前所使用的概念架構。嘗試就精神障礙的本質與起源進行解釋的方式主要有兩個廣泛類別。某些學院人士與臨床醫師強烈傾向於將這些異常狀態視為主要來自生理性因素，其他人則偏好心理學的解釋方式。在日常的臨床實踐中，精神科醫師也經常選用折衷的方法，會賦予來自兩個類別的元素不同程度的重要性，傾向於此論爭的其中一方。

器官導向的精神科醫師相信，既然心靈是腦部物質程序的產物，那麼精神醫學的最終答案將來自神經生理學、生物化學、遺傳學以及分子生物學。根據他們的看法，這些學門終有一天將能為這個領域大部分的問題提供適當的解釋方式與實際的解決方法。這個傾向通常會造成死硬奉行醫學模型，企圖為所有情緒障礙（包含目前尚未找到任何器官基礎的障礙）發展出固定的診斷分類方式。

精神醫學的另一種導向則強調心理性因素，例如嬰兒時期、童年期、生命後期種種創傷性影響所扮演的角色，也強調衝突的致病潛力、家庭動力與人際關係的重要，以及社會環境的影響。在極端狀況下，這種思考方式不僅應用於精神官能症與心身症，也應用於醫學尚未找到生理性解釋的精神病狀態：功能性與內發性精神疾病。

這種取徑的合理後果，就是嚴厲地質疑是否應將醫學模型（包括僵化的診斷標籤）套用於並非取決於生理因素（因而顯然與器官性障礙截然不同）的精神障礙。根據這個觀點，心因性障礙反映出我們一生中所接觸到的種種繁複的發展性因素。

超個人心理學家則會將這些影響來源的光譜擴大，納入我們整個心理靈性歷史。由於這些影響相當因人而異，所以試圖將因而產生的障礙塞進醫學診斷的緊身衣並沒有什麼道理。

　　儘管許多專業人士提倡一種折衷的，承認生物學與心理學（或者說先天與後天）兩者間有著複雜互動的取徑，但是生物學取徑仍主導著學術圈及例行的、日常的精神醫學實踐思維。由於其複雜的歷史發展，精神醫學已經建立為醫學的附屬專業，這點也帶給它強大的生物學偏見。精神醫學的主流概念思維、針對出現情緒障礙及行為問題的個人的處理方式、研究策略、基礎教育與訓練、法醫學方法等全都由醫學模型來主導。

　　造成這個情況的是兩組重要的情境。醫學已經成功建立病因學並且為一組明確的、相對數量較小的、具有器官性起源的心理異常現象找到有效的治療方式。它也表現出自己有能力在症狀層面控制許多無法找到特定器官病因的異常現象。解開心理異常的生理成因最初的成功，無論多麼令人震驚，其實都是獨立事件，僅限於精神醫學所處理的問題的一小部分。精神醫學的醫學取徑其實無法為困擾著絕大多數個案的問題找到明確的器官病因：這些問題包括精神官能症、心身疾病、躁鬱症以及功能型精神疾病。

　　精神醫學的心理學導向是由佛洛伊德與其追隨者的先驅研究所啟發。其中某些人，例如榮格、奧托・蘭克、威廉・賴希、阿爾弗雷德・阿德勒，離開了精神分析協會或是遭到該會除名，之後開創了自己的學派。其他人則留在組織之中，但是發展出自己版本的精神分析理論與技術。在二十世紀的進程中，這種

集體努力造成數量龐大的「深層心理學」學派，彼此之間對人類心靈、對情緒障礙的本質，以及對所使用的治療技術都有顯著差異。

對精神醫學的主流思維而言，前述這些人幾乎只有些微影響或毫無影響，學術教科書即使提到他們，也是作為歷史的一部分或是註腳。只有佛洛伊德的早期著作、他的少數追隨者的研究，以及稱為「自我心理學」的精神分析現代發展才對精神醫學領域有重要的影響。如前所述，佛洛伊德和他的同儕建構了一套動態的分類法，依據對特定階段的欲力發展及自我演化的固著來解釋並排列情緒障礙與心身症。

佛洛伊德的主要貢獻之一，就是發現性慾的起源並非青春期，而是哺乳期。嬰兒的欲力興趣逐漸由口腔區（在哺乳期時）轉移到肛門與尿道區（如廁訓練時），最後則轉移到性器區（在戀父與戀母情結發生時聚焦於陰莖與陰蒂）。在這些關鍵時期遭遇創傷，或相反的過度沉溺其中，兩者都可能造成對這些區域其中之一產生特定的固著。這會讓人在未來遭遇嚴重困難時傾向於在心理層面退化到這個區域。

基於佛洛伊德欲力理論的精神病理學理解由德國精神分析師卡爾・亞伯拉罕加以總結，同時在奧托・費尼謝爾（Otto Fenichel）[01] 經典的《精神分析關於精神官能症的理論》（The Psychoanalytic Theory of Neurosis）一書中以圖像方式呈現（Abraham

---

01　編註：精神分析學家，曾是佛洛伊德的學生，後來也成為維也納精神分析學會的會員。

1927, Fenichel 1945）。亞伯拉罕在他著名的圖示中將精神病理學的主要形式依據欲力主要的固著來定義。根據他的觀點，固著於被動的口腔期（在長牙發生之前）會讓個人傾向於出現思覺失調，也在酗酒與毒品成癮等問題的發展上扮演關鍵角色。固著於口腔－施虐或食人階段（長牙以後）可能導向躁鬱症及自殺行為。

　　強迫性精神官能症與人格的主要固著是在肛門層次。肛門期固著也在所謂「前性器期轉化症」（pregenital conversions）──例如結巴、心因性抽搐、氣喘等──的產生扮演重要角色。這些障礙的特徵是強迫性人格結構，但是使用歇斯底里的轉化機制來形成症狀。尿道期的固著關係到與膀胱相關的羞恥與恐懼，並且傾向於透過過度的野心與完美主義來作為補償。焦慮性歇斯底里（不同類型的恐懼症）與轉化性歇斯底里（癱瘓、麻醉、盲目、失去聲音、歇斯底里發作等）來自固著於性器期（見 P79 表格）。

　　卡爾・亞伯拉罕的公式所考慮的不僅是欲力固著的點，還包括對自我從自體性慾與原生自戀轉變為客體愛的建立的演化階段的固著。針對個體演化的三階段──自閉階段（autistic）、共生階段（symbiotic）、分離個體化階段（separation-individuation phase）──所做的描述與定義具有重要的理論與臨床意義（Spitz 1965, Mahler 1961, 2008）。

　　瑪格麗特・馬勒（Margaret Mahler）、奧圖・克恩伯格（Otto Kernberg）、海因茨・科胡特（Heinz Kohut）及其他人擴展了卡爾・亞伯拉罕的公式，加入了許多他們認為源自早期客體關係

干擾的障礙，例如自閉型與共生型嬰兒精神病、自戀人格干擾、以及邊緣性人格障礙（Borderline Personality Disorder）等（Mahler 1961, Kernberg 1976, 1984, Kohut 1971）。這種對人格發展動力及其變化的全新理解，讓醫界有可能發展出心理治療技術，協助這類無法透過古典精神分析方法觸及的精神病患者。

卡爾・亞伯拉罕：精神官能症的動態分析

欲力的固著		情緒障礙與心身症	
口腔期	被動	・思覺失調症 ・酗酒 ・成癮行為	
	主動	・躁鬱症 ・自殺	
肛門期		・強迫性精神官能症	・前性器期轉化症 ・結巴 ・抽搐 ・氣喘
尿道期		・害怕說錯話 ・完美主義者	
陽具期		・轉化型歇斯底里 ・焦慮症	

卡爾・亞伯拉罕對精神官能症的動態分類（出自奧托・費尼謝爾的著作《精神分析關於精神官能症的理論》）。

　　毫無疑問，自我心理學家改進、精煉、擴展了精神分析對精神病理學的理解。不過，他們與古典精神分析同樣對心靈僅有膚淺的理解，侷限於出生後生活史與個體無意識。來自意識全向狀態研究的觀察顯示，情緒障礙與心身症，包括許多目前診斷為精神病的狀態，都無法只透過出生後發展的困難（例如欲力發展的問題或與個體關係形成的諸般變化）來適當理解。

　　佛洛依德及其追隨者致力理解情緒障礙與心身症，他們的嘗試開創了新局，一般來說方向也算正確。不過，由於他們運用了狹窄的心靈模型——只侷限於出生後生活史與個體無意識——因此他們的解釋仍然膚淺且不具說服力。有時候，這些解釋令人深感懷疑，例如佛洛依德的死亡本能理論、例如精神分析學家歐塔卡·庫切拉（Otakar Kučera）企圖將施虐受虐狂解釋為固著於主動式口腔期的欲力發展，過程中嬰兒在侵略性地企圖用新長出的牙齒咬合時會傷害到自己，又或是將自殺解釋為殺死內攝的壞乳房（Freud 1964, Kučera 1959）。美國的精神疾病診斷及統計手冊（Diagnostic and statistical Manual，簡稱 DSM）更晚近的版本（DSM 第三到五版）完全捨棄了病源學的考慮，採取單純的症狀描述，亦即所謂的「新克雷培林學派方法」。

　　透過意識全向狀態研究而產生的全新的、更為擴展的心靈模型讓我們有可能繼續進行與精神分析先行者方向相同的病源學追尋，並且提供更深、更具說服力的情緒障礙與心身症理解。根據新的洞見，這些情況具有多層次、多面向的結構，其重要的根源就在無意識的周產期與超個人等層次。

　　辨認出情緒障礙的周產期與超個人根源不代表否認精神分

析與自我心理學所描述的生活史因素。嬰兒與童年時期的事件確實在全貌中扮演重要角色。不過，出生後生活史的創傷事件記憶，與其說作為這些障礙的主要成因，還不如說是作為重要的條件，讓心靈更深層次的元素能夠浮現。

　　為精神官能症、心身症、精神病等症狀賦予非凡力量與獨特內容的乃是繁複的濃縮經驗排列，它們不侷限於生活史層次，而是深入周產期與超個人範疇。佛洛依德派分析與自我心理學所強調的致病影響會調整來自無意識深層的主題內容，增加其情緒張力，並且中介它們進入意識覺知的通道。

　　前面在彼得的案例中，我們已經提到症狀與構成生活史與周產期元素的，潛藏的多層次濃縮經驗系統之間的關係。以下的例子則與諾伯特有關，他是五十一歲的心理學家與牧師，曾參與我們在伊沙蘭機構舉辦的某次五日工作坊。

　　在第一場全向呼吸療法療程前的團體介紹之中，諾伯特抱怨著他的肩膀與胸肌有嚴重的慢性疼痛，這帶給他極大痛苦，讓他的生活很悲慘。持續的醫學檢驗，包括 X 光，都未能偵測到他的問題有任何器官性成因，而且所有的治療嘗試都不成功。持續地注射麻醉藥普魯卡因（Procaine）只帶來短暫緩解，並隨著藥效過去而結束。他也描述了無法從器官層面解釋的呼吸困難。

　　在全向呼吸療法療程的一開始，諾伯特就衝動地想要離開房間，因為他無法忍受音樂，說他感覺音樂正在「殺死」他。我們付出相當多的努力來說服他繼續這個程序，並且探索自己感到不舒服的原因。最後他同意，並且在將近三小時中，他的

胸口與肩膀經驗到嚴重的疼痛，而且疼痛加劇到幾乎難以忍受。他激烈地掙扎，彷彿自己的生命受到嚴重威脅，表現出嗆到與咳嗽，並且大聲發出各種尖叫。在這個風暴般的場景之後，他靜了下來，表現放鬆及平靜。他非常訝異地發現，這個經驗釋放了他肩膀與肌肉的緊張，而且他不再疼痛了。呼吸療法經驗也開啟了他的呼吸道，讓他能夠更輕鬆地呼吸。

回顧過去，諾伯特表示他的經驗有三個明確的層次，全都與自己肩膀的疼痛以及窒息感有關。在最表面的層次，他重新經歷了自己童年時的一場嚇人經驗，過程中他幾乎失去生命。在他大約七歲時，他和朋友正在沙灘上挖掘一個隧道。隧道完成後，諾伯特爬進去探索。因為其他小孩在四周蹦蹦跳跳，所以隧道坍塌了，活生生將他埋起來。他幾乎窒息而死，幸好後來獲救。

隨著呼吸療法經驗深化，他重新經歷了暴烈且嚇人的場景，將他帶回生物誕生的記憶。他的分娩過程非常不順利，因為在很長一段時間中，他的肩膀被母親的恥骨卡住。這個事件和前一個事件的共同點包括窒息及肩膀劇烈疼痛的組合。

在療程的最後一部分，經驗出現劇烈改變。諾伯特開始看到軍服與馬匹，辨認出自己身陷戰場之中。他甚至能夠辨認出那是克倫威爾（Cromwell）[02] 時期的英國。在某一刻，他感覺到劇烈疼痛，發現他的肩膀被長矛刺穿。他跌落馬下，感覺自己

02　編註：英國歷史人物，惡名昭彰的獨裁者，曾於 1653 至 1658 年出任護國公（Lord Protector）。

被馬匹踐踏，馬蹄踩過他的身體，踏碎他的胸口。

　　諾伯特的意識與瀕死的身體分離，高高飛起，遠離戰場，鳥瞰整個場景。隨著士兵的死去（他辨認出那正是自己的前世），他的意識回到現在，重新與身體連結，而此時身體在多年的痛苦後首次沒有疼痛。這些經驗所帶來的疼痛緩解結果是持續的。我們在距離這場令人印象深刻的療程二十多年後再次見到諾伯特，並且發現那些症狀仍然沒有回來。

　　關於出生某些層面的創傷記憶似乎是各種類型心因性症狀最重要的成分。這個經驗的無意識記錄代表由困難的情緒及生理感受所構成的普遍集合，構成不同型態精神病理學的潛在泉源。情緒障礙與心身症是否會發展出來，以及發展後採取什麼型態，這取決於出生後生活史的創傷事件的強化影響，或是有益的生活史因素所造成的緩解效應。

　　情緒性、心身性及超個人問題的根源會包括的不僅是生活史與周產期元素，也可以深入到心靈的超個人層面。它們也可能採取具備共同原型特質的前世經驗，或是神話人物與主題的形式。我們同樣經常發現，症狀在更深的層次關聯到來自動物界或植物界的元素。情緒障礙或心身症的症狀來自繁複的互動關係，牽涉到生活史、周產期、超個人等元素。

　　推敲哪些因素或許造成濃縮經驗系統群排列的發生以及它們的生活史層次、周產期母型、超個人元素之間的關係，這是件有趣的事。某些出生後創傷的相似性，以及它們與周產期動力學某些層面間的相似性，或許可歸因於偶然。某些人的生活或許會意外地引發類似第二母型的造成受害的情境；帶有第三

母型元素的暴烈或性的創傷；或是關聯到疼痛與窒息的事件以及與周產期痛苦類似的其他傷害。然而，如果某個濃縮經驗系統建立起來，它便具有自我複製的傾向，可以在無意識中驅動個人重新創造類似的情境，進而為記憶排列增加新的層次，如同先前在彼得的案例上所看到的。

關於前世經驗與出生創傷的關係，許多投入深度自我探索的人都提出相當有趣的洞見。重新經歷出生通常伴隨著不同的業力場景或與之交替出現；這些場景與出生狀態擁有類似的情緒特質或某些生理感受。這個連結暗示，我們經歷自己出生的方式有可能受到我們的業力所決定。這不僅適用於我們出生經驗的普遍特質，也適用於其特定細節。

舉例來說，在前世經驗中被吊死或勒死，這可以轉譯為出生時因為臍帶繞頸而遭受窒息。業力戲劇中因為尖銳物品而導致的疼痛，可以變成子宮收縮與壓力所造成的疼痛。置身於中世紀地牢、宗教裁判所的拷問室，或是集中營，這可能與第二母型毫無出口的經驗融合。業力模式也可能支撐並形塑出生後生活史的創傷事件。

我們若是將這個歷史記在心裡，那麼我們對精神病理學最重要形態的心理學式理解就會因為對意識全向狀態所做的觀察而改變。以下的討論完全聚焦於心理學因素在症狀形成中扮演的角色，不會納入本質顯然為器官性（因此屬於醫療範疇）的異常現象，例如由腫瘤或發燒所造成的症狀。

在我們探討對特定異常現象的革命性嶄新理解之前，似乎應當先肯定佛洛依德那種持續探求的絕佳心智。他對自己就許

多關於嬰兒時期與童年創傷經驗的症狀所做的詮釋並不滿意，也不滿意自由聯想方法作為治療工具的效力。在他最後著作的其中一本——《精神分析概要》（Freud 1964），他甚至提出這樣的陳述，聽來幾乎就像預言了即將到來的啟靈藥年代：

> 「但是這裡我們關注療法，只因為它透過心理方式產生作用；而且目前我們沒有其他療法。未來或許會教導我們，透過特定化學物質，針對能量的數量以及它們在心靈機制內的分布施加直接影響。或許有可能會出現其他目前夢想不到的治療可能性。只是，目前我們手頭上除了精神分析之外並沒有更好的方法，也因此，儘管它有著種種侷限，我們仍不能鄙視它。」

由於現代學術界與臨床界似乎放棄了佛洛依德與他早期門徒對心因性障礙更可信的解釋方式的追求，因此我會試圖透過擴展、修正、深化原初的佛洛依德概念來揭示新模式的解釋能力。

佛洛依德的古典精神官能症

多數精神科醫師或許都會同意，焦慮，無論獨立存在，或關係到特定人、動物與情境的恐懼症的形式，或是作為潛藏於其他不同症狀與症候群的因素，都代表著最常見也最基礎的精神醫學問題之一。由於焦慮是在自然中對於危及生存或身體存

續的情境所做的回應，因此我們可以合理地說，臨床的焦慮最主要的根源之一就是出生創傷，因為這正是實際或可能威脅生命的情況。

佛洛依德本人曾短暫認為出生的可怕經驗或許有可能是所有未來焦慮的原始模型。他是在一場婦科護士考試中得到這個想法，前面的章節也已經提到。

焦慮性歇斯底里（恐懼症）

古典精神分析認為，恐懼症是在四歲左右開始的症狀，是心理性慾創傷所造成性器期慾力發展固著的結果。然而，全向狀態研究顯示，恐懼症的根源更加深刻，直達無意識的周產期層次，通常還會更深入到超個人領域。在幽閉恐懼症（claustrophobia，對封閉及狹窄空間的恐懼；來自拉丁文的claustrum，意為封閉的空間，以及希臘文的 phobos，意為恐懼）的情況中，我們更能清楚看到出生創傷在恐懼症生成中所扮演的關鍵角色。這種症狀會出現在封閉或擁擠的情境中，例如電梯、捷運、沒有窗戶的小房間，會導致個案迫切需要離開封閉的空間並尋找戶外的空氣。

有幽閉恐懼的人乃是受到某個濃縮經驗系統的選擇性影響，而這個系統關係到第二母型的啟動，這時子宮收縮開始壓迫到胚胎。包含了不舒服的受困或呼吸侷促的某些場景——溺水、呼吸疾病、因為石膏而無法動彈、被鎖在黑暗空間內或施加束縛（例如為了避免自慰或是搔抓濕疹部位），其相關記憶

正是會促成這種障礙的出生後生活中的生活史因素。對這種恐懼症最重要的超個人層次元素為特定業力記憶，包含了遭囚、受困、窒息。儘管幽閉恐懼的病患一般而言會避開可能讓症狀惡化的情境，但是真正的治療性改變需要完整經驗到潛在的無意識記憶，並透過身體工作及情緒紓減來開啟呼吸。

　　廣場恐懼症（Agoraphobia，來自希臘文的 ágora，意為城鎮的中央廣場）則是對開闊空間或由封閉空間轉換到開闊空間的恐懼；剛開始這似乎是幽閉恐懼症的相反。事實上，廣場恐懼的患者通常一般也都有幽閉恐懼，不過對他們而言，由封閉空間到開闊空間的過渡比起留在封閉空間更是一種情緒挑戰。在周產期層次，與廣場恐懼症有關的是第三母型的最後階段，這時經過數小時的極度侷促而突然獲得釋放，這個經驗伴隨著失去所有界限、被吹散、爆炸且不再存在的恐懼。

　　置身開闊空間時，廣場恐懼症的患者會表現得像小孩。他們很怕自己走過馬路或大廣場，需要成人的支持並牽手引導。他們之中有些會害怕自己會失控、會脫下衣服並赤裸躺在地上，暴露在路人與旁觀者的目光下。這讓人想到新生兒的處境，因為才剛出生的他們這時要接受成人的檢查。在全向狀態療法中，自我死亡與心理靈性重生的經驗一般會對這個情況帶來顯著的緩解。

　　罹患死亡恐懼症（thanatophobia，來自希臘文的 thanatos，意為死亡，亦即對死亡的病理性恐懼）的人會經歷嚴重焦慮症發作，而他們會將這解釋為威脅生命的心臟病發、中風或窒息。這種恐懼症的深層根源是極度的生理不適以及感覺迫切的，與

出生創傷有關的危機。相關的濃縮經驗系統群一般關係到會危及生命的情況，例如手術、疾病、外傷，尤其是會干涉到呼吸的情況。要徹底解決死亡恐懼症需要有意識地重新經歷潛藏的濃縮經驗系統的不同層次，並且在經驗層次面對死亡。

疾病恐懼症（nosophobia，來自希臘文的 nosos，意為疾病）指的是這樣的病理性恐懼：害怕自己已罹患或會感染疾病；疾病恐懼症與死亡恐懼症有密切關係，也和疑病症（hypochondriasis）有關，亦即某種未獲證實，妄想型地確信自己有嚴重疾病。罹患這種障礙的病患會有各種類型的奇特身體感受，而他們無法解釋，且傾向於以現有的身體疾病的方式來詮釋它們。這些症狀包括疼痛、壓力以及身體不同部位的抽筋、奇特的能量流、感覺異常以及其他形式的不尋常現象。它們也會顯現為不同器官的失能，例如呼吸困難、消化不良、噁心與嘔吐、便祕與腹瀉、肌肉顫抖、全面性的不適感、虛弱和疲倦。

持續的醫學檢驗一般都無法檢測到有任何器官性失常可解釋患者的疾病，這是因為不適的感覺、情緒與當前的生理程序無關，而是連結到過去生理創傷的記憶。出現這些問題的患者通常持續要求不同的臨床與實驗室檢驗，很可能成為醫院與醫師診間真正的麻煩。許多這類患者最後都輪到精神科醫師照顧，在那裡他們通常不會獲得自己值得擁有的同情與接納。

精神科醫師是醫學執業者。由於這些患者描述的病情並非基於任何器官，因此這可能讓精神科醫師不太認真看待這些病患。無法由適當的檢驗結果所證實的生理症狀通常都會被貶抑成個案自己的想像，甚至是假病。其實完全不是這樣。儘管缺

乏確定的醫療發現，但是這些患者的生理症狀是非常真實的。不過，這些症狀所反映的病不是眼前的醫療問題，而應該說是由來自過去，嚴重生理困難的記憶重新浮現所造成的。它們的源頭是不同的疾病、手術、外傷。出生創傷更是其中特別重要者。

　　疾病恐懼症中有三個不同種類值得特別注意：癌症恐懼症，亦即病理性地害怕罹患癌症；細菌恐懼症，亦即害怕微生物組織及感染；潔癖，亦即害怕灰塵與污染。這些問題全都具備深層的周產期根源，儘管它們的特定形態是由生活史來共同決定。以癌症恐懼症（cancerophobia，來自希臘文的 cancer，意為螃蟹）而言，最重要的元素是癌症與懷孕之間的相似性。精神分析文獻已經相當熟知，惡性腫瘤的出現會在無意識之間被等同為胚胎的成長。這種相似性超越最明顯的表面相似性，也就是在人體內快速成長的異物。這個連結其實可由解剖學、生理學以及生物化學資料來支持。在許多層面，癌細胞就像胚胎發展早期階段尚未分化的細胞。

　　對細菌恐懼症（bacillophobia）與潔癖（mysophobia，來自拉丁文的 bacillus 與希臘文的 musos，意思是塵土）而言，病理性的恐懼聚焦在生理物質、體味與不潔的狀態。這些障礙在生活史層面的決定因素通常包括如廁訓練時期的記憶，但是它們的根源觸及到更深的周產期過程的糞便迷戀層面。這種情況一般發生在出生時接觸到母親糞便或是吸入胎便的病患。理解這些恐懼症的關鍵在於第三母型與死亡、攻擊性、性興奮以及不同型態的生理物質連結。

　　罹患這些障礙的患者不僅害怕自己或許會遭到生物性感染，他們也經常憂慮感染他人的可能性。因此，他們對生物性物質的恐懼密切關聯到導向內在與外在的攻擊性，這正是出生最後階段的代表性情況。在更為表象的層次，對感染與細菌生成的恐懼也在無意識層面關係到精子與受精，因此再次連結到懷孕與生產。與前述恐懼症相關的、最重要的濃縮經驗系統群包括欲力發展的肛門與施虐階段，以及圍繞著如廁訓練與潔淨的衝突等相關記憶。額外的生活史材料還包括將性與懷孕呈現為骯髒與危險的相關記憶。和所有情緒障礙一樣，這些恐懼症通常也具備超個人的元素。

　　與生物性污染物深度的糾纏與認同也是某類特定的自我價值低落的基礎，這包括自我貶抑與一種對自己感到噁心的感覺，口語上的表達方式為「屎一樣的自我價值」。這通常連結到要去除討厭與噁心的物質，要改善自己外表的儀式行為。這些儀式中最明顯的就是強迫性洗手或洗身體的其他部分，情況可能會極端到造成皮膚受傷並流血。其他儀式則代表努力要避免或中和生物性感染，例如戴白手套、使用乾淨的手帕來碰觸門把，或是吃飯前要先清潔餐具和碗盤。這點讓這個問題與強迫性精神官能症產生連結。

　　女性如果對周產期事件的記憶接近意識表面，就可能罹患對懷孕與分娩的恐懼症。觸及關於出生焦慮的記憶會讓女性難以接受自己的女性氣質與生殖角色，因為母親身分代表了施加疼痛與苦難。懷孕及需要面對分娩的苦楚，這個想法在這樣的情境下可能會連結到讓人動彈不得的恐懼。

　　鋒刃恐懼症（Aichmophobia，來自希臘文的 aichmē，意為點）是對尖銳物品的極端恐懼，這類物品包括刀、剪刀、鉛筆或縫衣針。這種造成情緒折磨的情況，通常會在孩子出生不久後發生在父母身上，但它並非純粹的恐懼症，還包含強迫症的元素。這種狀況結合了對孩子施暴的衝動加上對孩子造成真正傷害的恐懼。一般來說，這關係到身為母親的恐懼、過度保護的行為以及非理性地擔憂寶貝會發生什麼事。無論這個問題的生活史決定因素或許為何，更深的源頭可以追溯到那個兒童的分娩過程。這反映出分娩的被動與主動層面在無意識內有著緊密的連結。

　　母親與孩子間的生物共生結合狀態代表經驗合一的狀態。重新經歷自己的出生的女性都會同時或交替地經驗到自己正在分娩。同樣的，身為子宮內的胚胎的記憶一般都關係到某種處在懷孕狀態的經驗，而接受哺乳的處境也會連結到身為哺乳母親的處境。母職恐懼的深層根源就在分娩的第一個臨床階段（第二母型），這時子宮開始收縮，而子宮頸仍然關閉。這時，母親與孩子受困於一種生理敵對的狀態，向彼此施加著痛苦。

　　這個處境常會觸發母親關於自己出生的記憶，釋放出相關的攻擊潛力，並且將之導向兒童。分娩會開啟通往周產期動力學的經驗通道，這點代表了重要的治療機會。這是個非常好的時機，讓剛剛生下嬰兒的女性進行某些非凡且深層的心理學工作。在負面層面，如果浮現的情緒沒有適當處理，母親周產期無意識的觸發可能造成產後憂鬱症、精神官能症，甚至精神病。

　　產後精神病理學通常都用模稜兩可的荷爾蒙改變來解釋。

這並沒什麼道理，考慮到母親對分娩的反應範圍很廣，從狂喜到精神病，但是荷爾蒙的變化則依循著相當標準的模式。在我的經驗中，周產期記憶在懷孕與母職的恐懼症中扮演著關鍵角色，對產後精神病理學也是如此。針對出生創傷及出生後早期的經驗式治療似乎是這些失調最適合的方法。

火車恐懼症（Siderodromophobia，來自希臘文的 sideron，意為鐵，以及 dromos，意為道路）是對火車與地下鐵旅行的恐懼，這是基於出生經驗與這些交通方式之間的某些相似性。兩種情境最重要的共同點，就是那種受困的感覺，以及巨大的力量與能量正在運行，而人對整個過程絲毫無法控制的經驗。額外的影響元素還有穿越隧道及地下通道，以及與黑暗的遭遇。在古老的蒸汽引擎時代，火的元素、蒸汽的壓力、傳達緊急感的刺耳鳴笛似乎也是影響因素。這些處境要能觸發恐懼，必須很容易讓意識取得周產期記憶，這是因為它們的強度及潛在濃縮經驗系統群的出生後層次構成銜接的效應。

與前述密切相關的恐懼症就是害怕搭乘飛機。它與其他情境的共同點在於令人緊張的受困感，害怕正在運行的龐大能量，以及完全無法影響事件進程的無能感。顛簸航程中的另一個額外因素，似乎是充滿焦慮地努力要維持在同樣的姿勢，以及無法讓自己移動的狀況。在與旅行有關的恐懼症中，缺乏控制似乎是非常重要的元素。害怕搭車旅行可以說明這一點：在搭車這種交通方式中，我們可以輕易地扮演乘客與司機兩種角色。搭車恐懼症通常在我們是被動的乘客時出現，不會在我們坐在駕駛座，可以有意改變或停止動作時出現。

有趣的是，暈船和暈機通常關係到周產期動力學，常會在個人完成死亡重生程序之後消失。這裡的關鍵元素似乎是人有意願放下掌控一切的需要，同時能夠向事件的流動臣服，無論它們會帶來什麼。如果個人嘗試自己操控種種具備著毫不屈服的動態潛勢的程序，那麼困難就會出現。過度地需要掌控某個情境，正代表著人深受第三母型與相關濃縮經驗系統群的強大影響；能夠向事件的流動臣服，則展現出個人與第一及第四母型的正向層面有強大連結。

懼高症（Acrophobia，來自希臘文的 ákron，意為高峰或頂端）其實不是純粹的恐懼症。它總是關係著讓自己由高處（塔樓、窗戶、峭壁或橋梁）跳下或墜落的強迫行為。墜落的感覺及同時發生的毀滅恐懼，這是第三母型最後階段典型的顯現。這個關聯的起源尚未釐清，不過或許這帶有親緣記憶的成分。某些動物是站著生產，而它們的分娩可能包括相當的墜落感（例如長頸鹿的出生），此外，某些原住民文化的女性會懸掛於樹枝上、蹲著或四肢著地趴著來分娩。據說摩耶夫人生下佛陀時就是這樣，是站著並抓住樹枝。另一個可能性是，出生的時刻代表著與引力現象的首次相遇，包括掉落的可能性或實際掉落的記憶。

無論如何，在全向狀態中受到第三母型影響的人經常會有這類經驗：墜落、跳水、跳傘等。對極限運動與其他牽涉到墜落的活動（跳傘、高空彈跳、電影特技、特技飛行）感到強迫般的興趣，這似乎反應出，人需要將迫切災難的感覺外部化，投射到某些具有一定程度控制性（彈跳繩索、降落傘的繩子）

的情境，或是牽涉到其他型態安全措施（以水終結墜落）的情境。造成出生創傷的這個特定層面出現的濃縮經驗系統群包括以下等類記憶：被成人開玩笑地拋向空中以及與墜落有關的意外。

由於懼高症、墜落的經驗以及出生的最後階段之間有著略顯謎樣的關係，因此用明確的例子來說明或許更為有幫助。這個例子與雷夫有關，他由德國移民到加拿大，多年前曾經參加過一場我們在英屬哥倫比亞舉辦的全向呼吸療法工作坊。與其他類型的恐懼症相關的案例史請參閱我的其他著作（Grof 1975, 2000）。

在雷夫的全向療程中，他經驗到一個強大的濃縮經驗系統，而他覺得那正是他嚴重懼高症的成因。這個濃縮經驗最表面的層次包含一個來自戰前德國的記憶。那個時期的柏林充滿著忙亂的軍事建設，以及同樣忙亂的奧林匹克運動會準備；希特勒希望在運動會中展現北歐民族的優越性。

由於對希特勒而言，奧林匹克運動會的勝利具有無比的政治重要性，因此許多深具天分的運動員都被派遣到特殊營地進行嚴格訓練。如果不想被徵召到惡名昭彰的德意志國防軍（Wehrmacht），就只有這個選擇。身為憎恨軍隊的和平主義者，雷夫獲選進入其中一個營隊。這是避免徵兵的天賜良機。

訓練包含多種運動類別，具有高度競爭性；所有表現都會進行評分，分數最低者會被送去從軍。雷夫表現殿後，只有最後一次機會改善自己的名次。重要性及爭取成功的動機都相當高，但是挑戰也確實令人生畏。他應該進行的任務是他一生中

從未做過的：他得從九公尺高的跳塔以頭朝下的姿勢跳入游泳池。

他的濃縮經驗系統的生活史層次包含重新經歷與跳水及墜落感相關的巨大矛盾與恐懼。緊接在這個經驗之後，同一個濃縮經驗系統的更深層次，則是重新經歷雷夫在出生最後階段的掙扎，包含所有相關的情緒與生理感受。接著這個過程繼續進入某個雷夫認為必定是來自前世的經驗。

他變成某個原住民文化中的青春期男孩，與一群同齡夥伴參與一次危險的通道儀式。他們一個接一個爬上用有彈性的植物藤蔓綁在一起的木頭柱所搭建的高塔。一到達那裏，他們就會將一條很長的藤蔓綁在自己的腳踝，將另一端綁在塔頂平台的邊緣上。擁有最長的藤蔓又沒有因此死亡，這是地位的象徵，也是讓他們非常驕傲的事。

等到他經驗了與這個通道儀式的跳躍相關感覺，他領悟到，這些感覺與自己在奧林匹克訓練營進行跳水，以及他出生的最後階段相關感覺非常類似。這三個處境顯然都是同一個濃縮經驗系統的組成要素。

動物恐懼症（Zoophobia，來自希臘文的 zoon，意為動物或有機體）指的是對不同動物的恐懼，可能包含許多不同的生命形式，不管是大型且危險的動物，或是小型的無害生物。基本上，它與特定動物對於人類來說所代表的實際危險無關。在古典精神分析中，人所恐懼的動物被視為帶來閹割的父親或是壞母親的象徵表現，因此總是帶著性的意味。全向狀態的工作則顯示出，這類由生活史層面對動物恐懼症所進行的詮釋並不恰

當,因為這些障礙有著顯著的周產期及超個人根源。

如果恐懼症的對象是大型動物,那麼最可能的元素似乎是被吞食並融合(狼),或是與懷孕與哺乳的關係(母牛)兩個主題其中之一。前面提到過,第二母型啟動的原型象徵就是被吞食並融合的經驗。這種對吞食的原型恐懼很容易會投射到大型動物,尤其是肉食動物上。大型動物與出生的關係最經典的案例就是小紅帽的童話以及聖經中約拿[03]的故事,兩者均具備被吞食的周產期象徵。

某些動物也和出生有著特殊的象徵關聯性,例如巨大的狼蛛,牠們經常出現在第二母型最初階段作為「陰性吞食者」(Devouring Feminine)的象徵。這似乎反映著,蜘蛛會用網捕捉自由飛翔的昆蟲,使牠們動彈不得,並且包裹住並殺死牠們。我們不難想見這一連串的事件與兒童在生物分娩中的經驗有著相似性。這種連結似乎是「蜘蛛恐懼症」(arachnophobia,來自希臘文的 arachne,意為蜘蛛)發展的必要元素。

另一種具備重要周產期元素的動物恐懼症是「蛇恐懼症」(ophiophobia 或 serpentophobia,來自希臘文的 ophis 與拉丁文的 serpens,意思均為蛇)。蛇的圖像在更表面的層次有著陽具的意涵,也代表出生痛苦及因此而來的恐怖陰性吞食者的常見象徵。有毒的蝮蛇代表著迫切的死亡威脅,也代表啟蒙之旅的開始(參見龐貝城描繪酒神儀式的濕壁畫),而會絞纏獵物的大型蟒蛇

03　編註:約拿因觸怒約和華,被其所安排的一隻大魚吞食,在其腹中懺悔了三天三夜,終得寬恕,被大魚吐出而獲救。

則象徵著出生過程會有的壓迫與纏勒。大型蟒蛇會吞食獵物並且呈現出懷孕的外觀，這進一步強化其周產期的關聯性。

蛇的象徵經常深入延伸到超個人領域，在此它會具備多種不同的、因文化而異的意義，例如伊甸園中欺騙了夏娃的蛇、代表纏繞的拙火力量的蛇、保護佛陀免於暴雨的蛇王目真鄰陀（Muchalinda）、毗濕奴神（Vishnu）的巨蛇阿難陀（Ananta）、中美洲的羽蛇神奎特察爾柯圖、澳洲原住民的彩虹蛇等等。

「昆蟲恐懼症」（Entomophobia，來自希臘文的 entomos，意為昆蟲）經常可以追溯回周產期母型的動力學。例如，蜜蜂似乎與生殖及懷孕有關，因為牠們參與傳播花粉與植物受精的過程，也能透過蜂螫讓人類腫脹。蒼蠅由於靠近糞便且經常傳播感染，因此連結到生育的糞便迷戀層面。如同前面已經指出的，這點與對塵土及微生物的恐懼症以及強迫性洗手有密切關聯。

「閃電恐懼症」（Keraunophobia，來自希臘文的 keraunos，意為閃電）是對雷雨的病理性恐懼，在心理動力層面關係到第三與第四母型之間的過渡，因此與自我死亡有關。閃電代表著天堂與大地之間的能量連結，電力則是神聖能量的物質表現。因此，雷暴象徵著在死亡重生過程的最高點所發生的與神聖之光的接觸。在布拉格的啟靈藥療程中，我有許多病患重新經歷了過去曾施加於他們身上的電擊。他們在整個過程中仍保持有意識狀態，即使電擊已讓他們在原來的處境中失去意識。

當他們的心理靈性轉變程序抵達了自我死亡的階段，他們就會有這些經驗。有趣的是，人們試圖用來解釋電擊的治療效果的理論之一，實際上指出這個程序會誘發心理靈性死亡與重

生的經驗。最著名的閃電恐懼症患者就是貝多芬。他在《田園交響曲》（Pastoral Symphony）中加入了壯麗的雷雨音樂表現，藉此成功地面對了自己恐懼的主題。

「火焰恐懼症」（Pyrophobia，來自希臘文的 pyr，意為火），同樣在心理層面深植於第三到第四母型的過渡。在我們討論周產期母型的現象學時，我們看到面對著自我死亡的個人一般都會看到火焰的影像。他們也經常感覺自己的身體正在燃燒，感覺自己彷彿正在穿越淨化的火焰（pyrocatharsis）。因此，火焰與煉獄的主題是心理靈性轉變最後階段的重要伴隨物。等到無意識動力學的這個層面觸及意識的門檻，火的經驗與迫近的自我死亡之間的連結就會引發火焰恐懼症。

人若是能直覺體會這個過程的正向潛能，那麼，因為其最終結果將是心理靈性的死亡與重生，其效果將會截然相反。他們會感覺到，如果他們能夠經歷火的破壞之力，那麼某種奇妙之事將會發生在自己身上。這種期待可能變得如此強大，造成難以抗拒的，實際引發火焰的渴望。觀察因此產生的火焰只會帶來轉瞬即逝的刺激感，常常會讓人失望。然而，火的經驗應該會帶來巨大解放的感覺是如此令人信服與迫切，讓這些人會一再嘗試，最終成為縱火犯。如此產生的弔詭情況是，火焰恐懼症與「縱火狂熱」（pyromania，來自希臘文的 mania，意為狂熱）有著密切關係。

「恐水症」（Hydrophobia）是對水的病理性恐懼，同樣有著強大的周產期成分。這反映著水和生產有著重要的關係。如果懷孕和分娩的過程正常，這個連結是非常正面的，此時水代

表著羊膜內存在或生產後的安適，這時進行沐浴代表著生產的
危險已經過去。不過，不同的出生前危機，例如在生產時吸入
羊水，或是出生後的沐浴意外，這都可能讓水帶有明確的負面
聯想。支撐著恐水症的濃縮經驗系統一般也包含了生活史元素
（嬰兒期與童年關於水的創傷經驗）以及超個人元素（在前世
經歷船難、洪水或是溺水）。

轉化性歇斯底里（Conversion Hysteria）

　　這種精神官能症在佛洛伊德的時代比起現在更為常見，也
在精神分析的歷史與發展中扮演重要角色。佛洛伊德的數位患
者以及他許多追隨者的患者都屬於這種診斷分類。這種異常的
命名來自希臘文的 hystera，意為子宮，因為最初它被認為是專
屬於女性的異常；這種信念後來遭到駁斥及拋棄。轉化性歇斯
底里具有豐富且多采多姿的症狀學，而且，根據柏林精神分析
師卡爾·亞伯拉罕所建構的心因性分類法，它與恐懼症群組或
者說焦慮型歇斯底里（anxiety hysteria）有著密切關係。

　　這意味著，這個障礙的主要固著是在欲力發展的性器期，
而且作為其根源的心理性慾創傷是發生在兒童受到戀父或戀母
情結的強大影響的時期。與轉化性歇斯底里的心理成因有關的
許多防禦機制中，最典型的就是轉化，因此這種形式的歇斯底
里以此為名。這個名詞指出讓無意識衝突與本能衝動成為生理
症狀的象徵性轉變。

　　影響肢體功能的生理症狀範例包括手腳麻痺（abasia 或

astasia）、失聲症（aphonia）及嘔吐。影響感覺器官及其功能的轉化可能造成暫時的失明、耳聾或心因性麻木。轉化性歇斯底里也可能產生多種症狀組合，能令人信服地模擬懷孕。這種假性懷孕或虛孕包含無月經症、晨間噁心及嘔吐、還有腸內氣體累積造成的腹腔顯著擴大。模擬耶穌傷口的宗教性印記也常常被詮釋為轉化性歇斯底里。

佛洛伊德指出，在歇斯底里的轉化中，受到壓抑的性的想法與衝動會在生理功能的變化中找到表現管道。事實上，受到影響的器官可以說「轉變為性器官」（sexualized），也就是說，它變成生殖器官的象徵性替代品。舉例來說，不同器官的充血與腫脹或許象徵著勃起，或者說，這些器官不正常的感覺或生理性的變化或許模仿著生殖器官的感覺。

舉例來說，佛洛伊德接受了他的密友耳鼻喉科醫師威廉·弗里斯（Wilhelm Fliess）的理論，後者相信臉紅是一種錯位的性興奮，而挖鼻孔則是替代性的自慰。佛洛伊德甚至將他的某些歇斯底里患者送去以手術方式打破鼻中隔，這是弗里斯針對這種異常狀況所推薦的介入方式。佛洛伊德也指出，在某些案例中，所浮現的某個創傷情境的記憶可以藉由個人當時所經驗的生理感受來理解。

歇斯底里最複雜也最突出的表現就是一種心身症候群，稱為嚴重歇斯底里發作（major hysterical spell or attack）。這種症狀的特徵為昏迷（syncope）、呼吸困難、身體在地面極度向後彎曲（arc de cercle 或 opisthotonus）、交替的哭泣與大笑、四處揮手，以及類似性交的骨盆動作等。根據佛洛伊德的看法，歇斯底里

發作是一種狂亂的發作，其根源乃是已遭遺忘的童年事件和根據這些事件所建構的幻想故事。這些發作代表著某些偽裝的性主題，而它們與戀母及戀父情結及其衍生物有關。佛洛伊德指出，歇斯底里發作時的行為顯然透露出其性的本質。他將發作的頂點——失去意識比擬為性高潮時的短暫意識喪失。

來自全向狀態的觀察顯示，轉化性歇斯底里，除了生活史的決定因素外，也具備顯著的周產期與超個人根源。就轉化現象的共相及歇斯底里發作的殊相而言，潛藏於它們之下的乃是強大的生物能量阻塞，而這些阻塞有著與第三母型動力學相關的，彼此衝突的神經支配。重新經歷出生最終階段的人，他們的行為，尤其是頭部的偏轉與極度的後彎，通常類似歇斯底里的發作。

和轉化性歇斯底里的心理生成相關的生活史材料，其性質與時間點大致上與佛洛伊德理論相符。經驗式治療通常會揭露來自童年特定時期的心理性慾創傷，這時患者來到性器期的發展階段，受到戀母或戀父情結的影響。歇斯底里發作中的動作，除了前面提到的周產期元素外，還可說代表了針對潛在童年創傷的特定層面象徵性指涉。

和轉化性歇斯底里相關的創傷記憶中包含了性的材料，它們解釋了這些記憶為何屬於某個同時包含了第三母型性慾面向的濃縮經驗系統。我們如果不清楚出生記憶同時包含強大的性元素，那就很容易忽略周產期層面如何參與了轉化性歇斯底里的生成，因此將這種異常完全歸因於出生後的影響。在這個脈絡中，必須提及有趣的一點是，佛洛伊德自己也觀察到並且承

認，潛藏於歇斯底里發作之下的主導主題通常不是性的誘惑或性交，而是懷孕與分娩。

在轉化性歇斯底里的心理成因中，第三母型所扮演的角色解釋了許多精神分析文獻中曾經提及但從未適當解釋的重要層面。最重要的是，對歇斯底里症狀的分析所透露的，不僅是它們與欲力衝動及性高潮的連結，還有它們與普遍擴散到全身的「勃起」（出生高潮），以及與生產及懷孕相當明顯的連結。轉化性歇斯底里與性慾、攻擊行為和死亡之間奇特的關聯也是如此。為呼吸而掙扎也是歇斯底里發作與重新經歷出生共同擁有的特徵。這點指出，處理歇斯底里發作最佳的方法就是將它視為一次經驗式治療——要去鼓勵情緒與生理感受的完整表現。這可能就會成為處理潛藏問題的治療機會。

轉化性歇斯底里的心理動力基礎和激動性憂鬱症（agitated depression）相當類似。當我們檢視這種障礙最驚人、最戲劇化的表現，亦即嚴重歇斯底里發作，那麼這種相似性就變得相當顯著。普遍來說，激動性憂鬱症是比轉化性歇斯底里更嚴重的障礙，而且它以更純粹的形式彰顯出第三母型的內容與動力學。觀察激動性憂鬱症患者的臉部表情與行為，會讓人相當確定這確實需要謹慎以待。這類患者高比例的自殺，甚至先謀殺再自殺的事件，也支持著這樣的印象。

嚴重的歇斯底里發作則顯示出與激動性憂鬱症表面上的相似。然而，前者整體的樣態顯然較不嚴重，而且沒有深度的絕望。歇斯底里顯得特殊且做作，具備明確的表演性及毫無疑問的性意味。一般來說，歇斯底里發作具有第三母型的許多基本

特徵：過度緊張、心理動作的刺激與躁動、憂鬱與攻擊性的混合、大聲尖叫、呼吸的干擾以及戲劇化的後彎。然而，基本的經驗性模板在此的表現比起激動性憂鬱症更為緩和，還會受到後來的創傷事件顯著的修正與影響。

轉化性歇斯底里、激動性憂鬱症以及第三母型之間的動力連結會在深層經驗式療法中變得顯著。最初，全向狀態傾向於觸發或放大歇斯底里症狀，個案會在來自童年的特定心理性慾創傷中發現它們的根源。接著，重新經歷出生與第四母型的連結會帶來症狀的緩解甚至消失。歇斯底里轉化最深的根源可以觸及超個人層次，以業力記憶或原型主題的型態出現。

歇斯底里性的手與手臂麻痺、無法站立、失聲以及其他轉化性症狀同樣具備強大的周產期元素。這些狀況並不是缺乏運動衝動（motor impulses）所造成的，而是來自於敵對的，彼此抵銷的運動衝動之間的動態衝突。這個情況來自充滿痛苦與壓力的出生經驗，在其中，兒童身體的回應方式是製造過度的、混亂的神經衝動，而這些衝動沒有適當的宣洩管道。

奧托‧蘭克在他的開創性研究《出生創傷》（Rank 1929）一書中首度對歇斯底里式轉化症狀做出類似的詮釋。儘管佛洛伊德將轉化視為心理衝突透過身體語言的表達，但是蘭克則相信它們真正的基礎是在生理層面，也因此反映了出生過程中存在的原初情境。對佛洛伊德而言，問題在於，原本是心理性的問題如何能轉譯為生理的症狀？蘭克則必須面對相反的問題——要解釋原本主要是身體性的現象如何能透過二度潤飾（secondary elaboration）來取得心理內容與象徵意義？

歇斯底里症的某些嚴重情況已接近精神病，例如心因性
恍惚、無法控制的白日夢、將幻想誤認為真實或「幻謊」
（pseudologia fantastica）[04]等；這類症狀在動力學層面似乎與第一
母型有關，反映出某種深刻的需要，想重新建立代表著未受干
擾的子宮內存在，以及與母親合一共生的那種狂喜般的情緒狀
態。儘管我們很容易看出，這些狀態相關的情緒及生理滿足的
元素是作為欲望對象的良好子宮與乳房情境的替代物，但是白
日夢與幻想的具體內容所使用的是與個人童年、青春期、成人
生活有關的主題和內容。儘管古典的轉化性歇斯底里在我就讀
醫學院與從事精神醫學工作的早期（1950 至 1960 年代）相當
常見，但是在最近數十年它已經成為相當罕見的精神醫學病症。

強迫性精神官能症

強迫性精神官能症（Obsessive-Compulsive Neurosis）的患者深
受侵擾性的非理性想法所折磨；他們無法排除這些想法，感覺
自己不得不從事某些荒謬且無意義的反覆性儀式。他們通常會
意識到，自己的思想程序與行為是不理性甚至怪異的，但是他
們無法控制它們。如果拒絕服從這些怪異的渴望，他們就會被
刺痛心靈的游離性焦慮（free-floating anxiety）所淹沒。

強迫性思維與行為的光譜範圍很大，從無辜的有趣行為及

04　編註：一種以精心捏造的謊言為特徵的臨床症狀，通常是為了讓別人留下深刻
　　印象或提升自我價值。

「日常生活的精神病理學」（psychopathology of everyday life），
到讓人難以持續日常生活的折磨痛苦。許多要遠行度假的人帶
著行李箱走出家門，會突然經驗到一種揮之不去的感覺，認為
自己有重要的東西忘在家裡，或是沒有把燈或爐子關上。他們
得走回家裡確認情況，確認過後就解決了問題。不過，罹患強
迫症的人必須一次又一次回去確認再確認，然後得再確認，並
且將會因此錯過火車或飛機。

　　我出生在布拉格，在三十六歲前都住在那裡。這座城市多
數街道的人行道都用小塊黑色、灰色、白色與紅色的大理石方
磚組成美麗的圖案。許多走在街上的人都會斷斷續續感受到某
種衝動，要依照特定且明確的模式走在人行道上，例如踩在同
樣顏色的區域、以特定方式遊走，或是避開特定的幾何構成。
不過我的強迫症患者經常困在這個遊戲中幾個小時無法離開，
因為他們只要試著想停下來就會經驗到無限的恐懼。

　　我有一位強迫症患者，他的問題是，每次遭遇引發內心強
烈情緒反應的事物（例如遇到吸引他的女孩），就得想像出一
個笛卡兒座標系。他會經歷一個焦慮的過程，試圖為那個人或
事件在座標系圖表上的正確象限找到恰當的位置，距離橫座標
與縱座標都要有令人滿意的距離。他在 LSD 療程中領悟到，這
種辛苦的思考過程反映出頭部卡在產道並受到擠壓這件事所包
含的彼此衝突的向量。

　　精神分析文獻似乎普遍都認同這點：與同性戀、攻擊性、
生物物質相關的衝突形成了這種異常的心理動力基礎。其他常
見的特徵包括生殖力受到抑制以及高度強調前生殖期驅力，尤

其是屬於肛門期的驅力。強迫性精神官能症的這些層面指向一個強大的周產期元素，尤其是第三母型中糞便迷戀的層面。

這種精神官能症的另一個典型特徵就是關於宗教與神抱持強烈的矛盾態度。許多強迫症患者都活在持續且嚴重的，關於神與宗教信仰的衝突之中，會經歷強烈的反叛與瀆神的思維、感受、衝動。例如，他們會將神的形象連結到自慰或排便，或是有難以抗拒的衝動要在教堂內或喪禮上大叫、吼出不雅字眼，或是排氣。與這種現象交替發生的是迫切地渴望懺悔、贖罪、懲罰自己來消弭自己的僭越、瀆神、罪惡。

如同前面在周產期母型現象學的部分所討論過的，性衝動、攻擊衝動、糞便迷戀衝動與引發虔誠的神聖元素間的這種密切關聯，正是第三母型到第四母型過渡的特徵。同樣的，對壓倒性力量的反叛與希望向它臣服，這兩種狀態的交替出現也正是死亡重生過程的最後階段的特徵。在全向狀態，這種無情的權威力量可以透過原型的象徵形式為人所經驗。

它可能顯現為一個嚴格、施加懲罰而且殘忍的神，如同舊約聖經中的耶和華或雅威（Yahweh），或甚至是凶猛的，要求著血腥獻祭的前哥倫布時期神祇。這種懲罰的神在生理層面的對應就是產道收縮的影響，對個人施加著極端威脅生命的苦難，而同時針對因為生物出生的苦難而啟動的性慾與攻擊天性的本能能量，又阻擋著它們進行任何外在表現。

產道的束縛力量代表著佛洛伊德所謂超我的「野蠻」部分的生理基礎。這是心靈原始且野蠻的元素，能驅使人從事殘忍的自我懲罰、自殘，甚至暴力的自殺。佛洛伊德認為這部分的

超我本質上是本能的，因此是本我的衍生物。在出生之後，侷限性與脅迫性的影響會採更為細緻的命令與禁制型態，來自父母權威、法律體制、宗教誡命等。與這個截然相反的則是超我的另一個層面，亦即佛洛伊德所謂的「理想自我」（ideal ego 或 das ideale Ich），表達出我們希望認同並仿效我們敬佩的人。

　　強迫性精神官能症一個重要的周產期源頭，是在出生最後階段與不同形式的生理物質發生不愉快甚至危及生命的接觸。與這種障礙有著心因性關聯的濃縮經驗系統群包含與肛門區域以及生理物質相關的創傷經驗，例如過去經歷嚴格的如廁訓練、痛苦的灌腸、肛交強暴、消化道疾病等。另一類重要的相關生活史材料包含的記憶，是對生殖組織構成威脅（割禮與包莖手術）的不同情境。相當常見的是，具備類似主題的超個人元素會在這個棘手病症的生成扮演重要的角色。

　　著迷與強迫地進行儀式行為、關於宗教與性慾的衝突、以及個人在試圖抗拒並控制這些症狀時所產生的焦慮，這些可能會真的折磨人到痛不欲生。1949 年，埃加斯‧莫尼斯（Egas Moniz）因為發明了一項充滿爭議性的神經外科手術──「前額葉切除術」（prefrontal lobotomy，來自希臘文的 lobos，意為腦葉，以及 temnein，意為切除）──而獲得諾貝爾獎，從此之後這類病症的嚴重案例（和慢性思覺失調一樣）就會診斷為需要接受這種野蠻的手術。往好處看，亞利桑那大學所執行的一項研究發現，罹患強迫症的患者在使用了裸蓋菇鹼之後症狀出現短暫的緩解（Moreno et al. 2006）。

憂鬱症、躁狂症以及自殺行為

在過去數十年中，關於躁鬱症（manic-depressive disorders）病源學的主流理論經歷了許多變革。關於這個主題的文獻相當廣泛，也有多種推論。古得溫與傑米森（Goodwin and Jamison）[05] 所完成的多部百科全書式著作對此也有相當好的簡述（Goodwin and Jamison 1990, Goodwin 2007），因此我在此只會提及主要的概念潮流。在 1940 及 1950 年代，主流專業人士的注意力主要聚焦於躁鬱症的精神分析理論。古典精神分析將這些異常狀態連結到主動式肛門期的固著，並且將自殺視為對內攝的仇恨對象的攻擊行為（例如殺死內攝的壞母親的乳房）。

到了 1960 年代，重心轉移到神經化學的解釋，認為此疾病牽涉到神經傳導物質（包含腎上腺素與去甲基腎上腺素等兒茶酚胺、血清素以及多巴胺）、神經肽以及訊號網路的低落或失衡，以及細胞新陳代謝異常。後來研究者的結論是，躁狂症的病源學更不明確且更為複雜，仰賴著基因與其他生理因素、心理學影響，以及社會／環境情況的不同組合。最晚近的推論則認為，大腦調節系統的神經網路異常連結、震盪模式與生理節奏在情感障礙的生成中扮演重要角色。

關於躁鬱症的不同生理理論僅指出躁狂與憂鬱發作的傾向，但是無法解釋這類發作為何以這種或那種形式出現；這類理論也無法提供線索讓人理解兩類異常的臨床症狀學細節。弔

05　編註：前者為喬治華盛頓大學的精神病學臨床教授，其研究著重於躁鬱症、重度憂鬱症和自殺；後者為約翰霍普金斯大學的精神病學與行為科學教授。

詭的是，儘管躁狂與憂鬱階段似乎在臨床樣貌中代表了兩極的對比，但是從壓力及生理節奏的顛峰震盪活性等生物化學指標來看，兩種狀態同樣顯示出活動的增加。然而，來自全向狀態研究的觀察或許有助於理解並解決這些爭議。

　　早期的精神疾病診斷與統計手冊（DSM 第一版與第二版）注意到病源學因素並且顯現出強烈的精神分析影響。此手冊後來的版本則有意避免病源學、生物學、精神動力學的推論，選擇採用「新克雷培林學派方法」，僅聚焦於描述症狀與症候群。要將來自全向研究的嶄新洞見連結到諸如「躁鬱症的多因素病源學」（multifactorial etiology of manic-depressive disorders）此類模糊的概念，或是連結到對症狀與症候群的單純描述，這是不可能的。因此我決定要修正並深化古典精神分析最初對情緒障礙與心身症的解釋，因為這類解釋儘管並不完美，卻指向正確方向。

　　在古典精神分析中，「憂鬱症」（depression）和「躁狂症」（mania）被視為與主動式（施虐性或食人性）口腔期的嚴重問題有關，例如哺乳干擾、情緒性排斥與剝奪，以及早期母嬰關係問題。因此，自殺傾向被詮釋為針對內攝對象（「壞母親」的形象，主要是她的乳房）的敵意（Fenichel 1945, 另參考本書 P79 的卡爾・亞伯拉罕圖表）。根據來自全向狀態的觀察，這樣的描述必須加以修正並且更為深化。在它原始的型態，這種說法並不可行且不具說服力，並未解釋關於憂鬱症的某些相當根本的臨床觀察。

　　舉例來說，為什麼憂鬱症會有兩種極端不同的表現形式，

亦即抑制性與激動性？為什麼憂鬱的人都會出現生物能量的阻塞並表現為高比例的頭痛、胸部與肩膀的壓力、心身型疼痛以及水腫？為什麼他們表現出生理性的抑制、沒有食慾、消化道失常、便祕、沒有性慾和月經？為什麼憂鬱的人，包括罹患抑制性憂鬱症的人，會表現出高度的生物化學壓力？他們為什麼會覺得沒有希望，經常描述自己「感覺動彈不得」？為什麼憂鬱症與自殺及躁狂有如此緊密的連結？躁狂與憂鬱，這兩種障礙看似如兩極相反，而這樣的對立甚至反映在臨床術語上——雙極性疾患（bipolar disorder）——但兩者為何均表現出代表壓力的生物化學指標以及生理節奏的震盪活動的增加？

在概念層面侷限於出生後生活史及佛洛依德式個體無意識的心理治療學派無法回答這些問題。在這方面成功程度更低的是那些試圖將躁鬱症解釋為純粹是身體組織化學異常的那些理論。只靠化學變化本身幾乎無法解釋憂鬱症臨床樣貌的複雜，包括它與躁狂及自殺的緊密連結。只要我們了解到這些障礙有著顯著的周產期與超個人根源，那麼這個棘手處境就會全盤改變。我們會開始用嶄新的觀點來看前面提到的許多問題，憂鬱症的許多表現突然間都顯得相當合理。

「抑制性憂鬱症」（Inhibited depression）的重要根源在於第二周產期母型。由第二母型所主導的療程的現象學，以及緊接在由這個母型主導且未能適當解決的經驗之後的時期，都會顯現出重度憂鬱症的所有核心特徵。受到第二母型影響的人會經驗到錐心的心理與情緒痛苦——毫無希望、絕望、席捲一切的罪惡感以及無能感。這樣的人會感覺深刻的焦慮、缺乏主導性、

失去興趣而且無法享受存在。在這個狀態中，生命似乎全然沒有意義，情緒層面空虛而且荒謬。

人似乎完全透過負面模板來看待自己的生命及世界本身，選擇性意識到痛苦、惡劣、悲劇性的生命層面，對任何正向事物變得盲目。這種情況似乎全然難以承受、難以逃脫、毫無希望。有時候，這會伴隨著看見色彩能力的喪失；如果發生這種狀況，整個世界看起來就像是黑白電影。儘管其中帶有極端痛苦，但是這個情況卻不會帶有哭泣或任何其他戲劇化的外在表現；其特徵在於全面性的動力抑制。

如前所述，與抑制性憂鬱症有關的是身體不同部位的生物能量阻塞，以及重要生理功能的嚴重抑制。這種形式的憂鬱症一般會伴隨有以下的生理現象，包括感覺受到壓抑、擠壓、侷限、感覺窒息，以及身體不同部位感到緊張和壓力，還會頭痛。同樣相當常見的還有水分和尿液的堆積、便祕、心臟窘迫不適、對食物與性活動失去興趣，還會傾向於對不同身體症狀做出疑病症的詮釋。

這些症狀全都符合將這類憂鬱症視為第二母型表現的理解。種種弔詭的生物化學發現也進一步支持這樣的理解。罹患抑制性憂鬱症的人一般表現出高度的壓力，他們血液與尿液中的兒茶酚胺（catecholamines）及類固醇激素（steroid hormones）升高正說明了這一點。這種生物化學的描述符合第二母型的特徵，因為這個階段代表了高度壓力的內在情境，任何外在行動或表現均不可能——「表面是坐著，內心在奔跑」。

精神分析的理論將憂鬱症連結到早年口腔期的問題與情緒

意識航行之道
The Way of the Psychonaut

剝奪。儘管這個連結是正確的，但是它並未解釋憂鬱症的重要面向——種種動彈不得、毫無希望、沒有出路的感覺、生物能量的阻塞以及包含生物化學發現在內的生理表現。目前的模型顯示，佛洛伊德的發現大致正確但並不全面。儘管與抑制性憂鬱症相關的濃縮經驗系統群包含了精神分析所強調的生活史元素，但是更完整、更全面的理解必須納入第二母型的動力學。

　　早年的情緒剝奪及口腔期挫折與第二母型有許多共同點，將這兩類處境納入同一個濃縮經驗系統反映出深度的經驗邏輯。第二母型包含胚胎與母體組織之間共生連結的中斷，這是由子宮收縮及因此造成的動脈擠壓所造成的。切斷並失去在生物與情緒層面充滿意義的與母親的接觸，這會終結胚胎的氧氣、營養與溫暖的供應。子宮收縮的額外後果是毒性產物在胚胎體內短暫累積，讓胚胎暴露在不愉快且具有潛在危險的情境中。

　　在動力學層面與抑制性憂鬱症（以及第二母型）有關的濃縮經驗系統群，其典型成分也相當合理地包含了嬰兒期與童年初期與母親的分離以及母親的缺席，還有隨之而來的孤獨、寒冷、飢餓、恐懼等感受。在某種層面而言，它們代表分娩過程子宮收縮造成的更急迫、更干擾的剝奪之「高八度」版本。相關濃縮經驗系統群較為表面的層次反映出讓兒童感覺受壓迫、受懲罰的家庭情境，不允許進行反叛或逃脫。它們通常也包含這類記憶：在不同同儕團體扮演代罪羔羊的角色、虐待成性的雇主、遭受政治或社會壓迫等。這些處境全都強化並支持著在沒有出路的苦難中扮演無助犧牲者的角色，這正是第二母型的特徵。

濃縮經驗系統群的重要類別之一,同時也在憂鬱症動力學中扮演關鍵角色者,就是構成生理攻擊、威脅到生命或身體完整性的事件記憶,個人在其中基本上就是無助的犧牲者。多虧了全向狀態研究,這個觀察對憂鬱症的瞭解是嶄新的貢獻。精神分析師與精神動力導向的學院派精神科醫師強調心理因素在憂鬱症致病學的角色,因此不會考慮到來自生理攻擊的心理創傷。

重大疾病、外傷、手術、由於髖關節發展不佳而需長時間拘束於石膏內、溺水事件等,它們的心理創傷效應向來受到主流精神科醫師所忽略且嚴重低估;考量到這些醫師普遍都強調著生理因素,這點就變得非常驚人。對於將憂鬱症視為固著於欲力發展的口腔期的理論學家與臨床醫師而言,發現生理創傷在這種障礙的發展中扮演著重要角色代表一種嚴重的概念挑戰。

不過,從目前提出的模型來看,這點似乎非常合乎邏輯:結合了出生過程的情緒與生理創傷兩者的濃縮經驗系統群具有致病性的意義。某些學院人士與臨床醫師偏好強調精神障礙生成中的生物學因素,其他人則追求心理學的解釋,而前述事實則在兩者之間搭起一座橋梁。因此,心理學因素並未造成生理症狀,而生理因素也並未造成心理症狀;兩類症狀的泉源都來自出生經驗,是一體的兩面。

相對於抑制性憂鬱症,「激動性憂鬱症」的現象學在心理動力層面與第三母型有關。它的基本元素是由第三母型主導,表現於經驗式療程及療程後的間隔中。自出生時累積的能量並

未完全受到阻塞，不像相對於第二母型的抑制性憂鬱症那樣。在這個情況下，先前累積的能量會找到部分的出口與釋放，表現為不同的摧毀性與自我毀滅性的傾向。一定要強調的是，激動性憂鬱症會反映出能量阻塞與釋放之間的動態妥協。這些能量的完整釋放將會終結這個問題並造成療癒。

這類憂鬱症的典型特徵就是高度緊張、焦慮、心理肢體的興奮、坐立不安。經歷激動性憂鬱症的人會非常活躍。他們傾向於在地板上滾動、四處衝撞、用頭撞牆。他們的情緒痛苦透過大聲哭喊尖叫來獲得表達，而且他們或許會抓傷自己的臉，撕扯自己的頭髮與衣物。通常與這個狀況有關的生理症狀包括肌肉緊張、顫抖、疼痛的痙攣、子宮與腸道痙攣。加入強烈的頭痛、噁心、呼吸問題就完成其完整臨床樣態的拼圖。

與這個母型相關的濃縮經驗系統群主要是關於攻擊與暴力、各種類型的殘酷、性虐待與攻擊、痛苦的醫療介入、引發窒息與呼吸困難的疾病等。相較於第二母型相關的濃縮經驗系統群，涉入這些處境的個案並非被動的犧牲者；他們主動投入並企圖反抗、防衛自己、去除障礙或逃離。遭受父母類型人物或自己的手足暴力以對、與同儕拳腳相向、性虐待與強暴場景、軍事戰鬥的場景等，前述這類記憶都是典型的例子。

相較於對憂鬱症的詮釋，對於「躁狂症」（mania）的精神分析詮釋更無法令人滿意、更不具說服力，許多分析師自己也如此承認（Fenichel 1945）。然而，多數作者似乎都同意，躁狂症代表了一種試圖避免意識到潛藏憂鬱症的方式，也同意它包含一種對痛苦內在實相的否認，以及逃離到外在世界。這反映

出自我與本我戰勝超我，伴隨著抑制的劇烈消除、自我價值感的增加，還有大量的感官與攻擊衝動。

儘管如此種種，但躁狂症並不會讓人覺得有真正的自由。躁鬱症的心理學理論強調躁狂症患者強烈的矛盾感，也強調同時發生的愛與恨的感覺會干擾他們與他人連結的能力。典型的躁狂症對物件的飢渴通常被視為強烈口腔期固著的顯現，而週期性發作的躁狂和憂鬱則被認為代表了它與飽足和飢渴這種循環的關係。

躁狂症發作許多本來會讓人迷惑的特性，一旦與周產期母型的動力學連結並檢視，就會變得很容易理解。躁狂症的心理成因是連結到第三母型到第四母型的經驗轉換。它指出個人與第四周產期母型已經建立部分接觸，但是仍然受到第三母型的影響。能夠變得平靜、能入睡並進食——這是躁狂症典型的三個渴望——這其實是有機體自然的目標，只是它正受到與出生最後階段的相關衝動所淹沒。

由於躁狂症患者已經一路退行到生物誕生的層次，口腔期衝動其實本質是算是進展而非退行。它們指向躁狂的人渴求且致力達成的狀態，只是仍尚未達成；這並不代表退行回口腔期。放鬆與口腔滿足正是生物誕生後緊接的狀態的特色。

在經驗式心理治療中，我們偶爾會觀察到「正在形成中」（in statu nascendi）但轉瞬即逝的躁狂發作，這類現象代表不完整的重生。這種情況通常發生在，投入轉變過程的個人已經抵達死亡重生掙扎的最終階段，品嘗到由出生焦慮獲得釋放的感受。然而，他們同時也很害怕，不願意也無法面對與第三母型

相關的,尚未解決的剩餘材料,並且經驗自我的死亡。由於緊抓著這種不確定且脆弱的勝利,因此新的正向感覺會被強調到成為某種誇張樣貌。「在黑暗中吹口哨」的意象似乎特別符合這種情況。

躁狂情緒與行為,其誇大且充滿力量的性質透露出它們並不是真實喜悅與自由的表現,而是針對恐懼與攻擊的反應結構。我常觀察到,LSD 受試者如果療程結束於未完成的重生狀態,那麼他們就會表現出躁狂症的典型特徵。他們變得過動、以忙碌步伐四處走動、試著與環境中的每個人社交與結盟、做出不恰當的舉動、無止盡地談論自己的勝利與幸福、談論美好的感覺及剛剛發生的絕佳經驗。

他們或許會讚嘆 LSD 治療的奇蹟,編織出救世的偉大計劃,想透過讓每個人(尤其是政客)都能擁有相同經驗來轉變世界。超我束縛的崩解會造成引誘性、濫交式的傾向、不雅的姿態、行為與話語。極端渴求刺激與社交接觸可以連結到增加的熱情、對自己的愛、膨脹的自我價值以及對不同生命層面的耽溺。

躁狂症患者典型特徵是需要刺激、尋找戲劇性事件與行動,這些滿足兩個目的。一方面,它們為活躍的第三母型相關衝動和緊張提供出口。另一方面,投入與內在混亂的強度及特質相符的外在混亂情境,有助於降低那些難以忍受的「情緒認知失調」(emotional-cognitive dissonance);這類失調威脅著躁狂症患者——那是令人恐怖的領悟,發現自己的內在經驗其實與外在情境並不相符。另外,內在與外在嚴重的落差自然意味著瘋癲。

奧托‧費尼謝爾指出,躁狂症許多重要層面將它連結到嘉

年華的心理學，這也提供機會，讓原來受到禁止的衝動能以社會認可的方式發洩（Fenichel 1945）。這也進一步證實，躁狂症與第三母型到第四母型動態轉換之間的深層連結。在死亡重生的過程中，許多人都會自發地經驗到充滿色彩的嘉年華場景的影像。如同真實世界的「懺悔星期二」（Mardi Gras）[06] 慶典一樣，這可能包括頭骨、骨骼以及其他死亡相關的象徵與主題的影像，出現在熱情洋溢的慶祝活動中。在全向狀態中，這會在第三母型的最高點發生，就在我們開始感覺自己可能在面對死亡時獲勝並存活的時刻。

等到經驗這個狀態的人能接受說服並轉向內在，面對尚未解決的棘手情緒，並且完成重生／出生程序，那麼躁狂的成分就會由他們的情緒與行為消失。第四母型經驗最純粹的形態是由閃耀的喜悅、增加的熱情、深度的放鬆，以及寧靜和安詳所代表。在這種心智狀態，人們會感覺到內在平靜與全然的滿足。

他們的喜悅與亢奮不會誇大到變成醜陋的模仿，而且他們的行為不會有躁狂狀態那種受到驅動而且浮誇的典型特質。

與躁狂症心理成因有關的濃縮經驗系統群包含這類記憶：在不安全、不確定滿足是否真實、能否持續的情況之中體驗到滿足的經驗。同樣的，在沒理由期待過度快樂行為的處境中如此期待，這似乎會滋養躁狂模式。除此之外，人經常在躁狂症患者的生命史中找到對自我價值感相反的影響，例如某位父母

06　編註：基督教大齋期首日的前一天，由於齋戒日不能吃蛋、魚、肉、奶類，這些材料正好可拿來做鬆餅，也叫「鬆餅節」。後來演變成遊行、化妝舞會等。

親型人物抱持過度批判與鄙夷的態度，但另一方卻交替給予過高的評價、心理性膨脹、不實際的期待。在我的幾位歐洲病患身上，我觀察到將嬰兒包於襁褓中的習慣，以及隨之而來的完全偏限與完全自由的交替經驗，似乎在心理層面與躁狂症有關。

憂鬱症與躁狂症臨床樣態的複雜性幾乎不可能由特定的生物化學改變來解釋。例如，我們將很難想像某個處境會比 LSD 療程在化學層面的界定更為清楚，因為我們很清楚該物質的化學結構與實際劑量。但是，我們對觸發物確切的化學構成以及對所施用的劑量的知識卻幾乎無助於解釋個案經驗的心理內容。

依據不同情境，LSD 受試者可能經驗出神的狂喜或是憂鬱、躁狂或偏執的狀態。同樣的，憂鬱症或躁狂症的症狀學無法由某些簡單或甚至複雜的化學程序來解釋。如果我們在罹患這些障礙的患者身上偵測到化學變化，我們總要質問生理因素是否與此障礙有因果關係，或者那只是伴隨出現的症狀。例如，我們可以想見躁鬱症的生理與生物化學變化再現了處在出生過程中的兒童的生理狀態。

早期我們在布拉格進行的啟靈藥研究的 LSD 療程中，我們會用比色法[07]來追蹤患者指甲甲床內的血氧飽和度。我們發現，在他們重新經歷出生過程時，他們血液的含氧量降低了。在那些剛剛重新經歷產鉗出生的人，我們也在器械施加的太陽穴部

07　編註：比色法是將欲分析之溶液和已配製完成的一系列不同濃度之標準溶液進行吸光度或透光度比較，直到未知濃度溶液之吸光度或透光度和一標準溶液相同時，此標準溶液之濃度即為此未知溶液之濃度。

位觀察到長方形的淤血；在重新經歷臍帶繞頸的人的脖子上會觀察到帶狀的淤血。這說明了出生記憶有可能延伸到細胞甚至生物化學層次。

　　針對自殺傾向與行為的心理學，納入了基礎周產期母型動力學的新的憂鬱症觀點會提供新的洞見；這兩類現象對精神分析導向的詮釋構成嚴重的理論挑戰。試圖解釋自殺心理學的任何理論都必須回答兩個重要的問題。第一個問題是，人為什麼會想自殺？這樣的行動違背了本來應該是必要的自我保存驅力的指令，而這乃是推動生命在自然中演化的強大力量。第二個同樣令人迷惑的問題是所選擇的自殺方式。憂鬱的人所處的心智狀態，以及這樣的人想要或嘗試自殺的方式，兩者間似乎有密切的連結。

　　自殺驅力不單純是終結自我生命的衝動，而是要以特定方式終結。服用過量鎮靜劑或巴比妥酸鹽的人似乎自然不會跳下峭壁或是去讓火車輾過。不過，自殺方式的選擇也可以從反方向來看：選擇血腥自殺的人不會使用藥物，即使藥物垂手可得。針對自殺的深度動機以及所選擇方式的謎樣問題，啟靈藥研究與其他基於全向狀態的深度經驗工作的材料會提供新的觀點。

　　在布拉格的精神醫學研究所，我們有個同事是精神醫學與毒理學的大學教授；他很容易取得化學物質，熟知它們的效果與劑量。但是，在一次嚴重的週期性憂鬱症發作中，他決定要在自己的辦公室自殺，用剃刀在自己的喉嚨割了很深的三刀。等到某位護士在早上發現他躺在辦公室的地板上，她面對的是血腥的場景，血液噴灑在他的白袍、地毯、桌上的文件上。在

這個情況下，服用過量藥物似乎是更不極端、更可接受的解決方式，但是他的心智狀態似乎迫使他要這麼做。

在任何階段的全向狀態工作中，我們都偶爾能觀察到自殺的意念與傾向。不過，它們特別經常且迫切地出現在個案正在面對與負面周產期母型相關的無意識材料時。來自啟靈藥與全向療程及靈性緊急狀態事件的觀察顯示，自殺傾向可以分成兩個明確種類，與周產期程序有著非常明確的關係。我們已經看到，抑制性憂鬱症的經驗在動力層面連結到第二母型，激動性憂鬱症則是由第三母型衍生。因此，不同形式的自殺幻想、傾向、行動可以理解為受無意識驅動的嘗試，想運用兩條道路來逃脫那些無法忍受的心理狀態。這兩種選擇，每一個都反映出個人早期生活史的特定面向。

「第一型自殺」或「非暴力自殺」乃是基於這樣的無意識記憶：在第二母型的無路可走狀態之前乃是子宮內生命的經驗。如果因為抑制性憂鬱症受苦的人覺得情況難以忍受並試圖逃離，在這個狀態下，最簡單可行的道路似乎就是退化回出生前狀態（第一母型），回到那種原來沒有分別的一體性。與這個過程有關的無意識層次通常無法取用，除非個人有機會進行深度的、經驗式的自我探索。由於缺乏必要的洞見，因此這樣的人就會受到日常生活中那些似乎與出生前狀態擁有某些相同元素的情境所吸引。

作為這種形式的自殺傾向與行為基礎的基本無意識意圖，是要讓痛苦的刺激及與第二母型相關的情緒強度降低，最終將它們消除。最後的目標是要抵達作為胚胎生命特徵的「海洋般

的意識」那種未分化的狀態。這種類型的自殺想法中，較溫和的形式顯現為希望不再存在，或是陷入深度睡眠，遺忘一切並不再醒來。處在這種狀態中的人或許會上床，用被子將自己完全覆蓋，然後這樣待著很長的時間。這類自殺的實際自殺計畫與企圖會使用大劑量的安眠藥或鎮靜劑、跳入或走入水中並因此溺斃。

　　在冬季很寒冷的國家，這種想回歸子宮的無意識驅力可能會呈現為這種形式：走入無人荒原或森林，躺下，然後被一層雪覆蓋。這種情境背後的幻想是，最初的冰冷不適會消失，取而代之的是舒適與溫暖的感覺，如同身在美好的子宮之內。躺在裝滿溫水的浴缸裡割腕自殺也屬於這種類別。以這種方式結束自己的生命盛行於古羅馬，像佩托尼奧（Petronius）與塞內卡（Seneca）[08] 這些著名人物便採行這種方式。這類自殺表面上或許看似與同一類別的其他方法不同，因為牽涉到流血。不過，此處的心理焦點乃是在於疆界的消解以及與液體環境融合，並不是在於對身體的侵犯。

　　「第二型自殺」或「暴力自殺」無意識地依循著人曾在生物誕生時經歷過的模式。它與激動性憂鬱症有密切關聯，並且與第三母型有關。對於受到這個母型影響的人，退化到子宮的海洋般狀態並非可行的選項，因為這得穿越地獄般沒有出路的第二母型階段。在心理層面，這比第三母型更糟，因為它包含一種徹底絕望與無助的感覺。

08　編註：前者為古羅馬時期的詩人暨小說家；後者為羅馬帝國皇帝導師與顧問。

　　然而，可以作為心理的逃生通道的是這樣的記憶：有個類似狀態曾經透過爆炸性的釋放與解脫而加以終結，就是在生物誕生的那一刻。要了解這種形式的自殺，重點是要了解，在我們的生物誕生過程中，我們在解剖學層面出生了，但是尚未在情緒與生理層面處理並內化這個壓倒性的事件。我們看到的新生兒在出生後的哭泣、嬰兒期的哭泣以及童年的壞脾氣（temper tantrums）——後者通常都會受到父母透過規訓手段來加以壓抑與打斷——其實都遠遠不足以釋放在通過產道的數小時內的苦難中所生成的情緒。考慮暴力自殺的人正在運用自己生物誕生的記憶作為指南來處理這個「第二出生」，亦即尚未同化的情緒與身體感覺進入意識，希望能獲得處理及釋放。

　　就像非暴力自殺一樣，陷入這個過程的人一般無法在經驗層面觸及無意識的周產期層次。他們缺乏這樣的洞見，亦即身處他們的處境的人最理想的策略就是在內在完成整個過程——重新經歷自己出生的記憶，在經驗層次連結出生後的情境。因為沒有意識到這個選項，他們因而將整個程序外在化，被驅使在外在世界創造某個處境，其中包含了與生物誕生相同的元素，並且具備同樣的經驗特質。暴力自殺的基本策略依循著分娩時所經驗到的模式——將緊張與情緒苦痛強化到致命的程度，接著在不同型態的生理物質之中達到爆炸性的解決。

　　這樣的描述同樣適用於生物誕生及暴力自殺。兩者都包含極度情緒與生理緊張的突然終結、巨大的摧毀性與自我破壞能量的立即釋放、大範圍的組織損傷、以及有機物質（血液、糞便、內臟等）的出現。將生物誕生的照片與紀錄暴力自殺的照

片兩相對照，如此會顯示兩種處境之間深度的形式呼應。因此無意識很容易將兩者混淆。出生創傷類型與自殺方式選擇之間的連結已經由針對自殺青少年的臨床研究獲得證實（Jacobson et al. 1987）。

　　屬於暴力自殺類型的自殺幻想與行動包含死於火車車輪或水力發電場的渦輪、死於自殺式的車輛意外。額外的案例包含割喉、開槍爆頭、持刀自刺，或是從窗戶、高塔、懸崖跳下。上吊自殺似乎屬於較早的第三母型，其特徵是感覺脖子被勒、窒息以及強烈的性興奮。將窒息外在化的元素似乎透過吸入一氧化碳或家用瓦斯來加入自殺之中。暴力自殺的類別也包括某些受限於文化的自殺形式，例如「切腹自殺」（harakiri）與「狂暴殺人」（running amok）。

　　過去，狂暴殺人被視為一種奇異的自殺式與謀殺式行為，只出現在馬來西亞。受到這種障礙所苦的人會跑到公眾場所，通常是市場，然後開始持匕首無差別地殺害他人；他最終會讓自己被殺或自殺。馬來西亞人相信造成「狂暴殺人」的是「鬼虎」（hantu belian），那是一種邪惡的虎靈，會進入人的身體並造成那些惡劣的行為。近幾十年來，類似狂暴殺人的事件──包含無差別殺人並最終導致犯人的死亡──已經越來越常發生在美國與其他西方國家。這些事件相當令人不安的面向一直都是它們越來越常發生在青少年甚至學校學童身上。

　　如同前面看到的，非暴力自殺表現出一種傾向，要降低痛苦的情緒與生理刺激的強度。因此，這類型自殺所選擇的特定方式似乎更進一步受到生活史或超個人因素左右。暴力自殺包

含一種全然不同的機制。就像我已經觀察到的，考慮要以特定型態自殺的人，通常已經在日常生活中經驗到實際執行自殺時將會經歷的生理感受與情緒。經驗式治療一般都會強化這些感覺與感受，讓它們更為凸顯。

因此，人的自我毀滅幻想與傾向若是聚焦於火車或水力發電渦輪，那麼他們已經承受著被打碎並撕扯成四分五裂的強烈感覺。傾向於切割或刺傷自己的人通常會抱怨那些他們試圖傷害的身體部位有著難以忍受的疼痛，或是在經驗式心理治療中會在那些位置感到疼痛。同樣的，上吊的傾向乃是基於深層的、既有的頸部被勒著或哽住的感覺。疼痛與哽住的感覺都很容易辨認出是第三母型的元素。如果症狀的強化發生在治療的情境中並且獲得適當的指引，那麼這就可能帶來這些不舒服感覺的解除並且有治療性的結果。前述自我毀滅的傾向因此可以視為無意識的表達，是一種自我療癒的企圖，不過遭到誤解及錯誤引導。

相對而言，暴力自殺的機制需要較為清晰的記憶，關於從產道內的掙扎到外在世界的過渡，關於隨之而來的爆炸性解脫。如果這個過渡因為重度麻醉而變得模糊，這樣的人的未來或許就已經（幾乎可說是在細胞層次）設定了要以用藥狀態來逃離嚴重的壓力與不舒服。這可能會創造酗酒或藥物濫用的傾向，甚至可能導致讓在其他方面受到第三母型主導的人傾向於透過用藥過量來結束自己的生命。

受到第三母型強烈影響的人會經驗到劇烈的內在壓力，會說他們覺得自己就像隨時會爆炸的炸彈。這些攻擊性的感覺擺

盪在聚焦於外在目標的毀滅與自我的毀滅之間。這就是將產道內的情境外在化──前者是受傷且掙扎著要呼吸的有機體感到的憤怒；後者是內攝的子宮收縮的力量。在這個情況下，謀殺與自殺都是同樣可能的選擇，或許會同時發生，例如母親殺死自己和孩子。

　　將自殺機制與第三母型連結，這會對卡爾‧門寧格（Karl Menninger）[09] 所提出的自殺理論開啟新的有趣理解。佛洛伊德認為自殺傾向者得先找到某個他們憎恨且想殺死的人，然後才會有能量來自殺；如此一來，自殺其實就是殺死這個內攝的對象。門寧格擴展了佛洛伊德的概念，提出自殺需要三種希望同時出現：希望被殺死、希望殺人、希望死去。這些力量在出生的最後階段都同時存在。在這個脈絡中，希望死去指的並不是身體的死亡，而是象徵性的死亡，亦即自我的死亡。

　　自殺傾向者一旦進行啟靈藥治療或全向治療，並且完成死亡重生的過程，那時他們就回顧自殺並視之為基於缺乏自我瞭解的一種悲劇性錯誤。一般人並不知道，只需透過象徵性的死亡與重生，或是透過重新連結出生前生命的狀態，人就能安全地體驗到由難以承受的情緒與生理緊張中釋放。因此，這樣的人或許受到強烈的不適與苦難所驅使，因而在物質世界尋找某個包含類似元素的情境。最極端的結果通常是悲劇且無法逆轉的。這些人所感受的驅力其實不是要摧毀自己的身體，而是要經驗到心理靈性的死亡與重生。

09　編註：美國著名精神科醫生。

意識航行之道
The Way of the Psychonaut

　　就像我們前面看到的，第一母型與第四母型的經驗不僅代表退行到共生的生理狀態，也同時具備相當明確的靈性層次。對第一母型而言，那是海洋般狂喜和宇宙合一的經驗；對第四母型而言，是心理靈性的重生與神聖的頓悟。從這個觀點來看，兩種類型的自殺傾向似乎都是對超越的渴望，只是受到扭曲且未經辨認。它們代表對自殺與自我死亡的一種根本混淆。因此，對自我毀滅傾向與自殺傾向最佳的解藥就是經驗到自我的死亡與重生，經驗到隨之而來的宇宙合一感。

　　第三母型與第四母型之間的過渡具備重要的靈性元素，這一點為近數十年在世界中扮演日益重要角色的現象──基於宗教動機的自殺與謀殺的結合──提供了新的理解。我們已經討論並檢視自殺與謀殺的結合作為第三母型的顯現；第四母型的神聖降臨感則提供了宗教性面向，成為這個行動的神聖回饋。

　　在第二次世界大戰，日本的神風特攻隊飛行員駕駛著特別建造，或由傳統飛機改裝的飛機，機上裝滿著炸彈、魚雷及滿油箱的燃料，透過與美國船艦相撞來將之摧毀。這些飛行員相信，他們這麼做是為了昭和天皇，在日本他們被視為神的代表。穆斯林自殺炸彈客相信，殺死異教徒的同時犧牲自己的生命將會獲得回報，能獲准進入有著美麗花園的天堂，裡面有長著甜美果實的豐美樹木、奇異飛鳥以及由純淨的水、蜂蜜、油脂形成的河流。等待著他們的非凡樂事中還包括數不盡的天堂處女，這些黑眼睛的年輕美女等待著滿足信徒的愉悅。男性的性能量會變得百倍強大，而且，這些天堂處女在滿足了他們的性慾之後仍將維持處女狀態。

酗酒與藥物成癮

　　來自意識全向狀態的觀察一般同意精神分析理論對酗酒與麻醉藥物成癮的觀察，將之視為與躁鬱症及自殺有密切關係。不過，兩者對相關心理機制的本質以及它們在哪些心靈層次運作有很大的差異。和有自殺傾向的人一樣，成癮者會經驗到龐大的情緒痛苦、例如憂鬱症、普遍的緊張、焦慮、罪惡感、自我價值低落，而且他們非常需要逃離這些難以忍受的感覺。前面我們提過，憂鬱症及自殺的心理學無法以口腔期固著來適當地解釋，後者正是佛洛伊德派精神分析所提供的詮釋。對酗酒及藥物成癮當然也是如此。

　　酗酒者與成癮者最基本的心理特徵，以及他們服用麻醉藥物的深層動機，不僅是退化回乳房的需要，而是更深層的對未受干擾的子宮內生活的喜悅合一經驗的渴望。如同前面討論的，這兩種共生狀態的退化經驗都具有本質性的神聖降臨層面。因此，酗酒與藥物濫用背後的深度力量是一種對超越的渴望，不過未經辨認且受到誤導。和自殺一樣，這些障礙包含一種悲劇性的錯誤，基於一種對自己無意識動力學的不當理解。

　　過度攝取酒精或麻醉藥物似乎是自殺行為某種較緩和的類比。酗酒與麻醉藥物濫用經常被描述為慢性的、長期的自殺。這兩類患者代表性的主要機制就和非暴力類型的自殺一樣。這反映出一種無意識的需要，要消除出生過程的不適並且回到子宮，回到分娩開始之前所存在的狀態。酒精與麻醉品傾向於抑制不同的痛苦情緒與感覺，會製造一種渙散的意識，讓人對過

去與當前的問題保持冷漠。這種狀態和胚胎的意識及宇宙合一的經驗有著表面的相似性。

然而，這些相似只是表面，而酗酒或服用麻醉藥物與超越狀態之間有著某些根本的差異。酒精和麻醉藥物會讓感官遲鈍、會遮蔽意識、會干擾心智功能並製造情緒上的麻木。超越狀態的特性是更加強化的感官感知力、寧靜、思維的清晰、豐富的哲學與靈性洞見，以及異常豐富的情緒。儘管有些共同的特徵，但是酒精與藥物的迷醉卻只是神祕狀態的可悲模仿。不過，無論這種相似性如何淺薄，卻似乎足以引誘成癮者陷入自我毀滅的濫用。

威廉‧詹姆斯（William James）[10] 很清楚這點：酗酒者所追求的是超越的經驗。他在自己的著作《宗教經驗之種種》（Varieties of Religious Experience）中相當簡潔地表達這個觀點：「對『耽酒症』（dipsomania，酗酒的舊式說法）最佳的治療方式就是對宗教的耽溺（religiomania）」（James 1961）。榮格則以不同的方式表達了同一個概念。在他與戒酒無名會的創辦人比爾‧威爾遜（Bill Wilson）的通信中，他寫到一位酗酒患者：「他對酒精的渴望，在較低的層次，等同於我們的生命對完整的靈性渴望，用中世紀的說法表達就是：與神合一。」

榮格指出，在拉丁文中，spiritus 一詞包含兩種意義：酒精與靈魂。接著他指出，治療酗酒的適當公式就是「以精神對治酒精」（Spiritus contra spiritum）。這表達了他的信念，亦

10　編註：美國哲學家、心理學家，被譽為「美國心理學之父」。

即只有深度靈性經驗才能拯救人免於酒精的襲擾（Wilson and Jung 1963）。詹姆斯與榮格兩人的洞見解釋了美國原住民教會（Native American Church）如何透過烏羽玉仙人掌儀式來召喚靈性經驗，藉此成功地幫助酗酒的美洲原住民。他們的成果已經由啟靈藥的臨床研究獲得證實（Pahnke et al. 1970, Grof 2001）。

企圖重新創造子宮內情境來逃離與第二母型及相關濃縮經驗系統群的痛苦情緒，這種傾向似乎是酗酒與藥物濫用背後最常見的心理動力機制。不過，我也曾處理過某些酗酒者與成癮者，他們的症狀指出他們受到第三母型的影響，但是企圖透過藥物來解決自己的問題。這點顯然包含了另一種機制，需要不同的解釋。對於那些我能獲得他們出生相關資訊的個案，我發現他們都是在重度麻醉的情況下出生的。

這樣的解釋當然合理。除非在胚胎生命期遭遇到重大危機，否則出生基本上是我們在生命中所遭遇的第一個重大的痛苦與高度壓力情境。生命早期事件對後續行為的非凡影響已經由動物行為學家（他們研究動物的本能行為）的實驗反覆記錄下來。這就是人們所知的「銘印」（imprinting）作用（Lorenz 1963, Tinbergen 1965）。

我們出生的樣態以及處理出生的方式對我們未來的生命有著強烈衝擊。當我們出生的耗時與困難程度位在平均值內，而且我們在成功處理種種挑戰之後進入世界，那麼這會帶給我們樂觀與自信感，讓我們能面對未來會遭遇的困難。相反的，耗時太久且讓人失能的出生過程會創造悲觀與失敗主義感。這會

創造這樣的印象，認為世界太過艱困，難以成功應對，還會認為我們自己無助且無濟於事。

如果透過麻醉來緩解或終結與我們出生相關的痛苦與不適感，這就會在我們的心靈留下非常深刻、非常有說服力的銘印，讓我們相信處理生命中的困難的方式就是逃入用藥的狀態。這或許不是無意義的巧合：今日美國藥物濫用的廣泛流行關係到這樣一個世代——他們出生時，美國產科醫師開始經常性（也常常違背了分娩母親的意願）在分娩過程中使用麻醉藥物。自從「出生前與周產期心理學協會」（Association of Prenatal and Perinatal Psychology）成立——這個學門將經驗式療法與胚胎研究的發現應用於助產實務——兒科醫師越來越意識到，出生所關係到的不僅是身體的機制，而且對新生兒的生命也可能會有深刻的影響。

處理分娩與出生後階段的方式對人的情緒與社交生活有很深刻的影響，也對我們社會的未來有重要的意義。它所打下的基礎，會決定人是與其他人建立充滿愛與利他的關係，或是對社會抱持不信任與攻擊性的態度（Odent 1995）。這或許也會是關鍵性因素，決定個人是否能以建設性的方式處理生命的高低起伏，或是傾向於投入酒精或麻醉品來逃避存在的種種挑戰。

酗酒與麻醉藥物濫用代表了受到誤導的對超越的追尋，這點也能幫助我們了解通常被稱為「跌到谷底」的深度危機所具備的療癒與轉變的效應。在許多案例中，來到完全的情緒破產與毀滅的狀態，會成為酗酒者與藥物成癮者生命的轉捩點。在我們的討論脈絡中，這意味著，人經驗到作為第三母型過渡到

第四母型的自我死亡。在這一刻，酒精或麻醉藥物不再能保護這個人免於深層無意識材料的襲擊。於是，周產期動力學的爆發造成心身的死亡重生經驗，而這通常代表酗酒者或成癮者生命的正向轉捩點。

和所有情緒問題一樣，酗酒與成癮的根源不僅在於生活史與周產期，也觸及超個人層次，其中最重要的是來自原型領域的影響。榮格學派的治療師已經特別探索了成癮行為的這個面向。在諸多與成癮行為有著重要連結的原型之中，「永恆少年」（puer aeternus）這個原型，以及它與伊卡洛斯（Icarus）及酒神戴歐尼修斯相關的諸多變化，似乎扮演著重要角色（Lavin 1987）。我曾處理過的許多人也發現了與他們的成癮似乎具備有意義連結的業力材料。

性障礙與偏差

古典精神分析對性問題的理解乃是根據佛洛伊德所提出的幾個根本概念，第一個就是「嬰兒期性慾」（infantile sexuality）。精神分析理論的根本基礎之一，就是發現性慾並非顯現於青春期而是在早期嬰兒期。由於欲力是透過幾個演化階段（口腔期、肛門期、尿道期、性器期）來發展，因此任一階段出現挫折或過度沉溺都可能導致固著。在成熟的性慾中，主要的焦點是生殖器官，前生殖器的元素則扮演次要的角色，多半作為前戲的一部分。後來的生活中，特定的心理壓力可能造成退行到早期出現固著的欲力發展階段。依據對抗這些衝動的

防禦機制的強度，這種情況可能造成倒錯（變態）或精神官能症（Freud 1953）。

在精神分析的性問題取徑中，「閹割情結」（castration complex）這個概念相當重要。佛洛伊德相信，男性與女性都賦予陰莖極高價值，而且他認為這是心理學最重要的議題。根據他的觀點，男孩會非常害怕自己可能會失去這個非常有價值的器官。女孩則相信她們曾經擁有陰莖，但已經失去；她們想知道為什麼會這樣，這也讓她們更容易受到受虐狂與罪惡感影響。佛洛伊德的評論者一再批評這個觀點是對女性性慾的嚴重扭曲與誤解，因為這基本上將女性描繪為遭受閹割的男性。忽略女性生命中某些重要的層面，例如懷孕、分娩、母職，並且相信對女性最重要的議題是陰莖還在不在，如此確實創造出嚴重歪斜且深具偏見的女性心理學。

佛洛伊德的性理論有另一個基礎，就是戀母情結（或稱伊底帕斯情結），意即男孩們對母親感到的性吸引力以及對父親經驗到的攻擊性。與這有關的是，害怕因為這些感覺而受到懲罰，而這種懲罰出現的形式是遭到父親閹割。戀母情結對應在女性身上的是女孩們對父親的感情以及對母親的憎恨，這被稱為戀父情結（或稱厄勒克特拉情結）。

要完整討論佛洛伊德對性的理解，就必須提到另一個重要概念，亦即他著名的「有牙陰道」；這個觀察描述兒童將女性生殖器官視為長著牙齒的危險器官，可能會殺死、吞食或閹割他們。搭配戀母與戀父情結以及閹割情結來看，關於不祥的女性生殖器官的幻想在心理分析對性偏差與精神官能症的詮釋中

扮演著關鍵角色。

　　佛洛伊德提出兩個理由，說明為何看到女性生殖器官可能造成男孩焦慮。首先，體認到有些人類沒有陰莖會導向這樣的結論，亦即人或許真會變成這些沒有陰莖的人，這會讓閹割恐懼更有力量。其次，將女性生殖器官視為會咬人的閹割工具是因為與過往口腔期焦慮的連結（Fenichel 1945）。這兩個理由都不是特別強大或具有說服力。

　　來自全向狀態的觀察為個人無意識加入了周產期層面，因而徹底擴展並深化了佛洛伊德派對性慾的理解。這些觀察指出，

這幅素描描繪某次周產期 LSD 療程的經驗，而它也說明閹割情結以及它的深層根源就是在於臍帶的剪斷。這個圖像結合了身體受到侷限的感覺，以及痛苦的臍帶與生殖器官的感覺。

我們並非在乳房上經驗到首次的性慾感覺；性的感覺在產道已經出現。如同我前面所討論的，在第三母型所經驗到的窒息與痛苦似乎會產生極度強烈的性興奮。這意味著，我們與性慾感覺最初的遭遇是發生在非常危險的情況下。

在生產的處境中，我們的生命受到威脅，而且我們會經歷窒息、疼痛以及其他形式的生理與情緒的極端不適。我們會對另一個有機體施加痛苦，另一個有機體會對我們施加痛苦。我們也會接觸到不同形式的生理物質：血液、陰道分泌物、羊水，甚至是糞便與尿液（如果沒有使用導尿管或灌腸）。對這種困境的典型反應混和了強烈的焦慮與憤怒。這些充滿問題的聯想形成了一種自然基礎，讓我們藉此理解基礎的性失調、偏差與倒錯。

體認周產期動力學對性慾的深刻影響也會釐清某些與佛洛伊德的閹割情結概念相關的嚴重理論問題。這個情結的幾項重要特徵，在佛洛伊德的構想中，其實沒什麼道理，只要我們是將它連結到陰莖。根據佛洛伊德的看法，閹割恐懼的強度是如此巨大，已等同於對死亡的恐懼。他也認為閹割在心理層面等同於失去一個重要的人類關係，並且指出這樣的失落確實可以觸發閹割恐懼。經常出現在與閹割情結有關的自由聯想中的是，關係到窒息與沒有呼吸的自由聯想。而且，就像前面我提到的，閹割情結會出現在男性和女性兩者身上。

如果閹割情結只是反映對失去陰莖的憂慮，那麼前述的諸多連結都沒有道理。來自全向狀態的觀察顯示，佛洛伊德理解為閹割情結泉源的經驗其實代表了某個濃縮經驗系統的表面層

次，而此系統疊加於剪斷臍帶的創傷記憶之上。如果我們理解到，佛洛伊德的閹割情結中許多令人迷惑的特徵，其實指的是臍帶剪斷那一刻與母親的分離（而不是陰莖的失去），那麼前面提到的不一致都會馬上消失。

剪斷臍帶確實關係到某種潛在或確實威脅生命的處境，不像無緣無故的自發性閹割幻想、成年人開玩笑式口頭的閹割威脅，甚至是針對陰莖的手術介入——例如割包皮或包皮沾粘（包莖）矯正。由於這會切斷與母體組織的維生連結，因此這成為重要人際關係失落的原型。剪斷臍帶與窒息的連結也相當合理，因為臍帶是胚胎氧氣的來源。此外，最後但並非不重要的，這樣的經驗是兩性所共有的。

同樣的，如果我們接受新生兒是個有意識的生命，或至少相信出生創傷會記錄在記憶中，那麼被佛洛依德視為天真嬰兒幻想的「有牙陰道」意象將會有新的意義。陰道作為危險器官的形象不再是兒童不成熟心靈創造出的荒謬痴傻念頭，而是反映著分娩過程中與女性生殖器官相關的危險。這不再是毫無現實基礎的幻想，而是代表著個人在獨特的威脅生命的情境中的經驗受到普遍化並加諸於其他其實並不恰當的脈絡上。

性慾和可能威脅生命的出生創傷之間的連結會創造一種普遍傾向，容易出現不同類型的性慾干擾。如果周產期記憶的特定層面由於嬰兒期與童年的出生後創傷所強化，那麼特定的障礙就會發展出來。就像整體的情緒障礙與心身症一樣，被精神分析師視為這些問題主要成因的創傷經驗其實強化並證實了出生創傷的特定層面，並且促使它們能浮現並進入意識。如同其

他心因性障礙，性的問題一般而言同樣深深根植於超個人領域，將這些問題連結到各種業力、原型與親緣記憶元素。

「勃起障礙」（Erectile dysfunction），又稱「性無能」，指的是不能勃起或無法維持勃起狀態；而「高潮無力」（orgastic incompetence）又稱「性冷感」，指的是不能達到高潮；兩者有相似的心理動力基礎。這些問題的傳統處理方法反映在它們舊的稱呼，「性無能」與「性冷感」，如今這樣的稱呼已經受到淘汰且政治不正確。傳統方法將「性無能」視為性慾虛弱及缺乏陽性力量。女性的高潮無力，如同「性冷感」一詞所意味的，通常被詮釋為是性慾的冷淡及缺乏性慾的回應力。根據我的經驗，情況通常相反；問題其實是過多性慾化的周產期能量。

罹患這些障礙的人受到第三母型性慾層面的強大影響。這點讓他們無法在經驗性興奮的時候不同時啟動這個母型的所有其他元素。與第三母型有關的性驅力強度、攻擊衝動、強烈焦慮以及對失去控制的恐懼進而抑制了性行動。在這兩種情況下，性的問題都連結到濃縮經驗系統群，它除了周產期元素外，還具備生活史層次與超個人根源——包含關於性虐待、強暴、性與痛苦或危險的關聯，以及類似主題的個人與業力記憶。

對周產期動力涉入「性無能」與「性冷感」的實務支持來自經驗式心理治療。當我們創造一個非性慾情境，讓第三母型的元素能夠導入意識，讓與它們相關的能量能夠釋放，那麼性無能就能短暫由稱為「男性性慾亢進」（satyriasis）的狀況取代——這是過多的性驅力與渴望。這是因為，陰莖與出生創傷所產生的性能量之間建立了連結。如今在性行動中表現的是這

種周產期能量,而不是平常的欲力。

由於周產期層次可供取得的能量過多,因此這個處境可能導致無法滿足的性慾以及超乎尋常的性表現能力。先前根本無法維持勃起狀態的男性如今可以一晚進行多次性交。一般而言,這樣的釋放無法完全帶來滿足,而且一旦他們高潮射精,性能量又會開始累積。需要更多非性慾的經驗式工作,才能將這樣的能量疏導到能舒服地在性處境中處理的水準。如果這種狀況在日常生活中發生,脫離了治療情境,那麼它可能會持續並表現為性成癮。

同樣的,如果先前無法達到高潮的女性在治療情境中釋放了與第三母型相關的過多能量,那麼她們可以來到允許高潮發生的狀態。如果這種情況出現,初期的高潮通常相當強烈,伴隨著大聲且不自主的尖叫,緊接的是幾分鐘劇烈的顫抖。或許會有這樣的傾向,會短暫失去控制,並且在伴侶的背上留下淤傷或抓傷。在這些情況下,女性經歷多次高潮的情況也並不罕見。

這種初步的解放也可能導致性慾增加過度,似乎無法滿足。接著,我們就會看到「性冷感」暫時轉變為「女性性慾亢進」(nymphomania)的狀況,其特徵就是有強大的性驅力,難以達成完整的釋放。同樣的,就像因為勃起障礙而進行經驗式治療的男性一樣,需要在非性慾情境進行額外的內在工作才能將周產期能量的發洩導引到一定水準,提供更為恰當的性生活。

在出生時遭遇較長時間窒息狀態的人,他們源自周產期的性能量的數量似乎特別龐大。多年來,我曾協助過許多出生時

臍帶繞頸的人，其中有相當數量的人表示，他們一生中經驗到強大到不尋常的性的緊張，而且他們在童年早期便過度地自慰。在包含過度窒息的情境中所生成的強大性能量或許也是窒息式性愛背後的重要動機之一。

在另一種高潮障礙中，恐懼並非連結到壓倒性的周產期能量（這會因為性交而啟動並威脅著要傾巢而出），而是連結到尿失禁。這點似乎完全出現在女性身上，這是因為她們的尿道較短，尿道擴約肌效率較差。她們無法放鬆且會壓抑性高潮，因為她們害怕高潮會帶來令人尷尬的尿失禁。

這種恐懼也可能為啟靈藥或全向呼吸療法等經驗式療法產生問題。任何時候，只要治療過程引領女性來到放下的那一刻，這種恐懼就會表現為排尿衝動，而療程就會因為上廁所而受到中斷。在早期使用啟靈藥治療時，每次療程這種情況有時會出現十到十五次，因此無法達成任何治療進展。不過，我們找到一個非常簡單但不傳統的方式來解決這個問題：穿上尿布或手術衣，這樣尿意來臨時就不會中斷療程。經驗到溫暖的尿液通常會帶回童年尿失禁的記憶，例如尿床或學校發生的「意外」。這點通常伴隨著複雜的感覺——羞愧且尷尬，但是還有感官的愉悅。這種情況發生幾次之後，性的放手與排尿之間的連結就會消解，問題也會消失。

理解性生活的周產期層面會讓我們以嶄新方式認識「施虐受虐狂」，這種狀況對佛洛伊德的理論推演構成強大挑戰。他直到生命結束前都在與它奮戰，但從未真正找到令人滿意的解答。受虐傾向者表現出主動地尋找疼痛，這點違背了佛洛伊德

早期模型的基礎之一,亦即「快樂原則」。根據這個概念,心靈最深的動機力量是追求快樂及避免不適。施虐受虐狂的核心特徵就是性慾與攻擊這兩種基本本能的詭異融合,而佛洛伊德也為此深感迷惑。

正是施虐受虐狂與其他「超越快樂原則」相關狀況的存在,迫使佛洛伊德放棄自己早期的理論,重新創造全新的精神分析系統並納入充滿爭議的「死亡本能」(Freud 1955, 1964)。儘管佛洛伊德從未理解存在於周產期層面的死亡與出生之間的親密連結,但是後期的這些推論顯然反映出他的直覺洞見,亦即施虐受虐狂已經跨足生命與死亡的意圖。這些推論也反映出,佛洛伊德相信有效的心理學理論必須包含死亡的問題。

這點嚴重違背佛洛伊德的早期研究,那時他認為死亡與心理學無關,因為本我超越時間而且不會接受無常與死亡等事實。顯然佛洛伊德在這方面的思維遠遠領先他的追隨者,其中某些人試圖架構出施虐受虐狂的理論,由相形之下較為淺薄的生活史場景來解釋這種症狀。這種取徑的例子之一就是捷克精神分析師歐塔卡・庫切拉的著作;他試圖將施虐受虐狂連結到長牙的經驗,那時兒童攻擊性的咬合衝動造成加諸於自己的疼痛(Kučera 1959)。這類解釋根本無法說明施虐受虐狂衝動的強度與深度。

施虐受虐狂與束縛症候群可以由第三母型脈絡中性興奮、身體束縛、攻擊、疼痛與窒息之間的連結來理解。這也解釋了性與攻擊的融合,解釋了性慾與施加或遭受疼痛之間的連結,後者正是這兩種情況的特徵。需要將性與諸如身體束縛、宰制

與臣服、施加並感受疼痛，以及勒頸或哽住等狀況結合的人，正在重複他們在出生時所經驗到的感覺與情緒的結合。這些活動的主要焦點都在周產期層次，而不是性慾本身。施虐受虐經驗與想像都經常在第三母型主導的療程中出現。

創造施虐受虐情境的需求，以及前面提到的無意識經驗複合體，不僅是症狀行為，也是心靈所做的受到誤導且片面的嘗試，希望去除並整合原初的創傷銘印。這個努力之所以不成功且不會帶來自我療癒，是因為它並未足夠深入無意識，而且缺乏內省、洞見，以及對整個過程本質的理解。經驗複合體被表現出來，但未曾體認並意識到自身的無意識根源。

同樣的情況還包括嗜糞癖（coprophilia）、食糞癖（coprophagia）以及戀尿癖（urolagnia），這類性倒錯的特徵是強烈需要將糞便與尿液帶入性慾情境。表現出這類偏差的人追求與一般覺得噁心的生理物質密切接觸。他們會因為這些材料而感到性興奮，傾向要將它們融入自己的性生活。在極端案例中，這類活動——例如讓他人向自己排尿或排糞、讓自己被糞便塗抹、食用排泄物、飲用尿液等——可能成為達到性慾滿足的必要條件。

性興奮及糞便迷戀元素的結合其實是死亡重生過程最後階段相當常見的經驗。這似乎反映出，在未使用導尿管或灌腸的分娩過程，許多新生兒會親密接觸到的不僅是血液、黏液、羊水，還有糞便與尿液。在古羅馬（那時這個情況可能更為頻繁），有句著名的話是這麼說的：「我們誕生於糞便與尿液之間」（Inter faeces et urinam nascimur）。這種看似極端且怪異的偏差自

然基礎正是在於，經歷數小時的痛苦與生命威脅之後，頭部由產道強硬的掌握中獲釋，這一刻的口腔與糞便及尿液的接觸。與這類材料的親密接觸因此成為完整高潮釋放的象徵，也成為它必要的先決條件。

　　根據精神分析文獻記載，嬰兒——由於他們基本上的動物天性——最初是受到不同形式的生理材料所吸引，後來才因為父母與社會的壓迫措施而對它們退避三舍。來自啟靈藥研究的觀察指出，情況並不見得如此。對生理材料的態度顯然會受到出生經驗中與這個物質相遇的狀態所決定。這個態度依據特定環境而可能是正向的或是極度負面的。

　　在某些分娩案例中，兒童是單純地遭遇陰道分泌物、尿液或糞便，亦即它們只是物質與情緒解放的環境氛圍。在其他案例中，這類物質遭到吸入、阻塞呼吸道、造成嚇人的窒息。在這類情境的極端場景，要拯救新生兒的生命得透過插管及抽吸，藉此清理氣管與支氣管以避免發生肺炎。出生時與生理物質相遇有這兩種極端不同的形式，一種是正向的；另一種是嚇人且帶來創傷的。遭遇呼吸被過早觸發，吸入生理物質且危及兒童生命的情況，這種情境可能產生強烈的恐懼並且形成未來強迫症的基礎，如同前面所討論的。

　　犯罪型性慾病理學的某些極端型態，例如強暴（rape）、施虐型謀殺（sadistic murder）以及戀屍癖（necrophilia），明顯暴露出周產期根源。經驗到第三母型性慾層面的人經常提到，出生過程的這個階段與強暴有許多共同特徵。如果我們思考強暴的某些核心經驗特徵，那麼這個比較就會更為合理。對受害者而

言，這包含嚴重的危險、生死交關的焦慮、極度的疼痛、身體拘束、掙扎著要釋放自己、呼吸困難、強迫引發的性興奮。相對的，強暴者的經驗包含這類活動的主動層面——施加危險、威脅、傷害、拘束、勒頸、強迫他人性興奮。受害者的經驗與受到產道拘束的兒童有許多共同元素，強暴者則將內攝的子宮收縮力量外在化及行動化，同時向母親的代替品報仇。

如果第三母型的記憶接近意識，那麼它就能對人創造強大的心理壓力，藉此將它的元素在日常生活中實現——進行暴力的合意性行為，或甚至是無意識地營造危險的性慾情境。儘管這個機制當然不適用於所有性犯罪的受害者，但是它在某些案例中可能扮演重要角色。除了具備顯著的自我毀滅性質外，這類行為還包含無意識的療癒衝動。類似的經驗，如果是在經驗式治療的脈絡中從主體自己的心靈中出現，並且帶有關於它們的無意識泉源的洞見，那麼這就會導向療癒與心理靈性的轉變。

由於強暴經驗與出生經驗之間具有這種相似性，強暴的受害者承受的心理創傷，所反映出的不僅是強暴情境的痛苦衝擊，還包括將他們與生物誕生記憶隔絕的防禦機制出現崩潰。強暴過後經常發生的長期情緒問題，非常可能因為周產期情緒進入意識以及心身症症狀而更為加劇。因此，治療性的解決方式需要納入對出生創傷的處理。第三周產期母型的影響在施虐型謀殺的案例中更為明顯，而它與強暴有密切關聯。

施虐型謀殺的動力學與血腥的自殺有密切關係。唯一的差異在於，在前者，個人顯然扮演攻擊者的角色；然而在後者，個人同時也是受害者。追根究底，兩種角色都代表了同一人格

的不同層面：攻擊者反映著產道的壓迫性、摧毀性力量的內攝，同時受害者反映著胚胎的情緒與感官的記憶。

情緒障礙的心身症顯現

　　許多情緒障礙，例如精神官能症、憂鬱症、功能性精神病（functional psychoses）等，都有明確的生理顯現，其中最常見的是頭痛、心悸、盜汗、抽搐與顫抖、心身症疼痛，以及許多皮膚問題。同樣常見的是消化道不適，例如噁心、無食慾、便祕與腹瀉。與情緒問題同時發生的典型症狀包括不同的性功能失調，例如無月經、生理週期紊亂、經期痙攣，或是性交時陰道出現疼痛抽搐。我們已經討論過勃起障礙與無法達到高潮的症狀。這些情況可能伴隨著其他精神官能症的問題，或是獨立出現為主要症狀。

　　某些精神官能症，例如轉化性歇斯底里，其生理症狀有非常明確的特徵，可以代表此類障礙最主導的特性。古典精神分析師稱為「前性器官期精神官能症」（pregenital neuroses）的那類障礙也是如此；它包括不同的抽搐、結巴、心因性氣喘。這些症狀代表強迫性精神官能症與轉化性歇斯底里的混血。它們所奠基的人格結構是強迫症，但是主要的防禦機制與症狀構成卻是轉化，就像歇斯底里。另外還有一組醫學性障礙，其中的心理因素是如此顯著，連傳統醫學都稱呼它們是「心身疾病」（psychosomatic diseases）。

　　此一類別包含偏頭痛、功能性高血壓、結腸與消化性潰瘍、

心因性氣喘、乾癬、不同的濕疹，有些人甚至認為某些形式的
關節炎也包括在內。主流的醫師與精神科醫師能接受這些障礙
的心因性本質，但是無法解釋相關的心因性機制。許多臨床工
作、理論性探討以及研究，都是基於精神分析師法蘭茲‧亞歷
山大（Franz Alexander）的推論，而他也是心身醫學的創建者。
亞歷山大提出一個理論模型來解釋心身疾病的機制。他的關鍵
貢獻在於，確認心身症狀源自於心理衝突與創傷在生理層面的
共同發生狀況。根據他的看法，在急性焦慮、悲痛、憤怒中發
生的情緒刺激會造成強烈的生理反應，這會進一步導致心身症
狀與疾病的發展（Alexander 1950）。

　　亞歷山大區分了轉化性反應與心身症障礙。在前者中，症
狀具有象徵性意義，是抵抗焦慮的防禦機制；這是精神官能症
的重要特徵。在心身症障礙中，潛在的情緒狀態根源可以追溯
到心理創傷、神經性衝突、病理性的人際關係，但是這些症狀
不會具備有用的功能。它們其實代表著心理機制無法保護個人
抵抗過多的情感喚醒（affective arousal）。亞歷山大強調，這種
情緒的身體化只會發生在具有患病體質的人身上，不會發生在
健康的人身上；不過，他或他的後繼者都無法定義這種體質的
特性。

　　超過六十年之後，心身醫學領域的情況一般來說仍令人失
望，其特徵在於，根本上對身體症狀如何源起於心靈一事缺
乏一致看法，同時沒有任何概念架構能全然令人滿意（Kaplan
and Kaplan 1967）。缺乏清楚答案造成許多作者採納了多成因
（multicausality）的概念。根據這種觀點，心理因素在心身症障

礙中扮演重要角色，但是我們也需要考量其他多種因素，例如
體質、遺傳、器官病理學、營養狀態、環境以及社會與文化的
決定因素。

　　啟靈藥療法與全向呼吸療法已經帶來清楚的證據，說明光
憑出生後心理創傷本身並不足以解釋情緒障礙的發展。即使在
更大的範圍，對心身性症狀與障礙整體而言也是如此。精神分
析視為成因的心理衝突、失去重要的人際關係、過度依賴、兒
童目睹雙親性交，以及其他類似因素就是無法解釋心身症障礙
所包含的生理性干擾的性質與強度

　　從深度經驗式療法的角度來看，任何精神分析導向的心身

法蘭茲・亞歷山大（1891 - 1964）是匈牙利的醫師
與精神分析師，也是心身醫學與精神分析派犯罪學的
創建者。

疾病理論，只要它們對此類疾病的解釋完全依據出生後生活史的心理創傷，那就會膚淺且無法使人信服。認為這些障礙能透過談話療法來有效治療，這樣的假設也不可行。全向研究對心身症障礙的理論與療法已貢獻了重要的洞見，但這些發現中可能最重要的就是，發現有大量受到阻塞的情緒與生理能量潛藏於心身症狀之下。

儘管心理性、生活史創傷是否可能造成深度功能性干擾，或甚至對器官造成結構性傷害仍有疑問，但是對意識全向狀態下顯現的無意識周產期層次所萌發的元素性破壞能量而言，這卻是個合理的可能性。就最普遍的層面來說，這個觀察肯定了精神分析最聰明、最有爭議性的反叛者威廉‧賴希所提出的概念。賴希根據他從治療療程中所做的觀察做出如此結論：潛藏於情緒障礙與心身症之下的主要因素，是大量的生物能量在肌肉與內臟內卡住並堵塞，因此構成他所謂的「人格盔甲」（Reich 1949, 1961）。

不過，賴希派心理學與全向研究觀察的共同之處就到此為止。根據賴希的看法，這種卡住的能量本質是性慾的，而它阻塞的原因是人類生理需求與社會壓迫性影響之間根本的衝突，這會干擾完整的高潮釋放與令人滿足的性生活。接著，殘存且未經表達的性能量就會卡住，並且以倒錯與精神官能症或身心症症狀的形式找到偏差的表現出口。全向狀態研究提供全然不同的解釋。它顯示我們在身體組織內所攜帶的阻塞能量並非累積且未經表達的欲力，而是束縛於濃縮經驗系統群內的情緒與生理能量蘊藏。

這種能量有一部分屬於濃縮經驗系統群的生活史層次，其中包含了來自嬰兒期與童年的心理與生理創傷的記憶。不過，這種能量蘊藏很大的比例源自於周產期，反映出出生記憶尚未獲得適當處理。它持續存在於無意識中，成為在情緒與生理層面非常重要但不完整的形式（gestalt）。在分娩過程中，對神經元的過度刺激產生相當大量的能量，但它們由於產道的束縛而無法釋放。賴希之所以將這種能量誤認為卡住的欲力，或許是因為第三母型相關的強大性興奮。

在某些案例中，出生前創傷會顯著造成濃縮經驗系統群整體的負面能量蘊藏，並且參與心身症症狀的生成。某些人擁有相當艱困的出生前生活史，包含以下這類因素：懷孕母親極度的情緒與生理壓力、迫切可能的流產、企圖墮胎、毒性子宮、或是 RH 血液因子不合症。潛藏於心身症障礙的能量，其最深的來源一般可以追溯到超個人層次，尤其是業力與原型元素（見 P81 諾伯特的故事）。

特別有趣且重要的是來自深度經驗治療的這個觀察：所有心身症現象背後所有的驅力都不是心理創傷。在它們的生成中扮演關鍵角色的是未經吸收及整合的生理創傷，例如與童年疾病、手術、外傷或幾乎溺斃等不舒服的記憶。在更深的層次，這類症狀與出生創傷有關，甚至關係到與前世記憶相關的生理創傷。潛藏於心身症痛苦底下的材料可能包括嬰兒期、童年與生命晚期的意外；手術與疾病的記憶；還有出生過程經歷的痛苦，以及與前世的傷害或死亡相關的生理苦痛。

這點與多數心理動力學派的觀點形成強烈對比，後者傾向

於認為心理衝突與創傷在心身症的症狀生成中扮演主要角色。根據他們的觀點，症狀的生成方式會讓這些心理議題以象徵性的身體語言來表達，又稱為「身體化」（somatized）。例如，抱持與排除某些情緒被視為便祕與腹瀉背後的心理因素。頸部與肩膀的嚴重疼痛則是個案「讓自己肩負太多責任」的象徵表現。

同樣的，人會出現胃的問題是因為他們無法「吞下」或「消化」某件事。歇斯底里的麻木反映出一種對抗令人反感的嬰兒性行動的防禦機制。呼吸困難是由讓個案「窒息」的母親所造成的；氣喘則是「哭著要找媽媽」；胸口受壓迫的感覺則是由「沉重的悲痛」所造成的。同樣的，結巴被視為來自對語言攻擊以及說髒話的渴望的壓抑，而嚴重的皮膚問題則是對性誘惑的保護措施。

全向狀態研究提供豐富機會，讓我們深入瞭解心身症障礙的動力學。我們其實不難觀察到短暫出現的氣喘發作、偏頭痛、不同的濕疹，甚至是正在成形中的牛皮癬發作，就在它們於啟靈藥療法與全向呼吸療法療程中逐漸顯現的時候。這其實關係著與它們的心理動力根源相關的洞見。往好處看，在療程中運用深度經驗式技術的治療師與協助者已經回報了不同心身症障礙的戲劇化與持續性的改善。這些報導一般會將重新經歷生理創傷（尤其是出生創傷）以及不同的超個人經驗描述為最有效的治療機制。

由於篇幅限制，我無法更詳細描述特定心身症障礙的心理動力學並提供案例說明。在這方面，我必須推薦有興趣的讀者閱讀我較早的著作（Grof 1985, 2001）。

自閉型與共生型幼兒精神病、自戀型人格
以及邊緣性狀態

　　自我心理學的先驅，包括瑪格麗特・馬勒、奧圖・克恩伯格、海因茨・科胡特等人，為古典精神分析分類法貢獻了許多新的診斷類別；根據他們的觀點，這些分類源自早期發生的客體關係干擾。健康的心理發展是由原生自戀（primary narcissism）的自閉型與共生型階段出發，經過分離與個體化的程序，最終達成穩定的客體關係。這個過程的嚴重干擾，以及在這些早期階段缺乏基本需求的滿足，都可能造成嚴重的障礙。依據這些不利狀況的程度及發生時機不同，這類干擾可能導致自閉型與共生型幼兒精神病、自戀型人格障礙或是邊緣性人格障礙。

　　爬梳自我心理學文獻，我們發現，針對潛藏於這些障礙的客體關係干擾的相關分析都非常詳盡與細緻。不過，就像古典精神分析師一樣，自我心理學家並未體認到，出生後生活史事件其實無法恰當解釋情緒障礙的症狀學。來自全向狀態的觀察指出，嬰兒期的早期創傷對人的心理生活有深刻的影響，不僅是因為它們發生在相當不成熟的有機體上，動搖了人格的根本基礎，也是因為它們干涉人由出生創傷復原的過程。它們會讓通往周產期無意識的橋梁通行無阻。

　　自我心理學用來描述這些障礙的出生後動力學詞彙透露出它們蘊含的出生前與周產期層次。自我心理學家高度重視的共生型滿足不僅適用於嬰兒期的哺乳與依附性滿足，也適用於出生前狀態的性質。共生型剝奪的有害效應也是如此。舉個例子，

以下是瑪格麗特・馬勒對共生階段的描述：「共生階段，此時嬰兒的表現與運作就如同他和他的母親是個全能的系統（雙重一致性），處在共同的界限之內（也是一個共生的瓣膜）」（Mahler 1961）。同樣的，退行到自閉症及無客體狀態具有明確的在心理層面回到子宮的特質，並不僅是回到出生後的早期狀態。

客體關係發展干擾所造成的障礙具備其他重要的層面，它們也都清楚指向周產期動力學。將客體世界劃分為好的與壞的，這是邊緣性患者的特徵，所反映出的不僅是自我心理學家所強調的母職的前後不一致（「好媽媽」與「壞媽媽」）。在更深的層次，其根源為母親在兒童生命中扮演的角色具有根本的曖昧性，即使在最佳的情況下也是如此。在出生前與出生後層面，母親代表著給予生命與維持生命的存在，但是在分娩過程中，她則轉變成施加痛苦且威脅生命的敵人。

在自我心理學文獻中，罹患共生型幼兒精神病的兒童被描述為受到分離恐懼與吞沒恐懼的拉扯。這種情況的根源顯然是出生創傷，而不是原生自戀到客體關係之間的過渡。如前所述，失去子宮和分娩過程的開始，一般來說都被經驗為危及生命的吞沒過程，第三母型到第四母型之間的過渡則是駭人的分離經驗。比起客體關係形成的過程中所經驗的吞沒或分離恐懼，前述這兩種經驗的力量遠遠更為強大。我們還應該補充一點，在這類患者身上所觀察到的憤怒太過強大，不會是源自於出生後階段，而似乎源自於周產期階段。

成人精神病狀態的心理動力學

　　儘管有大量的時間、能量、金錢投入於精神醫學研究，但是精神病過程的本質仍然是個謎。龐大的系統性研究已經探索了廣泛的體質與基因因素、荷爾蒙與生物化學變化、生理學變因、心理與社會決定因素、環境觸發的影響以及許多其他種種。這些全都不具有足夠的一致性，無法令人信服地解釋功能性精神病的病源學。

　　然而，即使生物學與生物化學研究能偵測到與精神病狀態發生具有一致相互關係的程序，那也無法幫助我們理解精神病經驗的本質與內容。在前面的章節討論 LSD 的實驗室研究時，我已經簡單提過這個問題。在這些實驗中，我們知道觸發相關經驗的藥劑明確成分與劑量，但是這也無法釐清精神病的問題。事實上，這讓問題更加複雜；它沒有為精神病病源學的問題帶來更簡單的答案，反而更開啟了嶄新的龐大計劃——要針對人類心靈、宇宙、存在等奧祕尋找答案。

　　這個研究只說明了深層無意識材料進入意識的現象。這顯示了，創造這些經驗的潛力顯然是人類心靈與生俱來的特性，而不是病理程序的產物。功能性精神病的現象學以不同方式結合了周產期與超個人經驗，偶爾也會混入出生後生活史的元素。

　　第一母型典型經驗的正向與負向型態都表現在精神病發作的症狀學中。許多患者會經驗到與偉大母神充滿喜悅的共生結合的場景，感覺自己在祂的子宮中或乳房上獲得滋養。第一母型也能被經驗為與其他人、與自然、與整個宇宙、與神——即

「密契合一」（unio mystica）——的狂喜結合。第一母型的經驗光譜也包含看到基於不同文化的神話學的天堂或樂園景象。

相反的，胚胎生命的干擾與包含偏執觀點與現實扭曲的精神病狀態之間似乎有著深層的連結。許多出生前的干擾都與母體的化學轉變——「中毒症」（toxicosis）——有關。這點似乎解釋了，為何這麼多偏執狂病患會懷疑某人正在他們的食物中下毒；懷疑某種有毒氣體正被排放到他們家中，或是某個邪惡科學家正讓他們暴露在危險的放射線中。這些敵意影響的經驗通常伴隨著看到不同的邪惡實體與惡魔般的原型存在。

偏執感覺的另一個來源就是第二母型階段的開始。這並不令人意外，因為分娩過程的啟動對出生前存在而言是一個重大且不可逆的干擾。考量到這些情況對胚胎必定相當不舒服並且充滿迷惑，我們不難理解關於出生過程啟動或是嚴重子宮內干擾的記憶若是進入成人的意識，就可能讓人感覺到全面性的焦慮與重大的威脅。出於明顯的原因，這種危險的源頭無法辨認，總是無法知曉。接著，個人傾向於將這些感覺投射到外在世界某些具有威脅性的情境——祕密地下組織、納粹、共產主義者、共濟會、三K黨，或是其他某些或實際上相當危險的人類團體，甚至可能投射為外星侵略者。

重新經歷分娩的啟動通常會帶來進入薩滿或神話的地下世界的經驗。完整發展的第二母型形式會提供永恆詛咒、絕望、非人道折磨、魔鬼般的苦難等主題給精神病的症狀學。許多精神病患者會經驗到地獄中看似永不終結的苦難或折磨，而這些似乎是專門為了折磨人而設計的巧妙陷阱。

　　精神分析研究顯示，許多精神病患者口中那種造成錐心之痛的「影響機器」（influencing machine）正代表著「壞母親」的身體（Tausk 1933）。然而，這些作者並無法體認到，危險且造成折磨的母親身體，屬於分娩中的母親而不是哺乳的母親。和第二母型有關的其他精神病主題，包括經驗到機器人構成的毫無意義、詭異、荒謬的世界，還有醜陋的馬戲團場邊節目的氛圍。我們可以從瑞士奇幻寫實天才吉格爾的機械生物體藝術（biomechanoid art）中找到對這類夢魘般經驗的絕佳描繪（Grof 2015）。

　　第三母型會加入更豐富的經驗類型，代表著這個複雜母型對精神病狀態的臨床樣貌的不同面向。這個巨大層面會顯現為難以承受的張力、強大的能量流動、衝突與釋放。相應的意象與觀想關係到戰爭、革命、血腥大屠殺的暴力場景。這些通常會觸及原型層面，而且這些場景會大規模地呈現——善與惡、黑暗與光明、天使與惡魔、泰坦挑戰諸神，或是超級英雄與神話怪獸之間的宇宙大戰。女巫狂歡聚會或黑彌撒儀式的原型結合了死亡、性愛、攻擊、糞便迷戀等元素，也會出現在精神病患者的經驗中。

　　第三母型過渡到第四母型，這為精神病經驗的光譜添加了心理靈性的死亡與重生序列、世界毀滅與再造的末日影像、死後審判或最後審判的場景等。這可能伴隨有認同於代表死亡與重生的耶穌或原型人物，進而造成自我膨脹與救世主的感覺。神聖婚姻（hieros gamos）以及成為神聖嬰兒的父親或母親，這類幻想與經驗便是來自於此。神聖領悟、看見或認同於偉大母

神、與出現在光明中的天使存在或神祇相遇、救贖與贖罪的感受同樣屬於第四母型典型的顯現。

在我最初提出許多精神病症狀學都能由周產期動力學理解的時候（Grof 1975），我並無法找到任何臨床研究來支持這個假說，甚至去探索這個可能性。驚人的是，對精神病與出生創傷之間可能的關係，研究者竟付出這麼少的注意力。半世紀後的今日，已經有重要的臨床證據支持周產期干擾與出生創傷在精神病的生成中扮演重要的角色。

事實上，母親懷孕時營養不良或是病毒感染，以及出生時遭遇產科併發症，包括分娩時間過長及氧氣不足，都是少數持續證實可能引發思覺失調的風險因子（Wright et al. 1997, Verdoux and Murray 1998, Dalman et al 1999, Kane 1999, Warner 1999）。由於精神醫學中生物學思維的強大影響，對這些資料的詮釋傾向於偏好是假定出生過程造成了某種細微腦部損傷，而當前診斷方法仍無法檢測。主流的理論學家與臨床醫師仍然無法正視出生及出生前的干擾作為主要心理創傷以及它們扮演的重要角色。

儘管前面描述的周產期經驗通常代表著，關於出生的生物記憶及原型主題與其他相應主題的結合，但是精神病狀態的現象學也能包含多種純粹形式的超個人經驗，不會混有生理性周產期元素。這些最常見者包括前世記憶的經驗、與外星人接觸的經驗，以及與不同神祇及惡魔存在相遇的經驗。偶爾，被診斷為精神病的人也能擁有非常提升的靈性經驗，例如與神、與絕對存有，或是與宇宙本質的虛空（Metacosmic Void）合而為一

的種種經驗。

　　許多這類經驗都曾經出現在所有時代的隱士、聖者、先知與靈性教師的敘述之中。如同我們前面看到的，要將全部這些經驗歸因於腦部或身體其他部位某些未知的病理學程序相當荒謬，但是現代精神醫學卻常常如此。這點自然會讓人質疑精神病與神祕經驗之間的關係。本書截至目前，我都依照學術性精神醫學慣用的方式來使用精神病一詞。但是，如同我們將在下一章看到的，來自全向狀態的觀察與經驗指出，精神病這個概念必須徹底重新定義。

　　當我們用以檢視這些經驗的是更寬廣的心靈地圖學，不侷限於出生後生活史，也納入周產期與超個人層面，那麼我們將更清楚瞭解到，神祕主義與心智障礙之間的差異其實並不在於其本質與相關經驗內涵，而是在於人們看待它們的態度、個人的「經驗風格」、詮釋的模式、整合它們的能力等。喬瑟夫・坎伯常常在演講中引用一句話來解釋這種關係：「同樣的水，神祕主義者能在其中喜悅游泳，精神病患者卻常溺斃其中。」這句話在其他方面都恰到好處，只有一點我持保留態度，也就是神祕主義者的經驗往往相當艱困且折磨，不一定都會充滿喜悅。不過，神祕主義者能用更寬廣的脈絡來看待這些挑戰，視之為具有深層目的與值得追求之目標的靈性旅程。

　　這種面對精神病的方法所具備的深刻意義不僅是針對理論，也針對治療，而最重要的，則是針對這些狀態的進程與結果。這些以另類方式理解精神病的先驅包括榮格（Jung 1960）、貝托・阿薩吉歐力（Assagioli 1977）、馬斯洛（Maslow

1964）、約翰・佩里（Perry, J. W. 1998）；來自經驗式療法的觀察以影響深遠的方式證實了他們的革命性觀點。

參考文獻

Abraham, K. 1927. *A Short Study of the Development of the Libido. Selected Papers.* London: Institute of Psychoanalysis and Hogarth Press.

Alexander, F. 1950. *Psychosomatic Medicine.* New York: W. W. Norton.

Assagioli, R. 1977. *Self-Realization and Psychological Disturbances. Synthesis 3-4.* Also in: Grof, S. and Grof, C. (eds). *Spiritual Emergency: When Personal Transformation Becomes a Crisis.* Los Angeles, CA: J. P. Tarcher

Blanck, G. and Blanck, R. 1974. *Ego Psychology I: Theory and Practice.* New York: Columbia University Press.

Blanck, G. and Blanck, R. 1979. *Ego Psychology II: Psychoanalytic Developmental Psychology.* New York: Columbia University Press.

Dalman, C. et al. 1999. Obstetric Complications and the Risk of Schizophrenia: A Longitudinal Study of a National Birth Cohort. *Arch.gen. Psychiat.* 56:234-240.

Fenichel, O. 1945. *The Psychoanalytic Theory of Neurosis.* New York: W. W. Norton.

Freud, S. 1953. *Three Essays on the Theory of Sexuality.* Standard Edition, vol. 7. London: The Hogarth Press & The Institute of Psychoanalysis.

Freud, S. 1955. *Beyond the Pleasure Principle. The Standard Edition of the Complete Works of Sigmund Freud, Vol. 18.* (J.Strachey, ed.), London: The Hogarth Press & The Institute of Psychoanalysis.

Freud, S. 1964. *An Outline of Psychoanalysis.* Standard Edition, vol.23. London: The Hogarth Press & The Institute of Psychoanalysis.

Goodwin, F. K. and Jamison K. R. 1990. *Manic-Depressive Illness.* Oxford, New York: Oxford University Press.

Goodwin, F. K. and Jamison, K.R. 2007. *Manic-Depressive Illness, Bipolar Disorders and Recurrent Depression.* Oxford, New York: Oxford University Press.

Grof, S. 1975. *Realms of the Human Unconscious.* New York: Viking Press.

Grof, S 1985. *Beyond the Brain: Birth, Death, and Transcendence in Psychotherapy.* Albany, NY: State University of New York (SUNY) Press.

Grof, S. 2000. *Psychology of the Future.* Albany, New York: State University of New York (SUNY) Press.

Grof, S. 2001. *LSD Psychotherapy.* Santa Cruz, CA: MAPS Publications.

Grof, S. 2015. *Modern Consciousness Research and the Understanding of Art.* Santa Cruz, CA: MAPS Publications.

Jacobson, B. et al. 1987. Perinatal Origin of Adult Self-Destructive Behavior. *Acta psychiat. Scand.* 76:364-371.

James, W. 1961. *The Varieties of Religious Experience.* New York: Collier.

Jung, C. G. 1960. *The Psychogenesis of Mental Disease. Collected Works, vol. 3. Bollingen Series XX.* Princeton: Princeton University Press.

Kane, J. M. 1999. Schizophrenia: How Far Have We Come? *Current Opinion in Psychiatry* 12:17.

Kaplan, H. S. and Kaplan, H. I. 1967. Current Concepts of Psychosomatic Medicine. In: *Comprehensive Textbook of Psychiatry.* Baltimore: The Williams & Wilkins Co.

Kernberg, O.F. 1976. *Object Relations Theory and Clinical Psychoanalysis.* New York: Jason Aronson.

Kernberg, O.F. 1984. *Severe Personality Disorders: Psychotherapeutic Strategies.* New Haven, CT: Yale University Press.

Kohut, H. 1971. *The Analysis of the Self: A Systematic Approach to the Psychoanalytic Treatment of Narcissistic Personality Disorders.* New York: International Universities Press.

Kučera, O. 1959. On Teething. *Dig. Neurol. Psychiat.* 27:296.

Lavin, T. 1987. Jungian Perspectives on Alcoholism and Addiction. Paper presented at the seminar The Mystical Quest, Attachment, and Addiction. Presentation at a monthlong seminar at the Esalen Institute, Big Sur, CA.

Lorenz, K. 1963. *On Aggression.* New York: Harcourt, Brace and World.

Mahler, M. 1961. On Sadness and Grief in Infancy and Childhood: Loss and Restoration of the Symbiotic Love Object. *The Psychoanalytic Study of* the *Child.* 16:332-351.

Mahler, M. 2008. *The Psychological Birth of the Human Infant: Symbiosis and Individuation.* New York: Basic Books.

Maslow, A. 1964. *Religions, Values, and Peak Experiences.* Cleveland, OH: Ohio State University.

Moreno, F. et al. 2006. Safety, Tolerability, and Efficacy of Psilocybin in Nine Patients with Obsessive-Compulsive Disorder. *Journal of Clinical Psychiatry* 67(11):1735-40.

Odent, M. 1995. "Prevention of Violence or Genesis of Love? Which Perspective?" Presentation at the Fourteenth International Transpersonal Conference in Santa Clara, California, June.

Pahnke, W. N. Kurland, A. A., Unger, S., Grof, S. 1970. "The Experimental Useof Psychedelic (LSD) Psychotherapy." *Journal of the American Medical Association (JAMA)* 212:856.

Perry, J. W. 1998. *Trials of the Visionary Mind: Spiritual Emergency and the Renewal Process.* Albany, NY: State University of New York (SUNY) Press.

Rank, O. 1929. *The Trauma of Birth.* New York: Harcourt Brace.

Reich, W. 1949. *Character Analysis.* New York: Noonday Press.

Reich, W.1961. *The Function of the Orgasm: Sex-Economic Problems of Biological Energy.* New York: Farrar, Strauss & Giroux.

Spitz, R.,Á. 1965. *The First Year of Life : A Psychoanalytic Study of Normal and Deviant Development of Object Relations.* New York : International Universities Press.

Tausk, V. 1933. On the Origin of the Influencing Machine in Schizophrenia. *Psychoanalyt. Quart.* 11.

Tinbergen, N. 1965. *Animal Behavior.* New York: Time-Life.

Verdoux, H. and Murray, R. M. 1998. What Is the Role of Obstetric Complications in Schizophrenia? *Harv. Ment. Health Lett.*

Warner, R. 1999. New Directions for Environmental Intervention in Schizophrenia: I. The Individual and the Domestic Level. *Mental Health Services* #83, pp. 61-70.

Wilson, W. and Jung, C. G. 1963. Letters republished in: Grof, S. (ed.): Mystical Quest, Attachment, and Addiction. Special edition of the *Re-Vision Journal* 10 (2):1987.

Wright, P. et al. 1997. Maternal Influenza, Obstetric Complications, and Schizophrenia. *Amer. J. Psychiat.* 154: 292.

第五章

靈性緊急狀態：
認識與治療轉變危機

　　意識全向狀態研究最重要的意義之一就是體認到，許多目前診斷為精神病且一概用抑制性藥物治療的自發性發作，其實都是極端的人格轉變與靈性開啟的困難階段。如果以正確方式理解並支持，那麼這些心理靈性危機可以造成情緒與心身的療癒、驚人的人格轉變及意識演化。它們也具備強大的啟發潛能（Grof and Grof 1989, 1990）。

　　我們可以在薩滿、瑜伽士、神祕主義者與聖者的故事中看到這類發作事件。全世界的神祕學文獻都將這些危機描述為靈性旅程的重要里程碑，肯定它們的療癒及轉變潛能。主流精神科醫師無法理解心理靈性危機（甚至並不複雜的神祕狀態）與嚴重精神疾病之間的差異，這是因為它們的概念框架過於狹窄。學術性精神醫學有個心靈模型，它侷限於出生後生活史，具有強烈的生物學偏見。這些都對理解精神病狀態的性質與內容構成嚴重障礙。

　　「靈性緊急狀態」一詞是由我已過世的妻子克莉絲緹娜和我共同創造以用來描述這些狀態；這個詞指出它們的正向潛力。拉丁文的 emergere 意思是「浮現」，但是如果某個危急情境突然發生，我們說它是「緊急狀態」（emergency）。因此，這個名詞是個文字遊戲，一方面指出危機的存在，但同時也指出某個「浮現」的契機，能提升到更高程度的心理功能與靈性覺察。在這個脈絡中，我們通常提到中文的「危機」一詞來說明靈性緊急狀態的基本概念。這個中文詞由兩個字所組成，一個字代表「危險」，另一個字則代表「機會」。

　　成功完成並整合這類發作事件會顯著降低攻擊性，增加種

族、政治、宗教的包容及生態意識，並且深度改變價值觀的階層與存在的優先順序。心理靈性危機若是能夠完成其自然進程，可能帶來的益處包括更佳的心身健康、對生命更有熱情、更有價值的生活策略、更擴展的世界觀，以及宇宙性、包容性、跨越教派的靈性。不誇張地說，整合良好的心理靈性危機可以讓個人踏入更高層次的意識演進。

在近數十年來，我們看到對靈性事物的興趣快速成長，這也讓人廣泛嘗試古老的、原住民的與現代的「神聖技術」，也就是能帶來靈性開啟的心靈擴展技術，包括不同的薩滿方法、東方靜坐修持、啟靈藥、力量強大的經驗式心理治療法，以及實驗性精神醫學所發展出的實驗室方法。根據民意調查，曾經有過靈性經驗的美國人人數在二十世紀後半出現顯著增加。似乎這也伴隨著數量同樣增加的靈性緊急狀態。

有越來越多人似乎領悟到，基於深刻個人經驗的真實靈性乃是生命非常重要的層面。考量到西方科技文明的物質導向所造成的全球危機加劇，顯然我們因為拒絕且排斥靈性而付出龐大代價。我們禁止了能為人類生命帶來滋養、賦予力量、提供意義的力量進入我們的生命。

在個人層面，失去靈性的代價是貧乏的、異化的、毫不充實的生活方式，還會造成情緒障礙與心身症的增加。在集體層次，缺乏靈性價值會導向威脅地球其他生命生存的生存策略，例如掠奪不可更新的資源、污染自然環境、干擾生態平衡、運用暴力作為解決問題的主要方式。

因此，對我們所有人有益的是去尋找方式將靈性帶回我們

個人與集體的生命。這將必須包括，在理論層次將靈性視為存在的重要面向，還得鼓勵並在社會層次認可種種能對實相的靈性層面開啟經驗通道的活動。這種努力很重要的一部分必須是，為正在經歷靈性開啟危機的人發展適當的支持體系，這會讓人能運用這些狀態的正向及轉變潛力。

在 1980 年，我的妻子克莉絲緹娜創辦了靈性緊急狀態網路

克莉絲緹娜・葛羅夫（Christina Grof, 1940－2014），榮譽哲學博士，是藝術及瑜伽教師、治療師及作家。她在 1980 年在加州大索爾的伊色冷機構建立了靈性緊急狀態網路（Spiritual Emergence Network，簡稱 SEN）。

（Spiritual Emergence Network，簡稱 SEN），這個組織服務經歷心理靈性危機的人，為他們引介能夠，也願意根據對這些狀態的全新理解來給予協助的專業人士。如今，世界上許多國家都已經有 SEN 的子機構。

靈性緊急狀態的觸發

在許多情況中，我們可以辨認出引發心理靈性危機的情境。這可能主要是生理性的觸發物或壓力，例如疾病、意外、手術等。極度的身體操勞或長時間缺乏睡眠或許也似乎是最立即的因素。在女性身上，可能是生產、流產、墮胎等。我們也看到某些情境，整個過程的啟動與非常強大的性經驗同時發生。

在其他案例中，心理靈性危機是在創傷性情緒經驗發生不久後開始。這可能是失去一段感情，例如孩子或近親死亡、離婚或是戀情的結束。同樣的，一系列的失敗或失去工作或財產可能立即伴隨著靈性緊急狀態的開始。在容易受影響的人身上，所謂「最後一根稻草」可能是啟靈藥經驗或是經驗式心理治療的療程。

靈性緊急狀態最重要的觸媒之一似乎就是深度投入不同形式的靜心與靈性修持。這點應該不令人驚訝，因為這些方法本來就是專門設計要促進靈性經驗。不斷有這樣的人與我們接觸：他們因為禪修或內觀佛教（Vipassana Buddhist）的靜心修持、拙火瑜伽（Kundalini yoga）、蘇非迴旋舞（Sufi dhikr）、修院冥想或基督教的祈禱而觸發了持續的全向狀態發生。如果前述靈性

修持包含禁食、睡眠剝奪、長時間的靜心，那麼這種情況的可能性將會大為增加。

　　靈性緊急狀態範圍廣泛的觸發物清楚地指出，比起外在的刺激，人為內在的轉變做了多少準備更加重要。當我們為前述情境尋找共同點或最終共同的路徑，那麼我們將發現，它們全都包含無意識與意識兩種程序之間的平衡的徹底轉換。心理防禦的弱化，或相反的，無意識動力學能量蘊藏的增加，會讓無意識（與潛意識）材料有可能浮現並進入意識。

　　眾所周知，不同的生理壓力都能讓心理防禦弱化，包括身體創傷、疲倦、睡眠剝奪或是酒醉。心理創傷能夠驅動無意識，尤其是在它們包含了讓人想起先前創傷的元素，並且屬於某個重要的濃縮經驗系統時。分娩具備強大潛力，能作為心理靈性危機的觸發點，這似乎反映出分娩結合了生物層面的弱化與周產期記憶的明確重啟。

　　事業與個人生活的失敗與失望可能破壞與阻擋個人外在導向的動機與企圖。這會讓人更難運用外在活動作為逃離情緒問題的道路，也會導向心理的退縮並將注意力轉向內在世界。因此，無意識的內容可能進入意識，並且干涉個人的日常生活經驗或甚至完全將之覆蓋。

　　似乎存在有一種逆向的關係，一邊是外在導向及對外在物質目標的追求；另一邊是投注於內在程序及花在內省上的時間。人的生活中，不同區塊的危機若是破壞或摧毀正向的觀點——近親與朋友的死亡、婚姻或重要人際關係的破碎、財產或工作的失落，還有一系列的失敗——這傾向於將人的注意力轉向內

在並啟動無意識。因此，當前的創傷與（通常是一系列的）過往創傷的相似性，會將相應的濃縮經驗系統群的情緒力量加諸於新近事件的衝擊。普遍令人絕望的世界情勢以及特定觀點的失落（例如「美國夢」的破碎）通常也會有類似效果。

靈性緊急狀態的診斷

我們強調辨認靈性緊急狀態的需要，但是這不代表全盤拒絕主流精神醫學的理論與實踐。目前診斷為精神病的狀態，並不全都是心理靈性轉變的危機或具有療癒潛力。非尋常意識狀態的出現包含相當廣泛的範疇，從純粹靈性的經驗到顯然基於生物學因素而需要醫學治療的狀態。儘管主流精神科醫師一般傾向於將神祕狀態病理化，但是與此相反的問題也同樣存在，亦即將精神病狀態浪漫化或加以讚揚，或者甚至更糟的是，忽略嚴重的醫學問題。

許多接觸到靈性緊急狀態這個概念的心理健康專業人士都想知道，有什麼明確標準讓我們能在靈性緊急狀態與精神病之間做出「差異性診斷」。遺憾的是，在原則上我們不可能根據身體醫學的標準來進行這樣的差異區分。沒有顯著器官因素的精神病狀態，亦即所謂「功能型精神病」，和身體醫學所治療的疾病不同，並沒有醫學定義。我們其實可以嚴肅地質疑它們是否該稱為疾病。

功能型精神病當然不是糖尿病、傷寒或是惡性貧血那種意義的疾病。它們不會提供任何明確的臨床或檢驗發現來支持其

診斷，並證實它們具有生物性起源的假設。這些狀態的診斷乃是完全基於對不尋常經驗與行為的觀察，而當代精神醫學（由於它們膚淺得令人難過的人類心靈模型）對此缺乏恰當的解釋。任何熟悉醫學界貼標籤方式的人都知道，用來描述這些狀況的那些諸如「內生性」或「功能性」的屬性，就等同於承認這樣的無知。目前，我們沒有理由將這些狀況稱為「心理疾病」，或是假設相關的經驗是尚未發現的腦部病理程序的產物。

稍微想想，我們就會了解，折磨著大腦的某個病理程序本身相當不可能會產生目前診斷為精神病的狀態所具有的、豐富得難以置信的經驗光譜。腦部的異常程序怎麼可能產生這些配合特定文化的心理靈性死亡與重生序列場景、令人信服地化身為十字架上的耶穌或跳舞的濕婆？包含在法國大革命時死於巴黎路障的故事，或是外星人綁架的複雜場景？

化學變化可以觸發這類經驗，但是光憑化學程序本身並無法創造靈性緊急狀態通常能提供的繁複意象及豐富的哲學與靈性洞見。此外，化學當然無法中介通往關於宇宙不同層面的準確新資訊的管道。當我們檢視那些具備已知化學結構的心理活性物質，也知道它們施用的劑量，那麼這點就變得明顯。LSD與其他啟靈藥及宗教致幻劑的使用可以說明深層無意識材料浮現並進入意識的現象，但是無法解釋其本質與內容。

要了解啟靈藥經驗的現象學，除了單純指出身體的生物化學或生理學程序異常的說法，我們還需要更為細緻的取徑。這需要完整的方法學，必須納入超個人心理學、異常心理學、神話學、哲學以及比較宗教學。對於心理靈性危機而言也是如此。

在靈性緊急狀態中顯現的經驗顯然不是腦內偏差的病理生理程序的人工產物，而是屬於心靈。自然地，要能以這種方式理解，我們必須超越主流精神醫學所提供的，認識心靈的狹窄方式，要使用更為擴展的概念框架。這類更為擴展的心靈模型包括本書前面所描述的心靈地圖學、羅貝托·阿薩吉歐力的心理綜合學派（Assagioli 1976）、肯·威爾伯（Ken Wilber）[01]的光譜心理學（Wilber 1977），以及榮格關於心靈作為「世界之靈」的概念，裡面包含了歷史性與原型性的集體無意識（Jung 1959）。這類對心靈寬廣且完全的理解也是偉大東方哲學與世界神祕傳統的特徵。

由於功能性精神病的定義是基於心理層面而非醫學層面，因此不可能像醫學實踐那樣提供靈性緊急狀態與精神病之間嚴謹的差異性診斷，不像處理不同形式的腦炎、腦部腫瘤或失智症。考慮到這個事實，我們是否可能做出任何診斷性的結論？我們如何能處理這個問題？又能提供什麼來取代清晰且毫不模糊的差異性診斷，鑑別靈性緊急狀態與精神醫學的疾病？

另一個可行的選擇就是定義某些標準，好讓我們能從正在經歷強烈自發性意識全向狀態的人之中，判斷哪些或許適合接受能肯定並支持這個過程的治療策略。我們也可以嘗試判斷，在什麼樣的情境下運用另類的方法將不會是恰當的，以及何時較適合採用目前的常態性精神藥理學的症狀抑制。

01　編註：超個人心理學家，其光譜心理學以光譜來比喻意識，認為各種學科的差異見解都只是不同波長上的研究，此觀點能以更為全面的視角看待意識。

這種評估的必要先決條件就是良好的醫學檢驗，藉此排除狀況與器官有關且需要生物性治療的可能性。等到完成這點，下一個重要的指引就是相關非尋常意識狀態的現象學。靈性緊急狀態包含了生活史、周產期、超個人經驗的綜合體。這類經驗可以在一群隨機挑選的「正常」人身上透過啟靈藥誘發，也可以透過靜心、薩滿擊鼓、快速呼吸、召喚式音樂、身體工作以及許多其他非藥物技術等簡單方式來誘發。

我們運用全向呼吸療法的人每天都在工作坊與研討會中看到這類經驗，也有機會了解它們的療癒與轉變潛力。因此，當這些情況自發地在日常生活中發生，我們很難將類似經驗歸因於某些奇異的、仍不為人知的病理學。更為合理的是，運用在全向療程中的方法來處理這些經驗——亦即鼓勵人向這個過程臣服，並且支持已經連結的無意識材料能夠浮現並完整表現。

另一個重要的預後指標，就是人對這個過程的態度，以及他或她的經驗方式。如果擁有全向經驗的人體認到發生在自己身上的是個內在的過程，對經驗式治療保持開放態度，並且有興趣嘗試，那麼結果一般都會相當令人振奮。超個人策略並不適合缺乏這種基本洞見、主要採用投射機制，或是出現被害妄想症的人。能用適當程度的信任來形塑良好工作關係的能力，這正是為身處危機中的人進行心理治療工作絕對必要的先決條件。

同樣重要的是注意個案談論自身經驗的方式。溝通方式本身通常就區別了有希望的人選，以及不適當或有問題的人選。如果人以一致且清晰的方式描述這些經驗，無論其內容有多奇

特與詭異,那麼這就是非常好的預後指標。在某個意義上,這就像聆聽某個剛剛經歷高劑量啟靈藥療程的人,用聰明的方式向不了解的人描述或許顯得奇特且誇張的經驗。

以下這兩個案例會說明,就篩選個案進行靈性緊急狀態治療而言,對於內在程序與溝通方式的良好態度及有問題的態度分別為如何。

第一位個案來見精神科醫師時如此描述症狀:「自從兩個星期前生下女兒之後,我一直有著奇怪的經驗。感覺像電流的強大能量流一直沿著我的脊椎向上跑,讓我的身體顫抖,難以控制。我經驗到強大情緒(包括焦慮、悲傷、憤怒或喜悅)構成的波動,而且這些波動意外來到,毫無理由。有時候我會看到光化身成神祇或惡魔。我不相信輪迴轉世,但是,有時候我會看見似乎是來自其他時代、其他國家的記憶片段,而我似乎認得這些,好像我以前曾生活在那裡。我到底發生了什麼事?我快要瘋掉了嗎?」這個人顯然因為奇特經驗而迷惑困擾,但是也將這個情境視為內在的過程,願意接受建議與協助。這點會將這個情況定義為靈性緊急狀態,也預告了良好的治療結果。

第二位個案則呈現出相當不同的樣貌。他並未描述自己的症狀並請求精神醫學的建議。相反的,他敘述一段關於自己敵人的故事:「我的鄰居要來整我;他試著要將我毀滅。他將有毒氣體打進我的臥室,晚上從閣樓的隧道跑進我家,並且在冰箱的食物裡下毒。我在自己家裡也沒有隱私權;他在每個地方安裝了竊聽器和隱藏式攝影機。所有的資訊都會送到黑手黨那裡。我的鄰居領他們的薪水;他們付他大筆錢來除掉我,因為

我有非常高的道德原則，會干擾他們的計畫。這整件事背後的
錢都是來自中東，多半都是石油的收入。」這位個案顯然缺乏
這個根本的洞見，亦即這個處境只跟他自己的心靈有關。他不
太可能同意要參與自我探索與療癒的旅程，也不太可能建構良
好的治療關係。

靈性緊急狀態的類型

　　為心理靈性危機分類，這個議題密切關係到這些情況的差
異性診斷。是否有可能分辨並定義它們之中某些特定的類型或
類別，就像傳統精神醫師使用的《精神疾病診斷與統計手冊，
修訂第五版》的做法？在處理這個問題之前必須要強調的是，
為精神醫學障礙進行分類的企圖，除了對於顯然出於器官原因
的障礙之外，都遭遇到令人痛苦的失敗。

　　美國精神科醫師或是其他國家的精神醫學社群並沒有普遍
獲得認同的診斷類別。儘管 DSM 已經過多次修訂及改變──
通常是在激烈的辯論以及大量的不同意之後──臨床醫師仍然
抱怨著，他們很難根據官方的診斷類別來比對個案的症狀。顯
然，創造有用且令人滿意的 DSM 的嘗試已經失敗；美國國家心
理健康署（National Institute of Mental Health，簡稱 NIMH）目前
拒絕任何運用這個工具的研究計畫。

　　靈性緊急狀態也構成類似問題；不說別的，就只是將處在
心理靈性危機的人指定到有著清楚定義的診斷框架這點就特別
有問題，因為他們的現象學不尋常地豐富，可以由心靈的所有

層次汲取材料。心理靈性危機的症狀代表心靈深層動力學的顯現與外在化。個別的人類心靈是多次元、多層次的系統，沒有內在的分隔與界限。來自出生後生活的記憶，以及佛洛伊德派個人無意識的內容，會與周產期和超個人經驗構成天衣無縫的連續體。因此我們無法期待能找到定義清楚、界線明確的靈性緊急狀態分類。

然而，從我們與處在心理靈性危機者的共同努力、與從事類似工作同儕的交流，以及相關文獻的研究，我們相信可行且有用的作法是列出心理靈性的某些具有足夠典型特徵，而能彼此區分的主要形式。當然，它們的界線並不清楚，而且在實務上我們會看到顯著的重疊。以下清單包含了我們觀察到的心理靈性危機最重要的類型：

一、薩滿啟蒙危機

二、拙火的覺醒

三、統合意識事件（馬斯洛所謂的「顛峰經驗」）

四、透過回歸中心達成心理更新（約翰·魏爾·佩里）

五、精神力開啟的危機

六、前世經驗

七、與指導靈溝通以及「通靈」

八、瀕死經驗（NDEs）

九、與幽浮近距離接觸以及外星人綁架經驗

十、附身狀態

十一、酗酒及藥物成癮

薩滿啟蒙危機

薩滿，指的是不同文化的巫醫或嫻熟藥物的男性與女性；許多薩滿的事業都始於戲劇化且不自主的靈視狀態，人類學家稱之為「巫病」（shamanic illness）。在這類發作中，未來的薩滿通常會在心理甚至身體層面從他們的日常環境中退縮，並且擁有強大的全向經驗。他們一般會經歷穿越地下世界或死者領域的靈視旅程，並在那裡遭到惡魔攻擊，承受著可怕的折磨與苦難。

這種痛苦啟蒙的最高潮就是死亡與肢解的經驗，緊接而來的則是重生及揚昇到天界。這或許包含變身成鳥類（例如老鷹、獵鷹、雷鳥或禿鷹）並且飛翔到宇宙太陽的領域。新手薩滿也可能經驗到被這些鳥類帶往太陽領域。在某些文化中，取代魔法飛翔主題的是透過爬上世界樹、彩虹、有許多凹槽的柱子，或是由弓與箭搭建的梯子來抵達天界。

在這段艱辛的靈視之旅的過程中，新手薩滿會與自然力量、與動物培養出深度的連結，其中動物包含其自然型態與其原型樣貌（例如「動物之靈」或「力量動物」）。等到這些靈視旅程成功完成，就會帶來深度療癒。過程中，新手薩滿通常會去除自己的情緒疾病、心身疾病，有時甚至會去除身體疾病。因此，人類學家會稱薩滿為「負傷的醫者」。

在許多案例中，不情願的啟蒙者會對疾病的能量與形而上成因獲得深度洞見，會學到如何療癒自己及其他人。在啟蒙危機成功完成之後，人就會成為薩滿並回歸到自己的族人之間，

成為社群中功能完整且備受敬重的成員。他或她會扮演綜合了醫者、牧師、靈視藝術家的角色。

在我們的工作坊與專業訓練中，現代的美國人、歐洲人、澳洲人及亞洲人經常在他們的全向呼吸療法療程中經驗到相當類似薩滿危機的發作。除了生理與情緒折磨、死亡與重生的元素之外，這類狀況還包含與動物、植物以及自然元素的力量連結的經驗。經歷這類危機的人也通常會展現出發明吟唱與儀式的自發傾向，而這類吟唱與儀式與其他不同文化的薩滿曾創造過的相當類似。偶爾，有過這種經驗的心理健康專業人士也能運用自己在旅程中所學到的事物來創造現代版本的薩滿技術。

原住民文化對薩滿危機的態度經常被解釋為，由於他們缺乏基礎的精神醫學知識，因此傾向於將他們不瞭解的所有經驗與行為歸因於超自然力量。然而，這個觀點完全錯誤。承認薩滿並對薩滿高度尊重的文化也能毫無困難地分辨薩滿與瘋狂或生病的人。

要被認可為薩滿，人必須成功完成轉變的旅程，並且整合種種深具挑戰性的意識全向狀態場景。他或她至少必須能對部族其他成員發揮同樣功能。這些社會處理及對待薩滿危機的方式是個非常有用且值得學習的模型，可據此處理普遍的心理靈性危機。

拙火的覺醒

　　這種形式的心理靈性危機顯現類似古印度文獻中所描繪的「拙火」或「靈蛇力量」（Serpent Power）的覺醒。根據瑜伽士的看法，拙火是生成性的宇宙能量，其本質為陰性，負責宇宙的創造。拙火在潛在型態時定居在人類脊椎底部，位於精細身或能量身——這指的是一種場，滲透於物質身體內並環繞其四周。這種潛在能量會因為靜心、因為成就的靈性導師（上師）的介入、因為特定的運動、生產或未知原因而受到啟動。

　　啟動狀態的拙火又稱為「夏克提」，會沿著「氣脈」（nadis，即精細身的能量管道或線路）上升。在上升的過程中，它會淨化舊有的創傷印記，並且開啟精神能量中心；這些中心稱為「脈輪」（chakras），位於身體三條主要氣脈——中脈（sushumna）、左脈（ida）、右脈（pingala）——的交叉點。這個過程在瑜伽傳統中受到高度重視，也被視為是有益的，但是它並非沒有危險，因此需要拙火完全覺醒且穩定的上師來提供專家指引。拙火覺醒最戲劇化的徵兆，就是稱為「淨行」（kriya）的種種生理與心理顯現。

　　淨行指的是強烈的能量與灼熱感從脊椎往上流動，伴隨有強烈的顫抖、痙攣、扭曲的動作。強烈的、看似自發產生的情緒波動，例如焦慮、憤怒、悲傷或是喜悅與狂喜，都可能出現並暫時主導心靈。這還可能伴隨有明亮的光或各種原型存在的靈視，以及在內在感知到不同的聲音。許多參與這個過程的人也會擁有強大且似乎是關於前世記憶的經驗。不自主且通常難

以控制的行為則是最後一片拼圖：以未知語言說出或吟唱未知的歌曲或神聖的祈請（梵咒）、採取瑜伽姿勢（體位法）與手勢（手印），並且做出不同的動物聲音與動作。

　　榮格與他的同儕針對這個現象進行了一系列特殊的研討會（Jung 1996）。榮格對拙火的觀點或許是他整個生涯最嚴重的錯誤。他的結論是，拙火的覺醒完全是東方的現象；他並預測，由於深層心理學，拙火的這種現象至少要在花上一千年才能在西方世界啟動。然而，在過去數十年間，我們已經在數以千計的西方人身上觀察到明確的拙火覺醒的徵兆。讓人注意到

李・桑尼拉（1916-2003）醫學博士、作家、精神科醫師及眼科醫師。桑尼拉讓西方專業人士注意到拙火（靈蛇力量）覺醒的現象，過去只出現在印度瑜伽文獻中。

這個現象，要歸功於加州精神科及眼科醫師李‧桑尼拉（Lee Sannella），他獨自研究了數百個這類案例，並且在他的著作《拙火經驗：精神病或是超越》（The Kundalini Experience: Psychosis or Transcendence）中總結了他的發現（Sannella 1987）。

統合意識事件（顛峰經驗）

美國心理學家馬斯洛研究了數百位有過統合神祕經驗的人並且為他們創造出「顛峰經驗」（peak experiences）一詞（Maslow 1964）。他嚴厲批評西方精神醫學混淆神祕狀態與心理疾病的傾向。根據他的看法，應該將這些視為超乎尋常而非異常的現象。如果不去干涉，允許它們完成其自然進程，那麼這些狀態一般會讓人能在世界中運作得更好，會導向「自我實現」或「自我了悟」——亦即能夠更完整地表現人自己的創造潛能，活出更有價值、更滿足的生命。

　　精神科醫師與意識研究者沃爾特‧潘克發展出典型顛峰經驗的基本特質清單，其根據為馬斯洛與史塔斯（W. T. Stace）的研究。他用以下的標準來描述這種心智狀態（Pahnke and Richards 1966）：

- 統合（內在與外在）
- 強大的正向情緒
- 超越時間與空間
- 感覺到神聖（神聖降臨感）

- 矛盾性質
- 洞見的客觀性與真實性
- 難以言喻
- 正向的後續效應

正如這份清單所顯示的，當我們擁有顛峰經驗，我們就會感覺克服了常見的心智與身體的破碎化，會感覺我們達到統合與完整感。我們也超越了主體與客體之間常見的差異，經驗到與人類、自然、宇宙與神的狂喜合一。這包含了強烈的喜悅、狂喜、寧靜與內在平靜感。在這類神祕經驗中，我們會感覺自己離開了尋常的、三次元空間與線性時間的實相。我們會進入形而上的超越領域，在此這些概念範疇再也無法適用。在這種狀態中，無限及永恆成為經驗的實相。這種狀態的神聖降臨特

亞伯拉罕・馬斯洛（1908－1970）哲學博士，美國心理學家，最著名的成就是創造馬斯洛的需求金字塔；他研究了自發性的神祕經驗（他稱為「顛峰經驗」）並且共同創建了人文主義及超個人心理學。

質與人過去的宗教信仰無關；它反映的是直接體會實相的神聖本質。

對顛峰經驗的描述通常充滿矛盾之處。此類經驗可以描述為「沒有內容卻又包含一切」；它沒有特定的內容，但似乎包含萬物的潛在型態。我們可以感覺自己同時是一切又什麼都不是。儘管我們自己的身分以及有限的自我已經消失，但是我們會感覺我們已經如此擴展，讓我們的存在包含了整個宇宙。同樣的，也有可能感知到所有型態皆為虛空，並將虛空感知為充滿型態。我們甚至可以來到這樣的狀態，可以同時看到世界存在又不存在。

顛峰經驗可以傳達看似終極的智慧與知識，關於具有宇宙關聯性的事物，奧義書（Upanishads）將之描述為：「知道『它』，這樣的知識就能給予關於一切的知識。」這樣的啟示並不包含物質科學所研究的，關於世界不同層面的知識；它包含的是實相最深刻的本質，以及我們自己的本質。在佛教中，有一類類似的知識稱為超越的知識（prajñāpāramitā，般若波羅蜜）；它會驅散我們對存在最根本層面的無知（avidyā，無明）。

我們從這個經驗中學到的事物難以言喻，無法以文字描述。我們語言的字彙是設計來就物質世界的事物與事件進行溝通，似乎不適合描述這種經驗。但是，這種經驗會深刻地影響我們的價值系統與存在策略。熟悉東方靈性哲學的人通常可以援用有許多世紀探索意識全向狀態經驗的國家（印度、西藏、中國、日本）所發展出的特定詞彙。

由於顛峰經驗一般來說具備有益的性質、轉變的潛力、強

大的療癒，因此這類靈性緊急狀態應該是問題最小的。顛峰經驗其本質就是轉瞬即逝且自我侷限的；沒有任何理由該將它們視為心理疾病的顯現並進行治療。但是，由於我們文化的無知以及精神醫學專業對靈性事物的誤解，因此許多有過這類經驗的人會被貼上病理標籤，被送進醫院，然後相關程序因為壓抑性施藥而中斷。

透過回歸中心達成心理更新

另一類重要的超個人危機是由加州精神科醫師與榮格派分析師約翰·魏爾·佩里所描述的；他稱之為「更新程序」（renewal process）（Perry 1974, 1976, 1998）。這類心理靈性危機，由於其深度與強度，最可能被診斷為嚴重的心理疾病。身陷更新過程的人，他們的經驗是如此奇特、誇張、遠離日常實相，因此似乎顯然有某種嚴重的病理過程必定在影響著他們腦部的功能。不過，如同我們將會看到的，正是這類心理靈性危機提供了最令人信服的證據，說明全向狀態並不是影響腦部的病理過程的產物。

身處這種危機經驗的人，他們會感覺自己的心靈是巨大的戰場，善與惡或光明與黑暗兩方的力量在此進行著宇宙性的戰役。他們沉浸於死亡的主題，例如儀式性殺戮、犧牲、捨身成仁、死後生命等。對立的問題讓他們著迷，尤其是關於兩性差異的議題。他們會感覺自己是奇妙事件的中心，而這類事件具有宇宙性的關聯，對世界的未來非常重要。他們的靈視狀態經

常帶著他們深入回溯──回溯自己的歷史、人類的歷史，直達世界的創造以及樂園的原初理想狀態。在這個過程中，他們似乎致力於達到完美，試圖矯正過去出錯的事物。

　　經過一段混亂與迷惑的時期，這些經驗越來越使人愉快，開始朝向結束。這個過程的高潮通常是「神聖婚姻」的經驗，意即個人揚昇到光明甚至神聖的地位，並且經驗到與同樣出眾的伴侶達成合一。這點指出人格的陽性與陰性層面正在觸及新的平衡。神聖結合的經驗，其對象可能是想像的原型人物，或是投射於某個來自個人生活中理想化的人，那人於是似乎成為業力伴侶或是靈魂伴侶。

　　人在這段時間另一種可能會有的經驗，榮格派心理學將之詮釋為是呈現了代表「真我」的象徵，是某種超個人的中心並反映出我們最深層、最真實的本質。它與印度教「真我即梵」

約翰‧魏爾‧佩里（1914-1988），醫學博士，為榮格派精神分析師，是以另類方式理解精神病的先驅。他創辦了兩所實驗性收容機構，分別是位於舊金山的「移行」（Diabasis）以及位於加州聖地牙哥的「繭」（Chrysalis）。

（Atman-Brahman）及內在神聖的概念有關，但並不完全相同。在靈視狀態，這可能表現為超乎自然的美麗光明、燦爛的球體、寶石、精緻的珠寶、珍珠以及其他類似的象徵表現。這種由充滿痛苦及挑戰的經驗發展為找到人的神性的相關案例可參見約翰·魏爾·佩里的著作（Perry 1953, 1974, 1976, 1998）以及我們關於靈性緊急狀態的著作《在風暴中尋找自我》（Grof and Grof 1990）。

在過程的這個階段，這些光榮的經驗被詮釋為個人的神化，是一種儀式性禮讚，將人對自己的經驗提升到如此崇高的人類地位，甚至完全超乎人類境界：偉大的領導者、世界的拯救者，甚至是宇宙之主。這點通常關係著深刻的靈性重生感，取代了先前對死亡的著迷。隨著整個過程接近完整與整合，這通常會帶來一種理想未來的遠見——那是由愛與正義所主掌的新世界，在此所有疾病與邪惡都已經克服。隨著這個過程的強度消散，人會領悟到整齣戲都是內在的心理轉變，完全無涉外在實相。

佩里認為，更新程序會將個人朝向榮格所謂的「個體化」方向移動，亦即完整領悟並表達自己深層的潛力。佩里的研究有個層面需要特別注意，因為這提供了或許是最具說服力的證據來反駁對精神病過於簡單的生物學理解。佩里能夠揭示，更新程序牽涉到的經驗完全符合許多古文化在新年元旦所表演的皇家戲劇主要主題。

在所有的這類文化中，此類禮讚新年到來的儀式戲劇都是在佩里稱為「化身神話的古老年代」所表演的。這指的是在這

些文化的歷史中，領導者被視為化為肉身的神而非尋常人類的時期。這類「神王」的例子包括埃及的法老王、祕魯印加帝國的統治階級、希伯來人與西臺人的國王、中國與日本的皇帝等（Perry 1966）。更新程序的正向潛力，以及它與原型象徵、意識演化以及人類歷史特定時期的深層連結，正代表了相當令人信服的論證，反駁了這類經驗只是生病大腦的混亂病理產物的理論。

精神力開啟的危機

直覺能力的增加、通靈或異常現象的發生，這些在各類靈性緊急狀態中都相當常見。不過，在某些例子中，來自非典型源頭的資訊輸入，例如預知、心電感應、超感視覺（千里眼），會變得如此頻繁且令人迷惑，因此主宰了全貌，其本身便構成主要的問題。

精神力開啟最戲劇化的顯現就是靈魂出竅的經驗。在日常生活過程中，通常在沒有可見的觸發點的情況下，人的意識似乎脫離了身體，見證到四周或在不同的遙遠區域所發生的事。在這些事件中，透過超感官感知所獲得的資訊通常會呼應實際的現實，也可獲得驗證。在瀕死經驗中，靈魂出竅的經驗會非常頻繁發生，而系統性研究也已經確立了這種「遙視」（remote viewing）的準確性（Ring 1982, 1985, Ring and Valarino 1998）。

經歷強烈精神力開啟的人或許會與他人內心程序有如此密切的連結，因而展現出驚人的心電感應力。他們或許會以口語

表達自己對其他人心中關於不同議題的準確洞見，儘管他人試圖遮掩。這可能會對他人造成強烈的恐懼、不悅、疏離感，經常成為不必要的入院治療或劇烈治療手段的重要因素。同樣的，準確預知未來的情況以及千里眼的感知力，尤其如果反覆且以驚人的群聚方式發生，就可能嚴重地干擾身處危機的人以及四周的人，因為這會破壞他們對現實的看法。

在能夠稱為「靈媒式」的經驗中，人會感覺失去自己的身分並且換上了另一個人的身分。這可能包括採用另一人的身體形象、姿態、手勢、臉部表情、感覺甚至思考方式。高成就的薩滿、通靈者及靈性治療者能在有控制且有建設性的情況下運用這類經驗。他們和身處靈性緊急狀態中的人不同，能夠任意採用他人的身分，接著在完成該階段任務之後，重新回到自己獨立的身分之中。在精神力開啟的危機中，突然、不可預測、難以控制的失去自己尋常的身分可能會讓人非常害怕。

處在靈性危機之中的人通常會經歷奇異的巧合，這類巧合連結了內在實相的世界（夢境與靈視狀態）與日常生活中發生的種種。這種現象首先由榮格辨認並描述；他稱之為「共時性」（synchronicity）並以專文探討（Jung 1960）。對共時事件的研究幫助榮格瞭解到，原型並非侷限於心靈內領域的原則。他發現，這類事件具備他稱為「類心靈體」（psychoid）的特質，這意味著，它們所掌管的不僅是心靈還包括共識實相（consensus reality）的世界所發生的事。我在其他著作（Grof 2000, 2006）中探討了這個迷人的主題，也將在本書後面的章節回頭論述。

榮格的共時性代表的是真實的現象，不能用意外巧合來忽

視或貶抑。我們也不該一視同仁地將它們視為現實的病理性
扭曲而不予理會，覺得那只是觀察到自以為有意義但其實無
意義的關係。當前的精神醫學界經常這麼做，亦即將提到任
何有意義的巧合不假思索地診斷為「關聯妄想」（delusion of
reference）。在真正共時性的案例中，任何心胸開放的見證者，
只要能取得所有相關資訊，都會承認相關巧合遠遠超過任何合
理的數據或然性。非凡的共時性伴隨著許多形式的靈性緊急狀
態，但是在精神力開啟的危機中，它們特別常見。

前世經驗

　　全向狀態中會發生的最戲劇化且多采多姿的超個人經驗就
是那些顯現為來自先前轉世的記憶。這系列事件發生在其他歷
史時期與國家，通常伴隨有強烈的情緒與身體感覺。它們通常
鉅細靡遺地描繪相關的人物、情境、歷史場景。它們最顯著的
層面就是相當有說服力的記憶，讓人重新經歷在過去的某個時
間點已經「看過」（déjà vu）或「經驗過」（déjà vecu）某種
事物的感覺。這些經驗為業力及輪迴轉世的信念提供迷人的洞
見，而相關信念已經在世界不同地區由許多宗教與文化團體獨
立發展並奉行。

　　業力與輪迴轉世的概念代表了印度教、佛教、耆那教、錫
克教、瑣羅亞斯德教、藏傳金剛乘佛教以及道教的基礎。類似
的概念也出現在不同非洲部族、美洲原住民、前哥倫布文化、
夏威夷卡胡那（kahunas）、巴西溫班達教（umbanda）的信奉者、

高盧人以及德魯伊教派信徒等等在地理上、歷史上、文化上有諸多差異的群體中。在古希臘，許多主要的思想學派都接受這個概念，包括畢達哥拉斯主義奉行者、奧菲斯教徒（Orphics），以及柏拉圖主義者。愛色尼人（Essenes）、法利賽人（Pharisees）、卡拉派（Karaites）以及其他猶太教與半猶太教團體也採納了業力與輪迴轉世的概念，這也構成了中世紀猶太教的卡巴拉神學很重要的一部分。其他團體，包括新柏拉圖主義者與諾斯替派（Gnostics）信徒，也堅守這個信仰。

這些「前世記憶」所提供的豐富且準確的資訊，還有它們的療癒潛力，都敦促我們認真看待它們。如果某個業力經驗的內容完全進入意識，就能突然間為個人日常生活中許多先前本來難以理解的層面提供解釋。與某些人的關係中某些奇怪的困難之處、無法具體化的恐懼、特定的怪癖與吸引力、原本令人迷惑的情緒與心身症狀，似乎突然間都有了道理，都是來自前世的業力遺留。隨著人完整且有意識地經歷相關業力問題，這些問題一般都會消失。

前世經驗可能會以許多不同方式讓生活變得複雜。在它們的內容完整進入意識並顯現之前，人可能會在日常生活中受到奇怪情緒、身體感受以及靈視所糾纏，不知道它們從何而來？有什麼意義？這些經驗因為沒有脈絡，因此自然顯得非理性且難以理解。另一種併發情況會出現，是因為某個特別強大的業力經驗在日常活動之中開始浮現，進入意識並干擾正常的運作。

在完整經歷、理解或完成此業力模式之前，人或許也會感覺得先針對其中某些元素採取行動。例如，當前生活中的某個

人很可能突然間似乎在自己過去的轉世中扮演重要角色，而相關的記憶正在進入意識之中。如果發生這種情況，人或許會試圖與現今某位看似來自過往業力的「靈魂伴侶」建立情緒連結，或相反的，會試圖與來自前世的敵人對質。這類活動可能導致令人不愉快的複雜情況，因為所謂的業力伴侶通常在自己的經驗中並沒有任何基礎可供理解這樣的行為。

即使人想辦法避免了採取行動的危險，問題並不必然就已經過去。等到前世經驗完整進入意識，其內容與隱含意義顯現在人的眼前，還有一個挑戰正在等待。人必須在這個經驗以及西方文明傳統的信仰與價值觀之間進行調和。否定輪迴轉世的可能性，這是基督教教會與物質論科學之間難得一致同意的事項。因此，在西方文化中，接受前世記憶並且在心智層面將它整合，這對無神論者或是接受傳統教養的基督徒而言都是困難的工作。

對基督宗教或物質論世界觀沒有堅強投入的人，可能相對容易能將前世經驗與自己的信仰系統同化。這些經驗一般來說都相當具有說服力，讓人就這麼接受它們的訊息，或許還會為這種新發現感到興奮。然而，基本教義派的基督徒，還有堅強地投入於理性與傳統科學觀點的人，一旦遭遇到挑戰自身信仰系統卻又深具說服力的個人經驗，很可能就會陷入一段混亂時期。

與指導靈溝通及「通靈」

在全向狀態，人偶爾可能會遭遇某個存在，此存在扮演著教師、嚮導、保護者，或單純是相關資訊來源的角色。這樣的存在通常被感知為沒有肉身的人類、超人類實體，或存在於更高意識層面且具備非凡智慧的神祇。偶爾，他們會介紹自己是來自諸如天狼星或昴宿星團等遙遠星體的外星人。有時候他們會採用人的型態，有時候他們則是顯現為燦爛的光源，或者只是讓自己的存在被人感知到。他們的訊息通常是以直接思想傳遞的型態或其他超感官方式讓人接收到。在某些例子中，溝通可能以語言訊息的方式出現。

此一類別尤其有趣的現象就是「通靈」（channeling），近數十年來也在大眾及傳播媒體間獲得高度重視。「通靈」的人會向他人傳遞訊息，而這些訊息來自某個看似位於那個人的意識之外的來源。通靈的發生是透過出神狀態中的話語、自動書寫，或是以心電感應方式記錄所接收到的想法。通靈在人類歷史中一直扮演著重要角色。來自通靈的靈性教導有許多具備重要文化影響力的經典，例如古印度的《吠陀經》、《古蘭經》、《摩門之書》等。近代值得注意的通靈文本之一就是《奇蹟課程》（A Course in Miracles），是由心理學家海倫・舒克曼（Helen Schucman）與威廉・賽佛（William Thetford）所記錄下來的（Anonymous 1975）。

通靈的經驗可能觸發嚴重的心理及靈性危機，其中一個可能就是，牽涉其中的人可能將這樣的經驗詮釋為瘋狂開始的徵

兆，尤其是如果通靈型態包含聽到聲音，因為這正是妄想型思覺失調（paranoid schizophrenia）的著名症狀之一。通靈傳導的材料品質可能從瑣碎且應受質疑的閒聊到意義非凡的資訊都有。偶爾，通靈可能提供具一致性的精確資訊，且相關主題是接收者從未接觸過的。那麼這就可能是非常具信服力的證據，說明有超自然的影響參與其中，可能對無神論者或具有物質論世界觀的科學家導致嚴重的哲學層面迷惑。

指導靈通常被認為是處在更高層次意識演化中的先進靈性存在，他們具備絕佳的心智力與非凡的道德人格。這點可能對通靈者造成相當有問題的自我膨脹，因為他或她或許會認為自己獲選從事某種特殊任務，將這視為自己鶴立雞群的證明。

海倫‧舒克曼（1909-1981），哲學博士，在紐約市的哥倫比亞大學擔任臨床及研究心理學家，藉由通靈而完成《奇蹟課程》一書。

瀕死經驗（NDEs）

世界神話、民間傳說、靈性文獻都找得到豐富且生動的陳述，描述與死亡及瀕死相關的經驗。有些特殊的神聖文本專門描述並討論死後靈魂的旅程，例如《西藏度亡經》、《埃及死者之書》（Pert em hru），以及歐洲的《死亡之藝》（Ars Moriendi）等。西班牙統治前的末日學文本範例包括阿茲特克時代納瓦特爾（Nahuatl）語的博爾希亞手抄本（Codex Borgia），描述羽蛇神的死亡及重生；還有馬雅文明的《波波爾·烏》所記載的烏納普與伊克斯巴蘭奎英雄雙胞胎死亡與重生的史詩故事（Grof 1994）。

過去，西方學者將末日論神話貶抑為幻想的產物，認為那是無法面對無常與己身將死等事實的原始人類的一廂情願。在雷蒙·穆迪出版了他暢銷國際的《死後的世界》之後，這個情況徹底改變，因為這本書帶來了這類陳述的科學驗證，並且顯示遭遇死亡可能是一場意識內的奇妙探險。穆迪的著作是以150個人的報導為基礎，他們都經歷了與死亡的親密相遇或甚至被宣布為臨床上的死亡，但是重新恢復了意識並且活著訴說自己的故事（Moody 1975）。

穆迪描述，有過瀕死經驗的人經常會見證到自己一生的回顧，呈現為多采多姿、不可思議地濃縮的重現，這可能只在幾秒鐘內發生。意識通常會脫離身體、自由漂浮在現場上方，帶著好奇與疏離的興趣來觀察整個過程，也或者會前往遙遠的地方。許多人都描述自己通過黑暗的隧道或漏斗，走向具有超自

然的明亮與美的神聖之光。

這個光並不是物理性的，而是具有明確的人格特質。那是光的存在，散發著無限且擁抱一切的愛、寬恕、接受。在通常會解讀為與神交談的個人交流中，這些人會接收到關於存在及宇宙法則的教導，並且有機會根據這些新的標準來評估自己的過去。接著他們選擇回歸普通的實相，並且以新的方式生活，服膺他們所學到的原則。自從穆迪的書出版之後，他的發現已經反覆由其他研究者所證實。

多數生還者都因為自己的瀕死經驗而深刻改變。他們對實相有了宇宙性且包容一切的靈性觀點；有了新的價值系統，還有徹底不同的普遍生活策略。他們會深度地感恩自己活著，感覺與所有生命的連結，還會關懷所有未來的人類與這顆星球。不過，即使與死亡相遇具有強大的正向潛力也不代表這種轉變是簡單的。

瀕死經驗經常導致靈性緊急狀態。強大的瀕死經驗可以徹底破壞當事人的世界觀，因為這會將人突然且沒有警告地投入與他們的日常生活截然不同的實相中。尖峰時段中的車禍意外，或是慢跑時心臟病發作，這些會讓人在幾秒內開啟一段驚奇且充滿靈視的冒險，會徹底撕碎人的普通實相。在瀕死經驗之後，人或許需要特殊的諮商與支持，才能將這些非凡的經驗與自己的日常生活整合。

與幽浮近距離接觸以及外星人綁架經驗

　　遭遇外星船艦及船員以及遭到外星生物綁架等經驗通常會觸發嚴重的情緒與心智危機，而這些危機與靈性緊急狀態有許多共同之處。這點需要解釋，因為多數人對幽浮的思考有以下四種可能性：實際的外星船艦造訪、騙局、錯看了自然事件與源自地球的設施，以及精神病幻覺。艾文‧勞森（Alvin Lawson）[02]運用了我的基礎周產期概念，試圖將幽浮綁架經驗解釋為對出生創傷的錯誤詮釋（Lawson 1984）。他的結論並不具說服力，也無法完全解釋這種複雜且令人迷惑的現象。

　　對幽浮的描述一般都會提到具有詭異、超自然特質的光。這些光類似許多靈視狀態的描述中所提到的光。榮格有一項研究，專門探討「飛行碟狀物」或「在天空上看到的事物」的問題，而這份研究提出，這些現象或許是源自人類集體無意識的原型靈視，而不是精神病的幻想或是實際的外星人來訪（Jung 1964）。他仔細分析幾世紀來持續被述說的關於飛行碟狀物的故事，以及關於偶爾造成危機與大眾恐慌的神祕鬼魂的報導，藉此支持自己的論點。

　　已經有人指出，這些遭遇所牽涉到的外星存在可在世界的神話與宗教中找到重要的呼應，而神話與宗教這兩種系統的根源正是在集體無意識。那些據稱受到綁架或邀請上船的人所描述的外星船艦和宇宙航行很類似吠陀的因陀羅神（Indra）、

02　編註：英國文學教授，對 UFO 相當著迷，花了數十年研究相關事物。

聖經中描述的以西結的火焰機器，或是希臘太陽神赫利俄斯（Helios）的燦爛火焰般的車輛。在這些旅程中所拜訪的奇妙風景與城市很類似樂園、天界、光之城市的靈視經驗。

受綁架者通常描述，外星人將他們帶到實驗室並對他們進行身體檢驗，用不同的詭異儀器對他們做奇怪的實驗。這通常包括探測身體的孔洞，特別會強調生殖器官。受綁架者經常描述似乎是基因性的實驗，目標是創造混種後代。這些介入方式通常非常疼痛，偶爾接近酷刑折磨。這讓受綁架者的經驗很類似薩滿啟蒙危機以及原住民通道儀式中新加入者所受的折磨。

幽浮經驗會觸發靈性緊急狀態還有另一個原因。這很類似前面關於指導靈與通靈部分所提到的問題。外星訪客通常被視為代表遠比我們更先進的文明，不僅在科技上，也在心智、道德、靈性上。這樣的接觸通常具有相當強大的神祕意味，也關係到具有宇宙關聯性的洞見。因此，接收到這類特別關注的人很容易將這理解為代表他們自己的獨特。

受綁架者或許覺得自己之所以吸引來自先進文明更優越存在的注意，是因為他們自己在某種層面也超越凡人，特別適合特殊目的。在榮格派心理學中，個人將原型世界的光彩佔為己有的情況被稱為「自我膨脹」。因為這些原因，「近距離接觸」的經驗可能導向嚴重的超個人危機。

經驗到幽浮接觸與外星人綁架的奇特世界的人，他們需要專業人士的協助，而協助者必須對原型心理學有概略的知識，也要熟悉幽浮現象的特定特徵。有經驗的研究者，例如哈佛精神科醫師約翰·梅克（John Mack），已經帶來豐富的證據，說

明外星人綁架經驗代表一種對西方精神醫學（以及整體的物質論科學）嚴重的概念挑戰，也指出將它們視為心智疾病的顯現或完全不予理會，是天真且站不住腳的。他的結論是，這些經驗夠格稱為「異常現象」（anomalous phenomena），亦即嚴重挑戰我們當前科學性世界觀的觀察（Mack 1994, 1999）。他的這項研究的經驗啟發了他在 1993 年開創「超凡經驗研究計畫」（Program for Extraordinary Experience Research，簡稱 PEER）。

　　這些年來，我已經協助過許多在啟靈藥療程、全向呼吸療法、靈性緊急狀態中有過外星人綁架經驗的人。幾乎毫無例外，這些發作都非常強烈，也在經驗層面深具說服力；偶爾，它們也會有明確的類心靈體特徵。根據我的觀察，我相信這些經驗代表自成一類的現象，值得嚴肅地研究。某些主流精神科醫師

約翰‧梅克（1929-2004）醫師、精神分析師、異常心理學家，也是曾經榮獲普立茲獎的作家，更是外星人綁架與幽浮現象首屈一指的研究者。

將它們視為腦部未知的病理程序產物，這樣的立場顯然過度簡化且相當不可信。

另一種選擇，亦即認為幽浮的確是來自其他天體的外星人來訪，這點也同樣不可行。能夠派遣外星船艦前來我們星球的外星文明必定具備我們幾乎無法想像的技術能力。我們對太陽系的星球有足夠的資訊，能夠判定它們幾乎不可能是這類探險的起源地。太陽系與最近星體的距離有數光年。跨越這種距離需要有接近光速的速度，或是透過超時空進行跨次元旅行的能力。能夠有這種成就的文明非常可能擁有技術讓我們無法分辨幻想與真實。除非有更可靠的資訊，否則最可信的似乎是將幽浮經驗視為來自集體無意識的原型材料顯現。

附身狀態

處在這種超個人危機中的人會清楚感覺自己的心靈和身體受到入侵，感覺自己被某種具有人格特質的邪惡實體或能量所控制。他們會感覺這是來自自己人格之外，是有敵意且帶來干擾的。這或許表現為混亂且沒有身體的實體，是惡魔般的原型存在，或是某個邪惡的人的意識透過黑魔法與詛咒的程序入侵他們。

這類情況有許多不同類型與程度。在某些例子中，這種障礙的真實本質仍然不為人知。問題表現為嚴重的精神病理學，例如反社會甚至犯罪行為、自殺性憂鬱症、謀殺式攻擊或自我毀滅的行為、濫交與偏差的性衝動以及行動化，或是過度使用

酒精與藥物。通常要等到這樣的人開始進行經驗式心理治療才能辨認出「附身」是構成這些問題的基礎情況。

在經驗式療程之中，遭附身者的臉可能變得抽搐，形成「邪惡面具」的樣貌，而且雙眼可能變得很狂野。雙手和身體或許會出現奇特的扭曲，聲音或許會改變並且帶著異世界的特質。如果允許這種情況發展，療程可能會變得與天主教教會或不同的原住民文化的驅魔儀式有驚人的類似之處。經常在哽咽、投射性嘔吐、狂熱的身體活動，或甚至短暫失控等戲劇性事件之後，情況就會獲得解決。如果能恰當地治療這類事件，它們通常會有不尋常的療癒及轉變效果，也通常會讓相關的人獲得深度的靈性轉化。我在自己整個專業生涯中所觀察到的，關於這類事件最戲劇性的版本及詳盡描述可參閱我的著作《不可能的事發生之時》的〈與惡魔面談：Flora 的案例〉（Interview with the Devil: The Case of Flora）（Grof 2006）。

其他時候，遭受附身的人會意識到「邪惡實體」的存在，會竭盡全力試圖對抗它並控制它的影響。在最極端的附身狀態中，有問題的能量會在日常生活中自發地顯現並且掌控那個人。這個情況類似前面經驗式治療時提到的情況，但是此處人缺乏治療脈絡中所提供的支持與保護。在這樣的情況下，人可能感覺非常害怕、非常孤單。親戚、朋友，甚至是治療師都常常對「被附身」的人退避三舍，以混合了形而上[03]恐懼與道德排斥

03　編註：超乎形體之外者，即超經驗界或本體界的事物。因而無法靠直接感知得到答案，必須透過理性認知。

的態度與之應對。他們通常為這樣的人貼上「邪惡」的標籤並拒絕進一步接觸。

這種情況顯然屬於「靈性緊急狀態」的範疇，儘管它牽涉到的是負面能量並且與許多令人反感的行為樣態有關。惡魔的原型在本質上就是超個人的，因為它代表與神聖呈現鏡像相反的形象。它也通常表現為「門戶現象」（gateway phenomenon），類似於東方廟宇門口左右會出現的駭人守護者。它將通往深刻靈性經驗的門戶隱藏起來，而成功解決附身狀態之後通常會伴隨有這類經驗。只要有不害怕這種詭異性質、能夠鼓勵它完整且有意識顯現的人在旁協助，這種能量就能消散並讓驚人的療癒發生。

作為靈性緊急狀態的酗酒及藥物成癮

將成癮視為一種靈性緊急狀態是合理的，儘管它的外在表現不同於更明顯的心理靈性危機類型。就像附身狀態一樣，靈性層面受到此障礙的破壞性與自我破壞性質所遮蔽。如果說處在其他形式的靈性緊急狀態的人之所以遭遇問題，是因為他們很難處理神祕經驗，那麼在成癮狀態中，問題的根源是強烈的靈性渴望以及尚未與神祕層面建立接觸。

有豐富的證據指出，對毒品或酒精的渴望背後是一種尚未承認的對超越或完整的渴望。許多正在復原的人會提到，他們不安地尋找某種自己生命中失落的元素或層面，並且描述他們無法滿足且充滿挫折的追尋，追尋著物質、食物、感情、

財富或權力，這也反映著要滿足這種渴望的無休止努力（Grof 1993）。我們已經討論過，存在於神祕狀態與酒精或毒品迷醉狀態之間某些表面的相似性。這兩種狀態都包含著個人界線消解、干擾性情緒消失以及超越世俗問題的感覺。儘管酒精或毒品迷醉缺乏神祕狀態的許多重要特質，例如寧靜、神聖降臨感、豐富的哲學洞見，但是在經驗層面的重疊之處便足以引誘酗酒者與成癮者濫用這類物質。

威廉‧詹姆斯在《宗教經驗之種種》一書中曾寫到這種連結：「酒精對人類的影響無疑是因為它有能力激發人類天性中的神祕能力，此能力在清醒時分通常會因為冰冷的事實與無情的批評而被打壓到地面。清醒會打壓、歧視、拒絕；酒醉會擴展、統合、接受」（James 1961）。他也看到真實的超越經驗對成功治療的重要意義。

榮格在這方面的獨到見解對「十二步驟方案」（Twelve Step Programs）全球性網路的發展有著關鍵性的地位。一般大眾並不清楚，榮格在戒酒無名會（Alcoholics Anonymous，簡稱AA）的歷史中扮演非常重要的角色。關於榮格這個工作鮮為人知的層面，我們可以由戒酒無名會共同創辦人比爾‧威爾遜在1961年寫給榮格的一封信中略窺端倪（Wilson and Jung 1963）。

榮格有位患者，羅蘭‧H（Roland H.），他在嘗試過各種處理酗酒問題的方法之後前來尋求他的協助。接受榮格治療一年之後，他的情況短暫改善，但是不久又再次發作。榮格告訴他，他的情況已經無法處理，建議說他的唯一機會就是加入某個宗教社群，並且期望能有深刻的靈性經驗。羅蘭‧H加入了牛津

團體（Oxford Group），那是強調自我檢視、告解、服務的福音運動。他在那裡經驗到宗教性的轉化，讓他由酗酒中獲得自由。接著他回到紐約市，活躍於當地的牛津團體。他能夠幫助比爾·威爾遜的朋友艾德溫·T（Edwin T.），後者又幫助了比爾·威爾遜度過他的個人危機。比爾·威爾遜在他的強大靈性經驗中看到全世界的酗酒者形成夥伴團體來彼此幫助。

多年之後，威爾遜寫信給榮格，向榮格表明他在戒酒無名會的歷史中所扮演的重要角色。榮格瞭解到治療酗酒的基礎策略，並且在給威爾遜的回信中如此表達：「Spiritus contra spiritum」，亦即以深刻的靈性經驗對治酗酒。從此之後，詹姆斯與榮格的洞見便由許多運用啟靈藥療法處理酗酒者與麻醉藥物成癮者的臨床研究計畫所證實（Pahnke et al. 1970, Grof 2001）。

靈性緊急狀態的治療

針對經歷靈性危機者的心理治療策略反映著我們在本書稍早討論過的原則，所根據的是這樣的理解：這些狀態並非某種未知病理程序的顯現，而是源於心靈的自發運動，具有療癒及轉變潛力。對於靈性緊急狀態的理解與適當的治療需要更為擴展的心靈模型，需要包含周產期與超個人層面。

必須的治療協助，其性質與程度取決於相關心理靈性程序的強度。在較溫和的靈性緊急狀態類型中，身處危機之中的人通常能在日常生活的過程中應對全向經驗。他或她需要的只是

有機會與超個人導向治療師討論這個過程,而治療師會提供建設性的回饋,幫助個案將經驗整合到日常生活中。

如果過程更為活躍,或許就需要規律的經驗式治療療程,來促進無意識材料的浮現以及情緒與阻塞的生理能量的完整表現。這個方法的一般性策略與全向呼吸療法療程中所使用的方法相同。如果經驗非常強烈,我們就是得鼓勵個案臣服於這個過程。如果遭遇強大的心理抗拒,我們或許偶爾需要使用更快速的呼吸與釋放性的身體工作,就像呼吸療法療程的結束階段那樣。以全向呼吸療法本身而言,只會在過程的自然開展遭遇瓶頸時才會建議使用。

這些密集經驗式療程可以搭配完形練習、朵拉·卡爾夫(Dora Kalff)的榮格式沙遊,或是在具備心理學經驗的實踐者協助下所進行的身體工作作為補充。不同的輔助性技術在這些情況下也會相當有用,其中包括寫日記、繪製曼陀羅、表達性舞蹈,以及慢跑、游泳或其他運動。如果個案能夠專注在閱讀超個人導向的書籍,尤其是那些特別聚焦於心理靈性危機或人類內在經驗的某些層面的書籍,那會非常有幫助。

如果人的經驗太過強烈與戲劇化,無法以門診方式處理,那就會是特別的問題。目前,基本上沒有任何機構在不規律使用壓迫性精神藥理學介入的情況下提供二十四小時的監督。創造這種另類中心是必要的先決條件,讓未來能夠有效治療靈性緊急狀態。

加州曾經有過許多這類實驗性機構,例如約翰·魏爾·佩里在舊金山創辦的「移行」以及在聖地牙哥創辦的「蘭」,或

是芭芭拉・范德森（Barbara Findeisen）在加州的蓋瑟維爾創辦的「口袋農場」（Pocket Ranch），不過它們都無法長久維持。儘管這些計畫的支出不過是傳統精神醫學治療的三分之一，但是這些實驗性機構在財務上無法永續經營。由於保險公司拒絕為另類治療形式付費，因此費用必須由患者或他們的親戚負擔。這種偶爾的支持並不足夠，也難以可靠地翻轉整個情況。

在某些地方，協助者透過培養受過訓練的協助者隊伍，試圖克服這種不足；他們會在個案發作期間輪流待在個案的家中。不過，處理密集且急性型態的靈性緊急狀態需要某些非常措施，無論是發生在特殊的機構或是在私人住宅。這類長時間的發作可能持續數日或數週，也可能伴隨許多身體活動、強烈情緒、失去胃口以及失眠。這會造成脫水、維生素與礦物質缺乏以及過勞的危險。不足的飲食供給可能導致低血糖，而目前已經知道，低血糖會讓心理防禦減弱並從無意識帶來額外的材料。這可能導致惡性循環並延長急性狀態。加入蜂蜜的茶飲、香蕉，或其他含有葡萄糖的食物會相當有助於打破這種循環，讓整個過程安定下來。

身處強烈心理靈性危機中的人通常都如此深度投入於自己的經驗中，會遺忘了食物、飲水與基本的衛生。因此需要靠協助者照顧個案的基本需求。由於照顧經歷最急性型態的靈性緊急狀態的人通常相當耗費心力，因此協助者必須輪班才能保護自己的心理與身體健康。為了確保能在這些情況下提供全面且整合的照顧，因此需要準備日誌並仔細記錄食物、液體與維生素的攝取。

　　和禁食一樣,睡眠剝奪常常會弱化防禦,造成無意識材料流入意識。這也可能導致惡性循環,需要加以中斷。因此,或許需要偶爾給個案低劑量的鎮靜劑或安眠藥,確保能入睡。在這個脈絡中藥物純粹是舒緩的手段,不是治療的一部分,和鎮靜藥物在主流精神醫學中的作用不同。施用輕微鎮靜劑或催眠藥物會打斷惡性循環,讓個案休息並獲得必須的能量來繼續第二天的揭露過程。

　　在靈性緊急狀態的後期階段,隨著程序的強度減弱,人不再需要持續的監督。他或她能夠繼續為自己的基本個人照護負責,會持續回歸日常的活動與責任。停留在受保護環境的整體時間取決於程序穩定化與整合的速率。如果需要,我們或許可以安排偶爾的經驗式療法並建議使用特定的補充性、輔助性方法。規律討論來自發作時期的相關經驗與洞見會非常有益於將之整合。

　　酗酒及藥物成癮的治療則有些特定的問題,必須與其他靈性緊急狀態分別討論。更明確地說,生理性成癮與障礙會持續加劇的性質需要特別處理。在處理成癮行為背後的心理問題之前,非常迫切的是先打破造成物質濫用的化學循環。人必須在專門的安置機構經歷戒斷期及排毒治療。

　　等到完成這點,焦點就能轉向這個障礙的心理靈性根源。如同我們已經看到的,酗酒與藥物成癮代表追尋超越的錯誤方式。因此,治療方案要能成功,就必須非常強調問題的靈性層面與問題本身密不可分。在歷史上,戒酒無名會與戒毒無名會(Narcotics Anonymous,簡稱NA,是提供全方位方法的夥伴計畫,

其基礎也是根據比爾‧威爾遜所提出的十二步驟哲學）的方案是對抗成癮行為最成功的案例。

若是能逐步實行這種方案，酗酒者或毒品成癮者會體認並承認自己的生命已經失控，承認自己已經變得無能為力。他們被鼓勵要臣服並且讓自己所定義的更高力量接手。痛苦地回憶自己的個人歷史會生產出一份自己錯誤行為的清單。以這個作為基礎，他們要彌補所有因為自己的成癮而受傷的人。已經達成清醒並處在復原中的人會受到鼓勵要將這個訊息帶給其他成癮者，幫助他們克服自己的習慣。

十二步驟方案的珍貴在於，從治療一開始到持續整個清醒與復原的時期都能為酗酒者與成癮者提供支持與指引。由於本書的焦點是全向狀態的療癒潛力，因此我們現在要探討這些狀態是否有益於成癮狀態的治療？在什麼方面有益？這個問題與第十一步驟緊密相關，此步驟強調人需要「隨著我們瞭解神，要透過祈禱與靜心增進我們與神的意識接觸。」由於全向狀態能促進神祕經驗，因此顯然符合這個範疇。

在過去這些年中，我累積了廣泛的經驗，關於運用全向狀態治療酗酒者及成癮者，以及協助復原中的人，讓他們運用全向狀態改善自己的清醒程度。我曾加入巴爾的摩的馬里蘭精神醫學研究所的一個團隊，進行大型的啟靈藥療法對照研究，對象為酗酒者及嚴重的毒品成癮者（Grof 2001）。我也有機會見證系列性全向呼吸療法療程在我們的訓練脈絡中對許多復原中的人產生的效應。

在我的經驗中，全向呼吸療法或啟靈藥療法都非常不可能

幫助仍在積極使用的酗酒者及成癮者。即使深層及有意義的經驗似乎也沒有力量破除相關的化學循環。要導入全向狀態的治療工作，酗酒者及成癮者必須先經歷排毒過程，克服戒斷症狀，並且達到清醒。只有那時，他們才能從全向經驗中獲益，並且就潛藏於自身成癮狀態下的心理問題進行某些深層工作。在這一點，全向狀態會非常有益於幫助他們面對創傷記憶、處理相關的困難情緒，並且針對自己濫用情況的心理根源取得珍貴的洞見。

全向經驗可以中介心理靈性的死亡與重生過程，這過程一般稱為「跌落谷底」，也是許多酗酒者及成癮者生命中關鍵的轉捩點。自我死亡的經驗發生在受保護的情境，在此不會有危險的生理、人際、社會後果；如果這個過程是自發地在個案的自然環境中發生，那麼這類後果就可能出現，尤其是那種混淆了「自我死亡」以及自殺的風險。全向狀態也可能中介通往深刻靈性經驗的道路，那是酗酒者或成癮者真正渴望之物，因此讓他們較不可能再從酒精或麻醉藥品中尋找那不幸的替代品。

馬里蘭精神醫學研究中心為酗酒者與成癮者進行的啟靈藥療法計畫非常成功，儘管根據規定，啟靈藥療程最多不能超過三次。在六個月的計畫參與者後續追蹤中，超過百分之五十的慢性酗酒者與三分之一的麻醉藥物成癮者仍然保持清醒，而且由獨立評估小組判定「基本上已經康復」（Pahnke et al. 1970, Savage and McCabe 1971, Grof 2001）。在我們的訓練與工作坊中復原的人，幾乎毫無例外，都將全向呼吸療法視為一種改善他們清醒狀態、促進他們心理靈性成長的方式。

　　儘管證據說明全向狀態的有益效果，但是某些保守的十二步驟運動成員卻強烈反對讓復原中的人運用全向狀態。這些人堅信，酗酒者及成癮者若是尋找任何形式的「高潮」就是在經驗某種「復發」。他們做出這種批判的對象不僅是包含啟靈藥運用的全向狀態，甚至將之延伸到經驗式心理治療甚至是靜心，即使原來對第十一步驟的描述中清楚地建議採行這個方法。

　　這種極端態度很可能可以追溯到戒酒無名會共同創辦人比爾・威爾遜以及他的 LSD 經驗（Lattin 2012）。在滴酒不沾了二十年之後，比爾・威爾遜對 LSD 產生興趣，並且在洛杉磯啟靈藥先驅席德尼・科恩與貝蒂・埃斯納（Betty Eisner）的監督下，與阿道斯・赫胥黎及傑拉德・赫爾德（Gerald Heard）一同進行一系列療程。比爾對這種物質的效應非常興奮；他感覺這些療程顯著協助他處理自己的長期憂鬱，讓他開啟對世界的靈性觀點。在他接近七十歲生日時，他擬訂計畫要將 LSD 供應到全國的戒酒匿名會聚會。

　　比爾・威爾遜使用 LSD 以及他的提議在戒酒無名會內部造成很大的爭議。他的許多親近同事，包括戒酒無名會董事會主席傑克・諾里斯醫師（Dr. Jack Norris），都對他使用啟靈藥以及對戒酒無名會的未來充滿爭議性的想法感到非常憂心。這個計畫最終受到更理性的發言中斷，比爾・威爾遜被要求停止他的 LSD 實驗。1958 年他以一封長信為自己的藥物使用辯護，但不久之後，他就退出了戒酒無名會的管理階層以便自由進行自己的實驗。

　　關於意識全向狀態與成癮行為的關係，我們面對著兩種彼

此衝突的觀點。其中之一認為，成癮者不允許從事任何要偏離普通意識狀態的作為，將之視為惡習復發。這種態度要求不計代價保持清醒，即使這意味著要「繃緊神經」。只是，抱持這種態度的戒酒無名會成員似乎不怎麼在意戒酒無名會聚會上一般會供人飲用的大量咖啡，以及與會者經常一根接一根抽煙的現象。反對的觀點是基於這個想法：尋求靈性狀態是人類天性合理的、自然的傾向，而心靈中最強大的動機力量就是致力於超越（Weil 1972）。因此，成癮被視為這種努力受到誤導和扭曲的狀態，而最有效的解決方式就是協助促成真實的靈性經驗。

　　未來將會決定這兩種方法何者會由專業人士及正在復原的社群所採納。在我看來，治療酗酒與藥物濫用最具潛力的發展將會是結合十二步驟計畫（這是治療酗酒與成癮最有效的方法）與超個人心理學，後者能提供堅實的理論基礎來進行奠基於靈性的治療。負責任地運用意識全向狀態將會是這種全面方法非常合理且密不可分的一部分。

　　1990 年代，我的妻子克莉絲緹娜和我規劃了兩場國際超個人協會的研討會，分別在奧勒岡州的尤金市以及喬治亞州的亞特蘭大市舉行；研討會名稱為「神祕追尋、執著與成癮」（Mystical Quest, Attachment, and Addiction）。這些會議顯示，結合十二步驟方案與超個人心理學的可行及有效性。已經有不少出版品討論這種結合的實務與理論支持（Grof 1987, Grof 1993）。

　　不過，「靈性緊急狀態」這個概念很新，未來也無疑會進一步增補與細緻化。然而，我們反覆地看到，即使以它目前由克莉絲緹娜和我所定義的型態，它都為許多處在轉變危機中的

人提供很大的幫助。我們已經觀察到，如果帶著尊重去處理這些情況並提供適當的支持，它們可以帶來驚人的療癒、深刻的正向轉變，以及日常生活中更高的運作層級。這點通常會發生，儘管在目前的處境中，治療處在心理靈性危機的人的環境遠遠稱不上理想。

在未來，這種努力的成功將會大為增加，只要那些能為陷入靈性緊急狀態者提供協助的人士能擁有由二十四小時運作的中心所構成的網路，為經驗太過強烈因而無法以門診方式治療的人提供協助。目前，有效運用新治療策略最大的阻礙是缺乏這類機構，以及保險公司不願為非典型方法提供支持。

隆納・大衛・連恩（R. D. Laing, 1927-1989）醫學博士，蘇格蘭精神科醫師，是以另類方式理解並治療精神病的先驅，身旁為他的妻子茱塔（Jutta）。

參考文獻

Anonymous. 1975. *A Course in Miracles.* New York: Foundation for Inner Peace.

Assagioli, R. 1976. *Psychosynthesis.* New York: Penguin Books.

Grof, C. 1993. *The Thirst For Wholeness: Attachment, Addiction, and the Spiritual Path.* San Francisco, CA: Harper.

Grof, C. and Grof, S.1990. *The Stormy Search for the Self: A Guide to Personal Growth through Transformational Crisis.* Los Angeles, CA: J. P. Tarcher.

Grof, S. 1987. Spirituality, Addiction, and Western Science. *Re-Vision Journal* 10:5-18.

Grof, S. and Grof, C. (eds.) 1989. *Spiritual Emergency: When Personal Trans-formation Becomes a Crisis.* Los Angeles, CA: J. P. Tarcher.

Grof, S. 1994. *Books of the Dead: Manuals for Living and Dying.* London: Thames and Hudson.

Grof, S. 2000. *Psychology of the Future: Lessons from Modern Consciousness Research.* Albany, NY: State University of New York (SUNY) Press.

Grof, S. 2001. *LSD Psychotherapy.* Santa Cruz, CA: MAPS Publications.

Grof, S. 2006. *When the Impossible Happens: Adventures in Non-Ordinary Realities.* Louisville, CO: Sounds True.

James, W. 1961. *The Varieties of Religious Experience.* New York: Collier.

Jung, C. G. 1959. *The Archetypes and the Collective Unconscious.* Collected Works, vol. 9,1. Bollingen Series XX, Princeton, N.J.: Princeton University Press.

Jung, C. G. 1960. *Synchronicity: An Acausal Connecting Principle.* Collected Works, vol. 8, Bollingen Series XX. Princeton: Princeton University Press.

Jung, C. G. 1964. *Flying Saucers: A Modern Myth of Things Seen in the Skies.* In: Collected Works, vol. 10. Bollingen Series XX. Princeton: Princeton University Press.

Jung, C. G. 1996. *The Psychology of Kundalini Yoga: Notes on the seminars given in 1932 by C. G. Jung* (Soma Shamdasani, ed.). Bollingen Series XCIX. Princeton: Princeton University Press.

Lattin, D. 2012. *Distilled Spirits.* Oakland, CA: University of California Press.

Lawson, A. 1984. Perinatal Imagery In UFO Abduction Reports. *Journal of Psychohistory* 12:211.

Mack, J. 1994. *Abductions: Human Encounters with Aliens.* New York: Charles Scribner Sons.

Mack, J. 1999. *Passport to the Cosmos: Human Transformation and Alien Encounters.* New York: Crown Publishers.

Maslow, A. 1964. *Religions, Values, and Peak Experiences.* Cleveland, OH: Ohio State University.

Moody, R.A. 1975. *Life After Life.* New York: Bantam.

Pahnke, W. N. and Richards, W. E. 1966. Implications of LSD and Experimental Mysticism. *Journal of Religion and Health.* 5:175.

Pahnke, W. N., Kurland, A. A., Unger, S., Savage, C. and Grof, S. 1970. The Experimental Use of Psychedelic (LSD) Psychotherapy. *J. Amer. Med. Assoc.* 212:1856.

Perry, J. W. 1953. *The Self in the Psychotic Process.* Dallas, TX: Spring Publications.

Perry, J. W. 1966. *Lord of the Four Quarters.* New York: Braziller.

Perry, J. W. 1974. *The Far Side of Madness.* Englewood Cliffs, NJ: Prentice Hall.

Perry, J. W. 1976. *Roots of Renewal in Myth and Madness.* San Francisco, CA: Jossey-Bass Publications.

Perry, J. W. 1998. *Trials of the Visionary Mind: Spiritual Emergency and the Renewal Process.* Albany, NY: State University of New York (SUNY) Press.

Ring, K. 1982. *Life at Death: A Scientific Investigation of the Near-Death Experience.* New York: Quill.

Ring, K. 1985. *Heading Toward Omega: In Search of the Meaning of the Near-Death Experience.* New York: Quill.

Ring, K. and Valarino, E. E. 1998. *Lessons from the Light: What We Can Learn from the Near-Death Experience.* New York: Plenum Press.

Sannella, L. 1987. *The Kundalini Experience: Psychosis or Transcendence?* Lower Lake, CA: Integral Publishing.

Savage, C. and McCabe, O. L. 1971. Psychedelic (LSD) Therapy of Drug Addiction. In: *The Drug Abuse Controversy* (Brown, C. C. and Savage, C., eds.) Baltimore, MD.: Friends of Medical Science Research Center.

Weil, A. 1972. *The Natural Mind.* Boston: Houghton Mifflin.

Wilber, K. 1977. *The Spectrum of Consciousness.* Wheaton, IL: Theosophical Publishing House.

Wilson, W. and Jung, C. G. 1963. Letters republished in: Grof, S. (ed.): Mystical Quest, Attachment, and Addiction. *Special edition of the Re-Vision Journal* 10 (2):1987.

第六章

全向呼吸療法：
心理治療與自我探索的新取徑

全向呼吸療法是一種自我探索與心理治療的經驗式方法，是我過世的妻子克莉絲緹娜和我於 1970 年代在加州大索爾的伊沙蘭機構發展出來的。這個方法能誘發深度的意識全向狀態，只需透過非常簡單的方法結合，包括快速呼吸、誘發性音樂，以及有助於釋放潛藏的生物能及情緒阻塞的身體工作技術。

療程通常以團體形式進行；參與者會兩人一組，輪流擔任「呼吸者」與「陪伴者」。這個過程會由受過訓練的協助者監督，他們會在需要特殊介入的任何時候協助參與者。在呼吸療程之後，參與者會透過繪製曼陀羅及小團體內在旅程分享來表達自己的經驗。另外會視需要進行後續的訪談與不同的補充性方法，藉此促進呼吸療法經驗能夠完成並且得到整合。

全向呼吸療法，無論是理論或實踐，都結合並納入現代意識研究、深層心理學、超個人心理、東方靈性哲學及原住民療癒實踐的不同元素。它與傳統的心理治療，例如精神分析以及其他不同學派的深層心理學，有著顯著的差異，因為後者主要使用談話方式。全向呼吸療法與人文主義心理學的經驗式治療（例如完形治療與新賴希方法）有些共同點，後者強調直接的情緒表現及處理身體層面。然而，全向呼吸療法的獨到特徵在於它運用了意識全向狀態的治療潛力。

幾世紀甚至近千年來，古代及原住民文化都將全向狀態運用於他們的儀式、靈性、療癒實踐中。這些狀態非凡的療癒力量由二十世紀後半所進行的現代意識研究得到證實。這樣的研究也顯示，出現在這些狀態的現象對學術性精神醫學與心理學當前所使用的概念架構，以及它們基本的形上學假設，構成了

一種關鍵性的挑戰。全向呼吸療法工作需要以全新方式理解意識與人類心靈，無論是兩者健康或生病的狀態。這種新的心理學基本原則在本百科全書的第二章已經討論，亦可參見我的其他著作（Grof 2000, Grof and 2012）。

全向呼吸療法的核心元素

全向呼吸療法結合了較快速的呼吸、誘發性音樂、舒緩的身體工作來誘導出強烈的意識全向狀態，這具備驚人的療癒及轉變力量。這個方法讓人能觸及無意識的生活史、周產期、超個人層面，因此能觸及情緒障礙與身心症的深層心理靈性根源。這也讓人能運用在心靈的這些層次運作的療癒與人格轉變的機制。全向呼吸療法中的自我探索與治療的程序是自發與自動的；它受到個案自己內在療癒心智的主宰，而不是透過遵循特定心理治療學派的教導與指引。

最近絕大多數關於意識與人類心靈的革命性發現（全向呼吸療法正是以此作為基礎），只有相對於現代精神醫學與心理學而言算是新的發現。長久以來，它們一直是許多古代及原住民文化的儀式與靈性生命（以及他們的療癒實踐）的核心元素。全向呼吸療法的基本原則代表古代智慧與程序的重新發現、肯定，以及現代的重組版本。全向呼吸療法的實踐所使用的主要成分也是如此：呼吸、樂器演奏及吟唱、身體工作、曼陀羅繪製或其他形式的藝術表達。這些在所有工業社會以前的人類團體的療癒活動及儀式實踐中已經運用了幾世紀或甚至千年。

　　在古代與工業發展之前的社會，呼吸在宇宙論、神話學、哲學以及儀式和靈性實踐中一直扮演著非常重要的角色。從遙遠的時光以來，不同的呼吸技術已經運用於宗教與療癒目的。從最早的時候開始，幾乎每個主要的、試圖理解人性的心理靈性系統都將呼吸視為自然、人體、心靈、靈性之間的關鍵連結。

　　在古印度文獻中，「生命能」（prāna）一詞所意味的不僅是身體的呼吸與空氣，也包括神聖的生命本質。同樣的，在傳統中醫中，「氣」這個字指的是宇宙的本質與生命的能量，同時也指涉我們吸入肺部的空氣。在日本，相應的字是「気」，而「気」也在日本的靈性修持和武術中扮演非常重要的角色。在古希臘，pneuma 這個字指的是空氣或氣息，也指「靈」或生命本質。希臘人也認為呼吸與心靈密切相關。希臘文的 phren 指的既是橫膈膜（這是與呼吸相關的最大肌肉）也是心靈（正如我們在 schizophrenia 一詞中所看到的，其字面意思是分裂的心靈）。

　　在古希伯來傳統中，同樣的 ruach 這個字指的既是呼吸也是創造之靈，兩者被視為相同的事物。以下來自聖經創世紀的引文顯示出神、呼吸、生命之間的密切關係：「神用地上的塵土造人〔希伯來文的 Adam〕，將生氣吹在他鼻孔裡，他就成了有靈的活人，名叫亞當。」在拉丁文中，spiritus 這個字同樣指涉著呼吸與靈魂。同樣的，靈與呼吸在斯拉夫語系中也擁有相同的語言學根源。

　　在夏威夷的原住民傳統與醫學（kanaka maoli lapa'au）中，ha 這個字指的是神聖之靈、風、空氣與呼吸。它包含在著名的夏

威夷歡迎詞 aloha 中，這個詞可以用在許多不同脈絡中，通常會翻譯為「神聖氣息」（ha）的「存在」（alo）。它的相反詞是 ha'ole，意思是沒有呼吸或沒有生命，而夏威夷原住民從惡名昭彰的英國船長詹姆斯・庫克（James Cook）[01] 於 1778 年來到夏威夷後，便用這個詞來指涉白皮膚的外國人。所謂的 kahunas，亦即「祕密知識的守護者」，一直使用呼吸鍛鍊來產生靈性能量（mana）。

幾世紀來，人們已經知道，透過呼吸相關技術有可能影響意識。不同的古代及前工業文化為了這個目的所使用的程序相當多樣，從嚴重地干擾呼吸到不同靈性傳統的細緻與繁複的練習。例如，愛色尼派原來採行的洗禮是要強迫啟蒙者浸入水中很長的時間。這會造成強大的死亡與重生經驗。在其他某些團體中，新加入者會因為煙霧、勒頸或內頸動脈遭受壓迫而幾乎窒息。

呼吸速率的兩種極端——過度換氣與延長的止息時間——以及兩種極端的交互使用都可以誘發深度的意識改變。我們可以在古印度的呼吸科學或「生命能控制法」（prānāyāma）中找到非常詳盡且高超的相關方法。在十九、二十世紀之際的靈性哲學運動（1890 年代到 1900 年代）相當有影響力的美國作家威廉・沃克・艾金森（William Walker Atkinson）曾經以「羅摩恰拉卡瑜伽士」（Yogi Ramacharaka）這個筆名寫下一本關於印度

01　編註：庫克曾三度出海太平洋，其探索更新了西方世界對於地理上的認知，但也因其成就造成了日後西方世界對太平洋地區的殖民，故以「惡名昭彰」來形容他。

呼吸科學的詳盡論述（Ramacharaka 1903）。

　　包含密集呼吸或暫停呼吸的特殊技巧也是其他許多靈性系統——包括拙火瑜伽、西藏金剛乘、蘇非派實踐、緬甸佛教、道教靜心等——的不同修持的一部分。呼吸的深度與節奏也會間接受到儀式性藝術表演的深度影響，這類表演包括峇里島人的猴子吟唱或卡恰舞（Ketjak）、因紐特愛斯基摩人的喉音音樂、西藏與蒙古的多聲道吟唱，以及印度的靈性歌曲唱頌或蘇非派的吟唱。

　　佛教特別強調某類更精細的技巧，所強調的是對呼吸本身保持特殊的覺知，而非呼吸的動態變化。安般念或出入息念（Ānāpānasati）是佛陀所教授的基礎靜心方式；它字面上的意思是「對呼吸的覺知」（來自巴利文的 anāpāna，意思是吸氣和吐氣，以及 sati，意思是正念或保持覺知）。佛陀對出入息念的教導乃是根據他自己運用這個方法以達成自身了悟的經驗。他強調的重點是，不僅要覺察到自己的呼吸，還要運用呼吸來覺察到人的整個身體以及全部的經驗。根據《安般守意經》（Anāpānasati Sutta）的說法，練習這種靜心會讓人去除所有的雜染或煩惱（kilesa）。佛陀如此教導：系統性練習出入息念會導向最後的解脫或涅槃（nirvāna 或 nibbāna）。

　　出入息念是搭配內觀靜心與禪坐靜心（shikantaza，意為「單純坐著」）來修持。出入息念作為佛教（尤其是上座部）核心靜心修持的精髓，就是要成為自然且不自主的呼吸程序的被動觀察者。這點和瑜伽的生命能控制修持構成強烈對比；後者運用的呼吸技術是為了強力控制呼吸。不過，出入息念並不是佛

教式呼吸靜心的唯一型態。在西藏、蒙古、日本等地所使用的佛教靈性修持中,呼吸控制都扮演著重要角色。培養對呼吸的特殊注意力也代表著某些道教與基督教修持重要的一部分。

在物質科學的發展中,呼吸失去它神聖的意義,與心靈和靈性的連結也遭到剝奪。西方醫學將呼吸化約為某種重要的生理功能。伴隨不同呼吸操作的生理與心理現象全都遭到病理化。對更快速呼吸的心身性反應,所謂的「過度換氣症候群」(hyperventilation syndrome)被視為病理狀況而不是它的真實樣貌:這是某種具備龐大療癒潛力的程序。自發性出現過度換氣情況時,一般都會設法進行抑制:施用鎮靜劑、靜脈注射鈣質,以及在臉部放個紙袋來呼吸,藉此增加二氧化碳濃度並對抗快速呼吸引發的鹼中毒。

在二十世紀後半葉,西方治療師重新發現了呼吸的療癒潛力,並發展出運用呼吸的技術。在我們於加州大索爾的伊沙蘭機構所舉辦的為期一個月的研討會中,曾嘗試了關於呼吸的不同方法,包括在印度與西藏導師的監督下進行來自古代靈性傳統的呼吸練習,同時也嘗試西方治療師發展出的技術。這些方法每個都有獨特的強調重心,並以不同方式運用呼吸。在我們自己對有效方法的追尋中,我們嘗試盡可能將這個過程簡化。

我們的結論是,呼吸得比平常更快、更有效率,並且專注於內在過程,這樣便已足夠。我們不強調特定的呼吸技術,而是依循著全向工作的普遍性策略:信任身體的內在智慧並遵循內在線索。在全向呼吸療法中,我們會鼓勵人在療程開始時進行更快、更深的呼吸,將吸氣和吐氣連結成持續的呼吸循環。

等到處在過程之中，他們就會找到自己的節奏與呼吸方式。

我們已經能夠反覆地證實威廉‧賴希的觀察，亦即心理抗拒與防禦與受到限制的呼吸有關（Reich 1949, 1961）。呼吸是自動的功能，但是呼吸也會受到意志影響。有意增加呼吸，一般會釋放心理防禦並導向無意識（與超意識）材料的釋放與浮現。除非人曾經親自見證過或經歷這個過程，否則很難只在理論層面相信這個技術的力量與有效性。

音樂的治療潛力

在全向呼吸療法中，呼吸擴展意識的效應會與誘發性音樂結合。和呼吸一樣，音樂和其他形式的聲音技術數千年來已經用來作為儀式與靈性修持的強大工具。單音調鼓聲、金鐵交擊、吟唱、樂器演奏，以及其他形式製造聲音的技術向來都是世界不同地區薩滿的主要工具。許多前工業時期文化都相當獨立地發展出特定的擊鼓節奏，經實驗室證明，對腦部的電流活動具有顯著影響（Goldman 1952; Jilek 1974, 1982; Kamiya 1969; Neher 1961, 1962）。

文化人類學家的檔案包含無數的案例，記載了誘發出神狀態的強大方法，結合器樂演奏、吟唱、舞蹈。在許多文化中，音樂技術會專門用在繁複儀式的脈絡中以達成療癒目的。納瓦荷（Navajo）人由受過訓練的歌手所進行的療癒儀式具備驚人的繁複性，已經有人將之與華格納的歌劇相比。定居於非洲喀拉哈里沙漠的孔—布希曼人（!Kung Bushmen）人所進行的出神舞

蹈與長時間的擊鼓具有龐大的療癒力量，這也記錄在許多人類學研究與電影中（Lee and DeVore 1976; Katz 1976）。

加勒比海群島與南美洲——例如古巴聖特里亞（Santería）崇拜或巴西的溫班達——等地的統合宗教儀式的療癒潛力已經獲得這些地區受過傳統西方醫學訓練的人士所認可。驚人的情緒與心身療癒案例曾發生在運用音樂、歌唱、舞蹈的基督教團體聚會中，例如控蛇人（聖靈信仰者）、宗教復興運動者，或是神召會成員。

某些靈性傳統發展出的聲音技術，不僅能誘發全面性的出神狀態，更對意識與人類心靈及身體具有特定的影響。印度的教導相信，某些聲音頻率與個人的脈輪（或是人體的精細能量中心）有著特定的連結。只要系統性運用這個知識，就有可能以可預測且有益的方式影響意識的狀態。名為音聲瑜伽（nada yoga，亦即透過聲音達成結合）的古印度傳統目前已知能夠維持、增進並重建情緒、心身及身體的健康與幸福。

用於儀式性、靈性與療癒目標的非凡人聲表現包括西藏的噶陀（Gyuto）派僧侶以及蒙古與圖瓦（Tuva）的薩滿、印度教的虔誠歌曲與靈性歌曲、用於死藤水儀式的聖托黛美的吟唱（icaros）、因紐特愛斯基摩人的喉音音樂，以及不同蘇非教派的神聖吟唱（dhikrs）。對於具有療癒、儀式、靈性目的之樂器音樂與吟唱的廣泛使用來說，前面只是少數的例子。

在馬里蘭精神醫學研究中心（位於馬里蘭州的巴爾的摩）的啟靈藥療法計畫中，我們有系統地使用音樂，並且就音樂對心理治療的非凡潛力有許多發現。仔細挑選出的音樂似乎對意

識全向狀態有特殊的價值，在此發揮許多重要功能。它會推動與受壓抑記憶相關的情緒，將它們引領到表面並促進其表達。音樂有助於開啟通往無意識的大門、強化並深化治療程序，並且為此經驗提供有意義的脈絡。音樂持續的流動會創造出猶如船隻的波動，幫助個案航行過困難的經驗與阻礙，克服心理防禦，臣服並放下。在全向呼吸療法療程（通常以團體形式進行）中，音樂還有額外的功能；它能遮蔽參與者發出的噪音，將它們織入一個動態的美學完形之中。

　　為了使用音樂作為深度自我探索與經驗式治療的觸媒，人必須學習新的方式來聆聽及對待音樂，而這種方式對我們的文化而言相當陌生。在西方，我們經常用音樂作為幾乎不具情感關聯性的聲音背景。典型的例子就是雞尾酒會使用的流行音樂，或是賣場與工作場所使用的罐頭音樂（muzak）。素養較高的觀眾採用的另一種方式，就是在劇場及音樂廳有紀律且專注的音樂聆聽。在搖滾樂音樂會中，音樂所發揮的動態與原始方式比較接近全向呼吸療法中音樂的運用方式。然而，參與者在這類活動中的注意力通常是外在導向的，而且此經驗缺乏全向療法或自我探索中必要的元素，亦即持續且專注的內省。

　　在全向療法中，重點在於完全臣服於音樂的流動，讓音樂在人的全身共鳴，並且以自發且原始性的方式來回應它。這包括在音樂廳難以想像的表現，因為在那裡，哭泣甚至咳嗽都被視為干擾，會造成不悅與尷尬。在全向工作中，人必須讓音樂所導引出的事物完全表達，無論是大聲哭泣或大笑、像嬰兒般說話、動物發聲、薩滿吟唱，或是以不同語言說話。同樣重要

的是，不要控制任何生理衝動，例如詭異的鬼臉、骨盆性感的動作、激烈的顫抖，或是全身強烈扭曲。自然地，這個規則有其例外：導向自己、他人、四周環境的破壞行為是不允許的。

我們也鼓勵參與者暫停任何心智活動，例如試圖猜測音樂來自哪位作曲家或是哪個文化。避免音樂的情緒衝擊的其他方式包括，運用人的專業——評斷樂隊的表演、猜測目前是哪種樂器在演奏，以及批評錄音的技術品質或是房間內的音樂設備。當我們避開這些陷阱，音樂就會成為非常強大的工具，能誘發並支持意識全向狀態。為了這個目的，音樂必須具備絕佳的技術特質，並且以足夠的音量演奏來推動這個經驗。音樂與更快速的呼吸結合具有驚人的顯化心智及擴展意識的力量。

至於要選擇哪一種音樂，我只會提出一般的原則，並根據我們的經驗提供建議。在一段時間之後，每位治療師或治療團隊都會發展出針對療程不同階段偏好使用的音樂作品。基本原則是要敏感地回應療程的階段、強度、參與者經驗的內容，而不是試圖強加規劃。這也符合全向療法的一般哲學，尤其是對自我療癒的智慧、對集體無意識、對療癒程序的獨立性與自發性保持最深的尊重。一般來說，重點是運用強力的、引發情緒的、有益於正向經驗的音樂。我們會試著避免選用吵雜的、不和諧的、造成焦慮的音樂。我們該偏好使用具有高度藝術性、不甚流行、沒有多少具體內容的音樂。

我們應該避免播放以參與者知道的語言所寫成的歌曲或其他人聲音樂，因為這可能傳達特定訊息，或建議某個特定主題。如果使用人聲音樂組合，必須是外國語言，好讓人聲被認知為

只是另一種樂器。同樣的理由，最好避免使用引發特定心智聯想並傾向於主導療程內容的音樂，例如華格納或孟德爾頌‧巴托爾迪的結婚進行曲，以及比才的《卡門》或是韋瓦第的《阿依達》等作品的序曲。

　　療程一般都以具啟動力的音樂開始；這樣的音樂充滿動態與流動，能提升並穩定情緒。隨著療程繼續，音樂的強度逐漸增加，進入充滿力量的節奏性音樂，最好是取材自不同原住民文化的儀式與靈性傳統。儘管這些表演許多都在美學層面帶來愉悅，但是對發展出這些音樂的人而言，主要目的並不是娛樂，而是誘發全向經驗。這裡的例子之一就是旋轉苦行僧（whirling dervishes）的舞蹈伴隨著美好的音樂和吟唱。這並不是設計來讓人讚賞其卓越的芭蕾演出，而是帶領人獲得神的經驗。

　　大約在全向呼吸療法療程開始的一個半小時之後，這時經驗多半已經抵達高峰，那麼我們會導入我們所謂的「突破音樂」。這個時期使用的音樂從神聖音樂（例如彌撒、神劇、安魂曲以及其他動人的管弦樂曲）到戲劇性的電影原聲帶選輯。在療程的後半部，音樂強度會逐漸減弱，我們也會導入充滿愛以及動人情緒的作品，亦即「會心音樂」。最後，在療程的終結階段，音樂具有和緩、流動、超越時間、冥想性的特質。

　　多數全向呼吸療法的實踐者都會收集音樂錄音並傾向於創造自己喜愛的音樂序列以適用於療程的不同階段：（一）開啟音樂；（二）誘發出神狀態音樂；（三）突破音樂；（四）會心音樂；（五）冥想音樂。某些人會在整段療程中使用預錄的音樂節目；這會讓協助者能更投入於團體，但是讓人無法根據

團體的能量來調整音樂的選擇。在特殊場合，我們或許有幸能使用現場音樂，這在原住民文化的儀式中相當常見，也讓音樂家和參與者能夠彼此互動，讓彼此的能量可以創造性地彼此滲透。

舒緩性身體工作的運用

對全向呼吸療法的生理與情緒反應會因人而異，也會隨著不同療程而改變。最常見的是，較快速的呼吸剛開始會帶來或多或少的戲劇化心身顯現。呼吸生理學教科書將這種對加速呼吸的反應稱為「過度換氣症候群」（hyperventilation syndrome）。他們將它描述為生理反應的刻板模式，主要包含了雙手與雙腳的緊張——通常稱為「強直性痙攣」（tetany）或「腕足痙攣」（carpopedal spasms）。我們已進行了超過四萬次全向呼吸療法療程，因此發現當前對於較快速呼吸的醫學瞭解並不正確。

對許多人而言，持續數小時的快速呼吸並不會導致典型的過度換氣症候群，而會導致逐漸增加的放鬆、強烈的性慾感受甚至是神祕經驗。其他人會在身體不同部位出現緊張，但是不會有腕足痙攣的症狀。此外，在出現緊張的人身上，持續的較快速呼吸並不會導致緊張持續加劇，而經常是自我設限的。這通常會來到高潮性的結束，緊接著是深度的放鬆。這個序列的模式和性高潮具有某些相似之處。

在持續的全向療程中，這種緊張逐漸增加及後續放鬆的過程經常會由身體的某一部位轉移到另一部位，轉移方式會因人

而異。整體的肌肉緊張以及強烈情緒的程度一般會隨著療程次數的增加而降低。在這個過程中所發生的是，持續較長時間的快速呼吸會改變人體的化學過程，好讓阻礙的生理與情緒能量（這與不同的創傷記憶有關）獲得釋放，可以進行邊際性的排除與處理。這會讓先前受到壓抑的記憶內容能夠進入意識，並且進行整合。

這是應該加以鼓勵並支持的療癒過程，不是需要壓抑的病理程序，儘管後者是常見的醫學做法。在呼吸過程中，於身體不同區域所發展出的生理現象並不僅是生理性的反應。它們顯現出複雜的心身性結構，而且通常對相關的人有著特定的心理意義。有時候，它們代表日常生活的緊張與痛苦的更為強烈版本，例如在情緒或生理緊張、疲倦，因疾病而虛弱時所出現的慢性症狀，或是使用酒精或大麻的效應。其他時候，我們能辨認出它們代表個人在嬰兒期、童年、青春期或生命其他時期所承受的舊有的、潛藏的症狀重新被啟動。

我們在身體內所帶有的緊張可用兩種方式釋放。其中之一包含「情緒紓減」與「淨化」（catharsis）——透過顫抖、抖動、強烈的身體動作、咳嗽及嘔吐來釋放積累的身體能量。情緒紓減與淨化，兩者一般都包含透過哭泣、尖叫或其他類型的發聲表達來釋放阻塞的情緒。在討論與特定創傷記憶的出現有關的情緒與身體釋放時，我們曾討論過情緒紓減。根據亞里斯多德的用法，淨化是用來描述情緒與身體能量的普遍性淨化性排除，並未明確說明其來源與內容。自從佛洛伊德與布羅伊爾出版了它們關於歇斯底里的研究（Freud and Breuer 1936），這些機制

在傳統精神醫學中已經廣為人知。

　　傳統的精神醫學已經使用不同的情緒紓減技術來治療創傷性情緒精神官能症。情緒紓減也是新的經驗式心理治療的核心成分，包括新賴希式治療、完形治療、原始治療（primal therapy）等。能導引累積的身體與情緒緊張的第二種機制在全向呼吸療法、重新誕生（rebirthing），以及其他運用呼吸技術的治療形式中扮演重要角色。這代表了精神醫學與心理治療的新發展，有時甚至比情緒紓減更為有效。

　　深度的緊張會以持續各種毫不緩和的肌肉收縮之型態（強直性痙攣）出現。透過維持這些肌肉緊張較長的時間，身體會消耗數量龐大的、過去累積的能量，並且透過將之排除來簡化其運作。在舊有的緊張暫時加劇，或過去潛藏的緊張出現之後，通常會緊接著發生的深度放鬆便證明了這個過程所具備的療癒性質。

　　這些機制可以在運動生理學中找到類比：眾所皆知，我們可以用兩種不同方式運用並訓練肌肉，亦即等張運動（isotonic exercise）與等長運動（isometric exercise）。如同其名稱所指出的，在等張運動中，肌肉的緊張保持相等，同時其長度會來回變動；在等長運動中，肌肉的緊張會改變，但是它們的長度都保持相同。等張活動很好的例子之一是拳擊，舉重或臥推是明確的等長運動。

　　這兩種機制都能非常有效地釋放並解決根深蒂固的慢性肌肉緊張。儘管它們有著表面上的差異，但是兩者間有著相當多的共同點，而且它們在全向呼吸療法中能相當有效地彼此互補。

在許多案例中，在全向呼吸療法療程中由無意識浮現的困難記憶、情緒、生理感受都能自發地解決，而且呼吸者最後會進入深度的放鬆靜心狀態。在這個案例中，不需要外在的介入方式，呼吸者也會保持在這個狀態中，直到他們回歸普通的意識狀態。

　　如果僅靠呼吸本身無法導向良好的完成，仍有殘存的緊張或尚未解決的情緒，那麼協助者應該提供參與者特殊型態的身體工作，藉此幫助他們讓療程有更好的結束。這種身體工作普遍的策略，是請呼吸者將自己的注意力帶到尚未釋放的緊張之所在區域，並且做任何需要做的事來強化現有的身體感覺。接著協助者會透過適當的外在介入來幫助呼吸者更進一步強化這些感覺。在呼吸者的注意力聚焦於充滿能量的問題區域時，要鼓勵呼吸者為這個情況尋找自發性回應。

　　這個反應不該是呼吸者有意識的選擇，而是要完全由無意識程序所決定。這通常會採取全然意料之外且令人驚訝的形式——動物般發聲、以方言或未知的外語說話、以特定文化的薩滿方式吟唱、無意義的語句或嬰兒般的發聲。同樣常見的是全然意料之外的身體反應，例如劇烈的顫抖、抽動、咳嗽與嘔吐，還有不同的典型動物行動——攀爬、飛行、挖掘、爬行、遊走等等。重點是，協助者要鼓勵並支持自發性出現的一切，而不是運用某一治療派別所提供的某些技術。

　　這樣的工作必須持續，直到協助者與呼吸者都認為這次療程已經適當地結束。呼吸者應該在舒服與放鬆的狀態結束療程。我們反覆聽到這個階段的呼吸者這麼說：「我一生從沒有這麼放鬆過！」或是「有生以來我第一次感覺我在自己的身體裡

面。」在獲得協助者同意之後，完成療程的呼吸者會進入藝術
室繪製自己的曼陀羅。

提供支持及帶來滋養的身體接觸

在全向呼吸療法中，我們也會使用不同型態的身體介入，
這是設計在深度的前語言層次提供支持。這是基於這樣的觀察：
有兩種本質上不同的創傷型態，需要截然不同的方法。主流心
理治療師目前並不承認這種分別。借用英國法律術語，我們可
以說第一類創傷是「作為創傷」（trauma by commission）。這種
創傷類型是來自於外在介入（例如身體的、情緒的或性的虐待、
嚇人的情境、破壞性的批評、羞辱或取笑）損傷了人的未來發
展。這些創傷代表了無意識中的異元素，此類元素能被帶入意
識，在能量層面釋放並解決。

儘管傳統心理治療並不認同這種分別，但是我們可以說，
第二類創傷為「不作為創傷」（trauma by omission），其性質截
然不同，需要不同的方法。這其實包含了相反的問題：這是一
種正向經驗的缺乏，而這樣的正向經驗對健康的情緒發展非常
必要。嬰兒以及年齡稍大的兒童有著強大的原始需求：他們需
要兒科醫師與兒童精神科醫師稱為「依賴性」（anaclitic，來自
希臘文的 anaklinein，意為依靠著）的對本能滿足與安全感的需
求。這些需求包含需要被擁抱並感覺肌膚接觸；需要被撫摸及
安慰；需要被戲耍；需要成為人類注意力的中心。如果這些需
求沒有得到滿足，這會對個人的未來產生嚴重的負面後果。

　　許多人在嬰兒期與童年都有情緒剝奪、遭受拋棄與忽略的經歷，這會對依賴性需求造成嚴重挫折。其他人則是早產，因此生命最初幾個月都得住在保溫箱，沒有親密的人類接觸。要療癒這類創傷的唯一方式，就是在意識全向狀態中透過支持性的身體接觸來提供經驗層面的矯正。這種方法要能有效，人就必須深度退行到嬰兒期的發展階段，否則校正措施無法觸及發生創傷的發展層次。

　　根據先前同意的條件，這種身體性支持可能包括簡單的牽手，或是從碰觸額頭到全身的接觸。運用滋養性身體接觸能非常有效地療癒早期的情緒創傷，但是它的使用需要遵循嚴格的道德規範。我們必須在療程開始前向呼吸者與陪伴者解釋這個技術的理論與原因，並且得到他們同意才能使用。在任何條件下，都不可以在未事先取得同意時進行這個方法，也不能施加壓力以獲得同意。對許多曾經歷性侵的人而言，身體接觸是非常敏感且具有情緒張力的議題。

　　相當常見的情況是，最需要這類療癒碰觸的人會有最強的抗拒態度。有時候需要時間及數次療程才會讓人對協助者及團體發展出足夠的信任，因此能接受這個方法並從中獲益。支持性的身體碰觸必須完全用於滿足呼吸者的需求，而不是滿足陪伴者或協助者的需求。這麼說指的不僅是性的需求或對親密感的需求，儘管這是最明顯的問題。同樣有問題的可能是陪伴者強烈需要被他人需要、被愛、被欣賞，還有未受滿足的母性需求與其他形式上較不極端的情緒渴望與需求。

　　我們在加州大索爾的伊沙蘭機構舉辦的工作坊曾發生過一

個事件，可作為這點很好的範例。在我們五日研討會的開始，其中一位參與者是已過更年期的婦女，她曾與團體分享自己一直以來有多渴望擁有孩子，也因為沒有孩子而承受多少痛苦。在某次全向呼吸療法療程中，她為一位年輕男士擔任陪伴者，過程中她突然拉住夥伴的上半身並壓向自己的懷中，開始搖晃並安撫他。她的時機再糟糕也不過了；後來在團體分享時，我們發現那位男士正處在前世經驗的過程中，他是正在進行軍事行動的強大維京戰士。他帶著很好的幽默感描述，剛開始他想將這種搖晃當成海上船隻的晃動。不過，當她開始加入安撫的寶寶話語，他就無法再繼續下去，只能回到普通現實中。工作坊中的那位女士，她有如此強大的母性需要，而這些需要控制了治療過程，讓她無法客觀地評估情況並採取恰當的行動。

　　如果呼吸者已經退行到嬰兒期早期，這通常很容易辨認。在深度的年齡退行中，臉部的皺紋通常會消失，人的外表與行為會確實像是嬰兒。這點可能包括不同的嬰兒姿勢與手勢，還有大量的流口水與吸拇指。其他時候，提供身體接觸是否適當，可以從脈絡中明顯看出；例如，當呼吸者剛剛重新經歷生物誕生，並且看起來失落且孤單的時候。

　　我們運用這個方法從未遭遇任何問題，只要是在團體情況下進行。我們會向參與者解釋這個方法的理由，而他們全都瞭解。一切都公開進行，每個人都看到發生了什麼事。將這個治療策略帶到個人執業並且在一對一關起門來的情況進行，就需要關於界線的特別提醒。曾經有些案例，治療師將這個方法運用到個人的診間，因此遭遇嚴重的倫理問題。

在全向狀態中透過運用滋養性身體接觸來療癒拋棄、排斥、情緒剝奪所造成的創傷，這種作法是由兩位倫敦的精神分析師寶琳・麥克理克（Pauline McCririck）與喬依絲・馬汀（Joyce Martin）所發展出來的。她們運用這種方法——她們稱為「融合療法」（fusion therapy）——的對象是她們的 LSD 患者。在療程中，她們的個案會花數小時在深度的年齡回溯中，躺在躺椅上蓋著毯子，同時寶琳或喬依絲會躺在他們身邊，深深擁抱他們，就像好的母親在安撫孩子時所做的那樣（Martin 1965）。

他們的革命性方法事實上讓 LSD 治療師社群產生分裂與對立。某些治療師發現這是力量很強大、很合理的方式來療癒「不作為創傷」——亦即由情緒剝奪及缺乏母親良好照顧所造成的情緒問題。其他人則對這種基進的「依賴性治療」感到大為驚駭。他們警告：治療師與個案在非尋常意識狀態中進行密切身體接觸將會對移情／反移情關係造成不可逆的傷害。

1965 年 5 月於紐約的阿米提維爾舉辦了 LSD 心理治療應用的第二次國際研討會，會中寶琳與喬依絲播放了她們關於融合技術在啟靈藥療法應用的迷人影片。在隨後的熱切討論中，多數問題都圍繞著移情／反移情議題。寶琳提供了非常有趣且令人信服的解釋，說明這個方法為何比正統的佛洛依德方法在這方面造成的問題更少。她指出，多數前來進行治療的患者都在自己的嬰兒期與童年遭遇到父母親缺乏情感的問題。佛洛依德派分析師的冰冷態度經常會重新啟動隨之而來的情緒傷口，引發患者迫切嘗試要取得自己以前未能取得的注意力和滿足感（Martin 1965）。

相形之下，根據寶琳的看法，融合治療能滿足舊有的依賴性渴望，並藉此提供了矯正的經驗。患者的情緒傷口若是獲得療癒，患者就會體認治療師並非恰當的性對象，也能夠在治療關係之外找到適合的伴侶。寶琳解釋，這點很類似客體關係的早期發展。在嬰兒期與童年獲得母親適當照料的人就能在情緒層面脫離自己的母親與父親，找到成熟的關係。相形之下，經歷情緒剝奪的人會持續處於病理性執著中，一生中會渴求著、追尋著原始嬰兒需求的滿足。我們偶爾會在馬里蘭精神醫學研究中心的啟靈藥研究計畫中使用融合療法，尤其是在協助末期癌症病患時（Grof 2006）。

在 1970 年代中期我們發展出全向呼吸療法時，依賴性支持成為我們工作坊與訓練的核心部分。在結束身體工作的這個部分時，我還想處理一個經常在全向工作坊或經驗式治療的演講脈絡中出現的問題：「為什麼重新經歷創傷記憶會是治療而不是代表著再次創傷（retraumatization）？」最佳的答案來自愛爾蘭精神科醫師伊佛爾·布朗恩（Ivor Browne）的文章〈未經驗過的經驗〉（Unexperienced Experience）（Browne 1990）。他的建議是，在治療中我們並非面對著原始創傷情境的精確重現或重複，而是對於那個創傷第一次完整經驗到適當的情緒與身體反應。這意味著，創傷事件在發生時會記錄於人的內在，但是並未完整地在意識層面進行經驗、處理、整合。

除此之外，遭遇先前受壓抑的創傷記憶的人，已不再如同當時那個處境，不再是那個無助且需依賴他人才能活著的兒童或嬰兒，而是已經長大成人。因此，在強大的經驗式心理治療

中誘發的全向狀態讓人能夠同時在兩種不同的時空座標中存在並運作。完整的年齡退行會讓人可以從兒童的觀點經驗原有創傷情境的所有情緒與身體感受，但同時能從成熟的成人觀點分析並評估治療情境中的記憶。

重新經歷充滿挑戰的創傷記憶的呼吸者，他們的報告支持著前述的理解。從外在觀察者的觀點，他們似乎處在許多傷痛並承受極大痛苦。然而，在療程之後，他們說自己其實對整個過程有著正向的主觀感受。他們感覺自己將傷痛從身體中淨化，並且體驗到紓解而不是痛苦。

曼陀羅繪製：藝術的表現力

曼陀羅（mandala）源自梵文，原意為「圓圈」或「完成」。這個詞最普遍的意義可以用來描述任何呈現出繁複幾何對稱性的圖像，例如蜘蛛網、花朵的花瓣排列、海貝（例如沙錢這種海膽）、萬花筒內的圖像、哥德式大教堂的鑲嵌玻璃，或是迷宮般的圖像。曼陀羅是一種眼睛能輕易掌握的視覺建構物，因為它符合視覺感知器官的結構。眼睛的瞳孔本身就具備簡單的曼陀羅型態。

在儀式性與靈性實踐中，「曼陀羅」一詞指的是能以素描、彩繪、捏塑，或以舞蹈表現的圖像。在印度教、佛教、金剛乘、耆那教的密宗派別中，這個詞指的是由基本幾何圖形（點、線、三角形、方形、圓形）、蓮花、花朵、複雜的圓形形象與場景構成的繁複宇宙圖像。它們用來作為重要的靜心輔助，幫助修

持者將注意力集中於內在，引導他們前往特定的意識狀態。

　　儘管曼陀羅在印度教、佛教、耆那教的密宗派別中的使用特別細緻且繁複，但是作為靈性修持的一部分的曼陀羅繪製藝術可以在許多其他文化中發現。「聶里卡」（nierikas）是一種特別美麗的曼陀羅，是墨西哥中部的惠喬族（Huichol）印地安人使用毛線編成的畫作，描繪的是儀式性服用烏羽玉仙人掌之後產生的靈視。納瓦荷印地安人在療癒儀式與其它儀式中使用的繁複沙畫，以及澳洲原住民的樹皮畫也都包括了許多繁複的曼陀羅圖形。

　　鍊金術和不同文化的靈性與宗教修持對曼陀羅的運用吸引了榮格注意；他注意到類似模式也出現在他的患者的繪畫中，而那些患者是處在特定的心理靈性發展階段。根據他的看法，曼陀羅是「在心理層面表達了自我的全貌」。用他自己的話說：「這類圓形圖像所加諸的嚴密模式會彌補心靈狀態的失序與混亂——換句話說，這是藉助於建構一個萬物都與之關聯的中心點」（Jung 1959）。

　　我們運用曼陀羅繪畫的方式是從藝術治療師瓊安・凱洛格（Joan Kellogg）的工作中獲得啟發；她也是我們在馬里蘭精神醫學研究中心的團隊成員，參與啟靈藥治療的執行。在她於紐澤西州的懷科夫與帕特森等地的精神醫院擔任藝術治療師時，瓊安曾分發紙張給數百位病患，紙上畫了一個圓圈的輪廓，另外還給他們繪畫的工具，請他們畫下心中出現的任何事物。她能在這些患者的心理問題和臨床診斷以及他們畫作的特徵（例如用色、偏愛尖銳或圓潤的形狀、同心圓的使用、曼陀羅的分

區、他們是否尊重圓圈的界線等）之間找到顯著的相互關係。

　　瓊安在馬里蘭精神醫學研究中心會比對受試者在啟靈藥療法前後所繪製的曼陀羅，在曼陀羅的基本特徵、啟靈經驗的內容，以及治療的成果之間尋找相互關係。我們發現，她的方法在我們全向呼吸療法的工作中非常有用。瓊安自己將曼陀羅繪製視為一種心理檢測，並且以數篇論文來描述詮釋不同特徵的標準（Kellogg 1977, 1978）。在我們的工作中，我們不會詮釋曼陀羅，而是在團體分享時運用曼陀羅當作呼吸者經驗的資訊來源。

　　除了曼陀羅繪製外，另一個有趣的選擇是由席娜‧佛斯特（Seena B. Frost）發展出的，名為「心靈拼貼」（SoulCollage）的方法（Frost 2001）。許多參與全向工作坊、訓練與治療的人，一旦面對要素描或彩繪都會遭遇心理的阻礙。這通常根源於他們童年時在美術課因為自己的教師以及／或是同學而發生的創傷經驗，也可能是因為他們普遍的自我價值低落讓他們懷疑自己的能力並且麻痺了他們的表現。

　　「心靈拼貼」會幫助這類人克服自己的情緒阻礙與抗拒；這是幾乎任何人都能做的創作過程，因為它運用既有的畫作或照片。參與者拿到的不是素描與彩繪的工具，而是各種附插圖的雜誌、型錄、日曆、卡片、明信片。他們也可以帶來家族相本中的個人照片或是自己拍攝的人物、動物、風景照片。他們可以用剪刀剪下那些似乎適合描繪自我經驗的圖像片段；他們要將圖片拼湊起來，黏在預先剪裁好的紙板上。如果他們參與持續進行的團體活動，最終就會累積成一疊紙卡，這會對他們

有深刻意義。他們可將這些卡片帶到朋友家；帶到個人治療的
療程或是支持團體，或是用它們來裝飾自己的家。

全向療程的程序

全向療程的性質與程序相當因人而異，每個療程也會有相
當差異。某些人會保持完全靜默且幾乎沒有動作。他們或許會
有非常深層的經驗，但是旁人會覺得什麼事都沒發生或是他們
正在睡覺。其他人則會相當活躍，表現出豐富的肢體活動，甚
至到躁動且狂亂的程度。他們會經歷強烈的顫抖與複雜的扭曲
動作，四處翻滾碰撞，保持胚胎的姿態，表現得像是嬰兒在產
道內掙扎，或是呈現出新生兒的外觀與動作。爬動、滑行、游
泳、挖掘，或是攀爬的動作也相當常見。

偶爾，動作與手勢會非常細緻、繁複、相當明確、具有顯
著差異。它們可能表現為奇特的動物動作，模仿蛇、鳥或貓科
獵食者並伴隨相應的聲音。有時呼吸者會自發地做出不同的瑜
伽姿勢與儀式性手勢（體位法與手印），儘管他們在心智上並
不熟悉這些姿勢。在某些罕見的情況中，自發性動作以及／或
是聲音很類似不同文化的儀式性或劇場表演──薩滿吟唱、爪
哇舞蹈、印尼峇里島的卡恰舞、日本能劇，或是像五旬節聚會
那樣以方言說話。

在全向療程中觀察到的情緒表現範圍很廣。在光譜的一邊，
參與者可能遭遇非凡的幸福感、深沉的平靜、寧靜、安詳、喜
悅、宇宙合一或出神的狂喜；在光譜另一邊則是難以描述的恐

怖、吞食一切的罪惡感、意圖謀殺的攻擊性，或是永恆的詛咒。
這些情緒的強度可能超越日常生活的意識狀態所能經驗或甚至
想像的程度。這些極端的情緒狀態通常與本質為周產期或超個
人層面的經驗有關。

在全向呼吸療法療程所觀察到的經驗光譜中央，這裡的情
緒特質較不極端，也更接近我們在日常生活中所熟知的：憤怒、
焦慮、悲傷、無助、失敗感、自卑感、羞愧、罪惡感或噁心等。
這類感受典型連結到生活史記憶；它們的根源是來自嬰兒期、
童年與生命後期的創傷經驗。它們的正向對應則是快樂、情緒
滿足、喜悅、性滿足，以及熱情與活力全面增加的感覺。

有時快速呼吸並不會誘發出任何身體的緊張或是困難的情
緒，而是直接導向更加放鬆、一種擴展與幸福感，以及看到光
明。呼吸者會感覺充滿了愛的感覺並體驗到與其他人、自然、
整個宇宙及神的神秘連結。這類正向情緒狀態通常是在全向療
程即將結束時出現，就在充滿挑戰與紛擾的經驗部分已經處理
完成之後。偶爾，正向或甚至狂喜的感覺會延伸到整段療程的
進行過程。

驚人的是，在我們的文化中有這麼多人，出於強烈的新教
倫理觀或其他原因，相當難以接受狂喜經驗，除非這些經驗是
在苦難與努力之後出現，即使這樣也不見得會接受。這些人
對這類經驗的回應通常帶著些罪惡感，或是感覺自己並不值
得。同樣常見的是，尤其在心理健康專業人士身上，會帶著疑
惑與不信任去回應正向經驗，認為這些都是反向作用（reaction
formation），隱藏並遮掩著某些特別痛苦、令人討厭、無法接受

的材料。如果是這種情況，非常重要的是說服呼吸者正向經驗是非常療癒的，要鼓勵他們毫不保留地接受這類經驗是意料之外的恩典。

適當整合的全向呼吸療法療程會造成深度的情緒釋放、身體放鬆以及一種幸福感。系列性的呼吸療法療程會提供相當強大且有效的方法來舒緩壓力，也能帶來驚人的情緒與心身療癒。這種工作另一個常見的結果就是，人會與自己的心靈及整體存在的神聖層面建立連結。某些受過訓練的協助者已經在運用全向呼吸療法的深度放鬆效果，並且以「壓力舒緩」的標籤提供給不同的公司；其他人則運用全向呼吸療法工作坊的連結效果，並且認為這是一種「團隊建構」的方法。

拙火瑜伽非常強調呼吸的療癒潛力，會將快速呼吸的過程運用於「風箱式呼吸法」（bhastrika）的靜心修持，有時在稱為「淨行」的情緒與身體的顯現中也會自發地出現快速呼吸現象。這也符合我自己的經驗，亦即類似自發的快速呼吸現象會出現在精神病患身上，而這些被診斷為過度換氣症候群的現象其實是自我療癒的嘗試。這類現象應該加以鼓勵並支持，而不是如同常見的醫療作為那樣一律加以抑制。

全向呼吸療法療程的時間會隨著個人與療程而變動。為了讓這個經驗能以可能的最佳方式整合，重點是要在呼吸者處在過程中時，協助者與陪伴者能持續陪伴。在療程的結束階段，好的身體工作可以顯著促進情緒與身體的解決。與大自然的親密接觸也會有非常舒緩及安定的效果，會幫助整合這個療程。在這方面特別有效的是接觸水，例如浸入浴缸或是在游泳池、

湖泊、海洋中游泳。

曼陀羅繪製與團體分享

　　等到療程完成，呼吸者回到普通意識狀態，陪伴者會陪著他或她前往曼陀羅室。這個房間有各種藝術創作工具，例如粉彩筆、麥克筆、水彩，以及大型素描本。這些素描本的紙上用鉛筆畫出大約餐盤那麼大的圓形。邀請呼吸者坐下來，冥想自己的經驗，然後設法透過這些工具來表達療程中所發生的一切。

　　曼陀羅繪製沒有特別的規範。某些人單純製作色彩的組合，某些人則建構幾何的曼陀羅或是象徵性的素描與彩繪。後者或許代表在療程中發生的靈視，或是一種圖像式的遊記，裡面有幾個明確序列。偶爾，呼吸者會決定要用好幾幅曼陀羅來記錄一次療程，分別反映這個療程的不同面相或階段。在某些罕見的案例中，呼吸者不知道自己想畫什麼，因此產生出自動繪畫。

　　我們也見過這樣的案例，曼陀羅表現的並非剛剛完成的療程，而其實是預測了下一次的療程。這點符合榮格的想法，亦即心靈的產物無法由先前的歷史事件來完整解釋。在許多例子中，它們不僅具備回顧的層面，也具備預測的（目的論或本質終極性）層面。某些曼陀羅因此反映出榮格稱為個體化程序的心靈運動，並且透露出它即將來臨的階段。除了曼陀羅繪製，另一個可能的選擇就是黏土雕塑。我們之所以導入這個方法，是因為團體中有視力障礙的參與者，而他們無法繪製曼陀羅。有趣的是，其他某些沒有視力障礙的參與者，如果可以選擇，

也偏愛使用這種媒材，或者選擇將曼陀羅與三度空間的人像結合起來。

當天稍晚，呼吸者會將自己的曼陀羅帶來分享時段，這時他們會談談自己的經驗。帶領團體的協助者所採用的策略，是鼓勵在經驗分享時有最大程度的開放與誠實。參與者揭露自己療程內容（包含不同的親密細節）的意願會有助於團體內關係的連結與信任的培養。這會鼓勵其他人以同樣的誠實來分享，會讓治療過程更深刻、更強化、更快速。

與多數心理治療學派的實踐不同的是，協助者要避免詮釋參與者的經驗，這是因為既有學派之間對心靈的功能、心靈主要的驅動力，以及症狀的成因與意義缺乏一致看法。在這樣的情況下，任何詮釋都是可質疑且武斷的。避免進行詮釋的另一個原因是，心理內容一般而言都是多重決定的，可以有意義地連結到心靈的許多層面（Grof 2010, Grof 1975）。提供推測的確切解釋或詮釋還帶著這樣的危險，可能凍結整個過程並干涉治療的進程。

另一個更有建設性的選擇，就是提出問題，讓問題協助由個案自己的觀點導引出額外的資訊，作為經驗者的個案是自己經驗的最終專家。當我們有耐心並抗拒那種分享自己印象的誘惑，那麼參與者經常會自行找到最符合自己經驗的解釋。偶爾，很有幫助的做法是分享我們自己過去就類似經驗的觀察，或是指出與團體中其他成員經驗的連結。如果經驗中包含原型材料，那麼運用榮格的擴大方法也會很有幫助，亦即指出特定經驗與來自不同文化的類似神話主題之間的相應之處，或者也可以參

考好的象徵符號字典。

後續及輔助性技術的使用

在發生重大的情緒突破或開啟了強大療程過後數日，有許多種輔助性方法能促進良好的整合，其中包括與經驗豐富的協助者討論這次療程、寫下經驗的內容、繪製額外的曼陀羅、靜心與動態靜心（例如哈達瑜伽、太極、氣功）。如果全向經驗開啟了通往大量的，先前受到阻塞的身體能量，那麼非常有用的方法，就是在容許情緒表達的實踐者協助下進行良好的身體工作，或是從事慢跑、游泳及其他形式的身體運動或是表達性的舞蹈。

朵拉‧卡爾夫的榮格式沙遊療程（Kalff and Kalff 2004）、弗利茲‧波爾斯（Fritz Perls）的完形治療（Perls 1976）、雅可布‧莫雷諾（Jacob Moreno）的心理戲劇（Moreno 1948），或是法蘭西妮‧夏碧洛（Francine Shapiro）的「眼動減敏再處理法」（Eye movement Desensitization and reprocessing，簡稱為 EMDR）（Shapiro 2001）都能相當有助於精煉全向經驗的洞見並了解其內容。許多全向呼吸療法協助者都認為，在他們的工作坊中納入伯特‧海靈格（Bert Hellinger）的家族排列工作會很有趣，而這個方法是他將自己擔任天主教神父與傳教士時前往非洲時，從祖魯人那裡學到的一個程序加以調整而來的（Hellinger 2003）。

全向呼吸療法的治療潛力

　　克莉絲緹娜和我是在臨床環境之外發展出全向呼吸療法的，包括在加州大索爾的伊沙蘭機構多次舉辦的，為期一個月的研討會與短期工作坊、在世界各地舉辦的各種呼吸療法工作坊，以及我們為協助者所舉辦的訓練計畫。我還沒有機會以進行啟靈藥療法那樣嚴格的方式來測試這個方法的治療有效性。馬里蘭精神醫學研究中心的啟靈藥研究包含了對照性的臨床研究，搭配心理學測驗以及系統性、專業執行的後續追蹤。

　　然而，全向呼吸療法的治療結果經常是如此戲劇化，而且充滿意義地連結著療程中的特定經驗，因此我毫不懷疑，全向呼吸療法是可行的治療形式與自我探索方法。這些年來，我們看過太多例子，工作坊與訓練的參與者能夠破除持續數年的憂鬱，克服不同的恐懼症，讓自己由吞食一切的非理性感覺中獲得自由，極端地改善他們的自信與自我價值。我們也多次見證過嚴重的心身性疼痛（包括偏頭痛）消失，見證過心因性氣喘的徹底與持續改善，甚至完全消失。

　　有許多次，訓練或工作坊的參與者認為，自己參與幾次全向療程的進展堪比數年的談話治療。當我們討論要評估強大的經驗式心理治療（例如運用啟靈藥或全向呼吸療法）的有效性，重點是要強調這些方法與談話性治療的某些根本差異性。談話式心理治療通常持續數年，重大且刺激的突破通常是罕見的意外，一般很難看到。

　　如果在談話式心理治療中出現症狀的變化，那是發生在較

寬的時間尺度，很難證明它們與治療中的特定事件或整體的治療程序之間的因果連結。相形之下，在啟靈藥療程或全向呼吸療法療程中，強大的變化可能在幾小時內出現，而且能令人信服地連結到特定經驗。全向呼吸療法中觀察到的改變並不僅限於傳統上認為是情緒性或心身性的情況。在許多案例中，呼吸療法療程會導致在醫學手冊中描述為器官型疾病的身體症狀出現戲劇性改善。

這類戲劇性改善包括清除慢性感染（鼻竇炎、咽喉炎、支氣管炎、膀胱炎等），就在生物能量阻塞解開之後，相應區域的血液循環也隨之開啟。另一個例子是，有位骨質疏鬆的女性，她發現自己的骨骼在全向訓練的過程中變得更為扎實，其原因至今仍無法解釋。我們也曾看過十五位罹患雷諾氏症（Raynaud's Disease，這種疾病包含手腳冰冷以及皮膚的營養不良型變化）患者的末梢循環完全重建。

在許多例子中，全向呼吸療法導向關節炎的驚人改善。在這全部的案例中，促進療癒的關鍵因素似乎都是這樣：受影響的身體部位，因為血管舒張而讓過多的生物能量阻塞獲得釋放。在這個類別最驚人的觀察是，嚴重的大動脈炎（Takayasu arteritis）症狀出現戲劇性的緩解──大動脈炎的病源未知，其特徵為上半身的動脈會逐漸栓塞。這種情況一般認為會逐漸加劇，無法治癒且具有潛在的致死性。

在許多案例中，全向呼吸療法的療癒潛力獲得臨床研究的正視，這些研究的執行者有些接受過我們的訓練，有些則是獨立在自己的工作中運用這個方法。有相當數量的臨床研究也是

由俄羅斯的精神科醫師與心理醫師所執行，他們並未參與我們的協助者訓練。在我們關於全向呼吸療法的書中，我們在書目中特別列出了包含或關係到全向呼吸療法的研究（Grof and Grof 2010）。

在許多場合，我們也有機會得到不少人的非正式回饋：在我們的訓練或工作坊的全向療程之後，他們的情緒、心身、身體症狀已經改善或消失了多年。這也告訴我們，在全向療程中達成的改善通常是持續的。我希望這種有趣且充滿可能性的自我探索與治療的方法，能在未來透過設計良好的廣泛臨床研究而證明其有效性。

全向呼吸療法包含的生理機制

由於全向呼吸療法對意識有強大的效應，因此思考可能相關的生理與生物化學機制會很有趣。許多人相信，當我們呼吸變快，就會將更多氧氣帶進身體與腦部。不過情況其實更為複雜。確實，較快速的呼吸會帶進更多空氣（當然還有氧氣）進入肺部，不過這也會消除二氧化碳並造成身體某些部位的血管收縮。由於二氧化碳是酸性的，因此血液中的二氧化碳減少會增加血液的鹼性，而在鹼性的環境下，相對而言有較少的氧氣會轉移到細胞組織。這點進而會觸發體內的恆定機制進行反向運作：腎臟會排出更為鹼性的尿液來彌補這個改變。

會以血管收縮的方式回應更快速呼吸的身體部位還包括腦部，這會降低進入的氧氣量。除此之外，氣體交換的程度並不

僅取決於呼吸的速率，還包括呼吸的深度，這會影響「死區」（氧氣與二氧化碳交換不會發生的區域）的大小。因此，情況相當複雜，並不容易在缺乏一系列特定實驗室檢驗的情況下評估個別案例的整體處境。

然而，如果我們考慮前述所有的生理機制就會發現，全向呼吸療法中的情況非常類似置身於高山的山頂，在此氧氣較少，而且二氧化碳濃度因為補償性的快速呼吸而降低。腦部的新皮質（neocortex）——從演化觀點來看是腦部最年輕的部分——普遍來說對各種影響（例如酒精與缺氧）都比腦部其他部位更為敏感。這個情況因此會造成皮質功能的抑制，讓腦部古代部位的活動增強，讓無意識程序更容易取得。

有趣的是，許多居住在極端高海拔的人群（甚至整個文化）都以更為進階的靈性而著名。在這個脈絡中，我們可以想到的有喜瑪拉雅山的瑜伽士、青藏高原的藏傳佛教徒、祕魯安地斯山脈的古印加人與克丘亞人（Q'eros）。我們或許會很想將這歸因於在氧氣含量較低的大氣環境下，他們更容易觸及超個人經驗。不過，長時間停留較高海拔地區會造成生理的調適，包括脾臟補償性過度製造紅血球。因此，在全向呼吸療法中的急性情況，或許不能直接比擬為長時間停留於高山地區。

無論如何，從描述腦部的生理變化，到描述全向呼吸療法所誘發的各類豐富現象——例如在經驗層面真實地認同於動物、原型靈視或前世記憶——兩者間有著很長的距離。這個情況很類似 LSD 的心理效應。這個物質有著已知的化學結構，讓我們能以準確的劑量施藥。不過，這種知識並無法提供任何線

索來理解它所觸發的經驗。這兩種方法都能誘發超個人經驗，讓人透過超感官管道獲得關於宇宙準確的新資訊，這點讓人很難相信這樣的經驗是儲存於腦部。

在進行麥司卡林與 LSD 療程之後，阿道斯‧赫胥黎得出這個結論：我們的腦部不可能是它所經驗的如此豐富且神奇的各類現象的泉源。他認為腦部的功能很可能類似於減壓閥，隔絕我們與更為無限龐大的宇宙性輸入。諸如「沒有物質基礎的記憶」（Foerster 1965）、謝德拉克的「形態形成場」（morphogenetic fields）理論（Sheldrake 1981），以及拉胥羅的「PSI 場」與「阿卡莎全息場」（Laszlo 2004）會為赫胥黎的概念帶來重要的支持並且讓它越來越可信。

結論是，我想將運用意識全向狀態的心理治療（普遍層面）以及全向呼吸療法（特殊層面）來與談話治療做比較。心理治療的談話方法企圖幫助個案記起相關的、被遺忘與被壓抑的生命事件，或是透過對夢境、精神官能症狀，或是對治療關係（移情作用）的扭曲加以分析，並以這些方式來間接地觸及情緒與心身問題的根源。

多數的談話式心理治療所運用的心靈模型侷限於出生後生活史以及佛洛依德式個人無意識。他們運用的技術也無法觸及心靈的周產期及超個人層次，因此無法觸及他們試圖療癒的障礙的更深根源。讓談話式治療的侷限特別明顯的是具有強大身體成分的創傷事件回憶，例如困難的出生過程、幾乎溺水的事件、吸入異物造成的嗆到、受傷或疾病。這類創傷無法透過加以談論來處理並解決；它們必須重新經歷，讓附著於它們的情

緒與阻礙的身體能量能夠完全表現。

全向呼吸療法的其他優點在於經濟面；這些優點關係到呼吸療法團體的參與者人數與需要的受過訓練的協助者人數比例。在 1960 年代，當我接受分析訓練時，當時的估計是古典精神分析師一生治療大約八十位患者。儘管心理治療從佛洛依德的時代之後已經有種種改變，但是需要治療的個案人數與可以提供專業的治療師人數仍然相當不理想。

典型的全向呼吸療法團體需要一位受過訓練的協助者搭配八到十位團體參與者。儘管有人會抗議說傳統的團體心理治療有類似或甚至更佳的治療師／個案比例，但重點在於要考慮到在呼吸療法團體中，每位參與者的個人經驗都特別聚焦於自己的問題上。全向呼吸療法提供更強大的治療機制，而且它會運用其他團體成員的療癒潛力，而他們不需要具備特殊的訓練就能成為好的陪伴者。

陪伴者也反覆回報：協助他人對他們而言是多麼深刻的經驗，能見證另一個人如此私密且親密的過程是如何的榮幸，而且他們從中又學到了多少。許多參加過全向呼吸療法工作坊的人會變得對這個過程非常感興趣，而且決定報名接受訓練擔任協助者。來自不同國家，完成我們的訓練並獲得協助者認證的人數已經超過兩千人。儘管他們並不全都提供工作坊，但是全向呼吸療法的這種「連鎖反應」讓我們對未來的對照式臨床研究感到相當樂觀。

我還想提到一個令人興奮的潮流：參與者在全向呼吸療法訓練中獲得的理論知識與實務技巧，對整個全向意識型態的範

疇都非常有益且實用。這包含啟靈藥與不同的非藥物方法（例如靈性修持與薩滿方法）所誘發的意識全向狀態，還有自發性的意識全向狀態（靈性緊急狀態）。

　　考量到當前全世界對啟靈藥研究重新燃起興趣，特別是MDMA療法在創傷後壓力症候群病患間所獲得的成功，以及裸蓋菇鹼及LSD輔助心理治療在治療患有危及生命的疾病又承受嚴重焦慮的患者間獲得的成功，我們可以想見，在不遠的將來，如果某些這類治療成為主流，那或許會需要數量顯著的陪伴者。因為預測到這個可能，加州整合學院近年來已經開始為啟靈藥療程的陪伴者辦理認證課程，也決定要運用全向呼吸療法來訓練這個課程的學員，以待將來能合法地提供他們啟靈藥訓練課程之時。

參考文獻

Browne, I. 1990. "Psychological Trauma, or Unexperienced Experience." *Re-Vision Journal* 12(4):21-34.

Foerster, H. von. 1965. *Memory without a Record. In: The Anatomy of Memory* (D. P. Kimble, ed.). Palo Alto: Science and Behavior Books.

Freud, S. and Breuer, J. 1936. *Studies in Hysteria.* New York, NY: Penguin Books.

Freud, S, 2010. *The Interpretation of Dreams.* Strachey, James. New York: Basic Books A Member of the Perseus Books Group.

Frost, S. B. 2001. *SoulCollage.* Santa Cruz, CA: Hanford Mead Publications.

Goldman, D. 1952. "The Effect of Rhythmic Auditory Stimulation on the Human Electroencephalogram." *EEG and Clinical Neurophysiology* 4: 370.

Grof, S. 1975. *Realms of the Human Unconscious: Observations from LSD Research.* New York. Viking Press. Republished as *LSD: Gateway to the Numinous.* Rochester, VT: Inner Traditions.

Grof, S. 2000. *Psychology of the Future: Lessons from Modern Consciousness Research.* Albany, NY: State University of New York (SUNY) Press.

Grof, S. 2006. *The Ultimate Journey: Consciousness and the Mystery of Death.* Santa Cruz, CA: MAPS Publications.

Grof, S. and Grof, C. 2010. *Holotropic Breathwork: A New Approach to Self-Exploration and Therapy.* Albany, NY: State University of New York (SUNY) Press.

Hellinger, B. 2003. *Farewell Family Constellations with Descendants of Victims and Perpetrators* (C. Beaumont, translator). Heidelberg, Germany: Carl-Auer-Systeme Verlag.

Jilek, W. J. 1974. *Salish Indian Mental Health and Culture Change: Psychohygienic and Therapeutic Aspects of the Guardian Spirit Ceremonial.* Toronto and Montreal: Holt, Rinehart, and Winston of Canada.

Jilek, W. 1982. "Altered States of Consciousness in North American Indian Ceremonials." *Ethos* 10:326-343.

Jung, C. G. 1959. *Mandala Symbolism.* Translated by R. F. C. Hull. Bollingen Series. Princeton, NJ: Princeton University Press.

Kalff, D. and Kalff, M. 2004. *Sandplay: A Psychotherapeutic Approach to the Psyche.* Cloverdale, CA: Temenos Press.

Katz, R. 1976. The Painful Ecstasy of Healing. *Psychology Today,* December.

Kellogg, J. 1977. The Use of the Mandala in Psychological Evaluation and Treatment. *Amer. Journal of Art Therapy* 16:123.

Kellogg, J. 1978. *Mandala: The Path of Beauty.* Baltimore, MD: Mandala Assessment and Research Institute.

Laszlo, E. 2004. *Science and the Akashic Field: An Integral Theory of Everything.* Rochester, VT: Inner Traditions.

Lee, R. B. and DeVore, I. (eds.) 1976. *Kalahari Hunter-Gatherers: Studies of the !Kung San and Their Neighbors.* Cambridge, MA: Harvard University Press.

Martin, J. 1965. LSD Analysis. Lecture and film presented at the Second International Conference on the Use of LSD in Psychotherapy held at South Oaks Hospital, May 8-12, Amityville, NY. Paper published in: H. A. Abramson (ed.) *The Use of LSD in Psychotherapy and Alcoholism.* Indianapolis, IN: Bobbs-Merrill. Pp. 223-238.

Moreno, J. L. 1948. "Psychodrama and Group Psychotherapy." *Annals of the New York Academy of Sciences* 49 (6):902-903.

Neher, A, 1961. "Auditory Driving Observed with Scalp Electrodes in Normal Subjects." *Electroencephalography and Clinical Neurophysiology* 13:449-451.

Neher, A. 1962. "A Physiological Explanation of Unusual Behavior Involving Drums." *Human Biology* 14:151-160

Perls, F. 1976. *The Gestalt Approach and Eye-Witness to Therapy.* New York, NY: Bantam Books.

Ramacharaka (William Walker Atkinson). 1903. *The Science of Breath.* London: Fowler and Company, Ltd.

Reich, W. 1949. *Character Analysis.* New York, NY: Noonday Press.

Reich, W. 1961. *The Function of the Orgasm: Sex-Economic Problems of Biological Energy.* New York, NY: Farrar, Strauss, and Giroux.

Shapiro, F. 2001. *Eye Movement Desensitization and Reprocessing: Basic Principles, Protocols, and Procedures.* New York, NY: Guilford Press.

Sheldrake, R. 1981. *A New Science of Life: The Hypothesis of Formative Causation.* Los Angeles, CA: J.P. Tarcher.

關於作者──

　　醫學和哲學博士史坦尼斯拉弗‧葛羅夫（Stanislav Grof, M.D., Ph.D.）是擁有超過六十年研究非尋常意識狀態經驗的精神科醫師，也是超個人心理學的創建者及主要的理論家之一。他生於捷克的布拉格並在此地接受科學訓練，由查理大學醫學院（Charles University School of Medicine）取得醫學博士學位，由捷克科學院（Czechoslovakian Academy of Sciences）取得醫學哲學博士學位。他也榮獲佛蒙特大學（University of Vermont，位於佛蒙特州的伯靈頓市）、超個人心理學研究所（Institute of Transpersonal Psychology，位於加州的帕羅奧圖）、加州整合學院（California Institute of Integral Studies，簡稱CIIS，位於舊金山）、以及世界佛教大學（World Buddhist University，位於泰國曼谷）等機構頒贈榮譽博士學位。

　　他的早期研究是在布拉格的精神醫學研究所進行，並在該單位主持一項研究LSD與其他啟靈藥的啟發及治療潛力的計畫。1967年，他獲得康乃狄克州紐哈芬市的精神醫學研究補助基金會的獎助金，受邀前往約翰霍普金斯大學及馬里蘭州巴爾的摩市的斯普林格羅夫醫院研究部門擔任臨床及研究人員。

　　1969年，他成為約翰霍普金斯大學的精神醫學助理教授，

並且在馬里蘭精神醫學研究中心（Maryland Psychiatric Research Center，位於馬里蘭州的卡頓斯維爾市）擔任精神醫學研究主任並持續研究。1973 年，他受邀前往位於加州大索爾的伊沙蘭機構（Esalen Institute）擔任駐校學者，並在此處與他如今已過世的妻子克莉絲緹娜共同發展出全向呼吸法，這是一種創新的經驗式心理治療，如今已在全世界運用。

葛羅夫醫師是國際超個人學會（International Transpersonal Association，簡稱 ITA）的創辦者，擔任主席數十年。1993 年，他榮獲超個人心理學學會（Association for Transpersonal Psychology，簡稱 ATP）頒贈榮譽獎章，表揚他對超個人心理學領域的發展所做出的貢獻，頒獎典禮在該會於加州阿西羅瑪所召開的 25 週年年會上舉行。2007 年，他榮獲捷克布拉格的達格瑪及瓦茨拉夫·哈維爾基金會頒贈聲譽卓著的願景 97（Vision 97）終生成就獎。2010 年，他榮獲出生前及周產期心理學與健康學會（Association for Pre- and Perinatal Psychology and Health，簡稱 APPPAH）頒贈湯瑪斯·維爾尼獎（Thomas R. Verny Award），表彰他對本領域的關鍵貢獻。他也受邀擔任 MGM 公司出品的《尖端大風暴》（Brainstorm）以及福斯公司出品的《千禧年》（Millenium）等科幻電影的特效顧問。

葛羅夫醫師的出版品包括超過 160 篇專業期刊論文及許多書籍，包括 2009 年的《LSD：通往內在神聖的大門》（LSD: Doorway to the Numinous）、1985 年的《大腦之外》（Beyond the Brain）、1978 年的《LSD 心理治療》（LSD Psychotherapy）、1990 年的《宇宙遊戲》（The Cosmic Game）、2000 年的《未來

心理學》（Psychology of the Future）、2006 年的《終極旅程》（The Ultimate Journey）、2006 年的《不可能的事發生之時》（When the Impossible Happens）、1994 年《死者之書》（Books of the Dead）、2012 年的《療癒我們最深的傷口》（Healing Our Deepest Wounds）、2015 年的《現代意識研究以及對藝術的瞭解》（Modern Consciousness Research and the Understanding of Art）、1980 年的《超越死亡》（Beyond Death）、1990 年的《在風暴中尋找自我》（The Stormy Search for the Self）、1989 年的《靈性緊急狀態》（Spiritual Emergency），以及 2010 年的《全向呼吸法》（Holotropic Breathwork），後面四本是與克莉絲緹娜·葛羅夫攜手完成。

這些書籍已經翻譯為 22 種語言，包括德文、法文、義大利文、西班牙文、葡萄牙文、荷蘭文、瑞典文、丹麥文、俄文、烏克蘭文、斯洛維尼亞文、羅馬尼亞文、捷克文、波蘭文、保加利亞文、匈牙利文、拉脫維亞文、希臘文、土耳其文、韓文、日文，以及中文。

自從 2016 年起，他便與布麗姬·葛羅夫快樂成婚。他們一起住在德國與加州，攜手在內在與外在世界暢遊，並且在全世界舉辦研討會及全向呼吸法工作坊。

作者個人網頁：stanislavgrof.com

意識航行之道
The Way of the Psychonaut

醫學和哲學博士史坦尼斯拉弗·葛羅夫
（Stanislav Grof, M.D., Ph.D.）

Note

生命潛能出版社　讀者回函卡

姓名：＿＿＿＿＿＿＿＿　性別：□男　□女　年齡：＿＿

電話（含手機）：＿＿＿＿＿＿＿＿＿＿＿＿＿＿＿

E-mail：＿＿＿＿＿＿＿＿＿＿＿＿＿＿＿＿＿

購買書名：＿＿＿＿＿＿＿＿＿＿＿＿＿＿

購買方式：□書店 □網路 □劃撥 □直接來公司門市 □活動現場 □贈送 □其他 ＿＿＿＿＿

何處得知本書訊息：□逛書店 □網路 □報章雜誌 □廣播電視 □讀書會 □他人推廣 □圖書館
　　　　　　　　　□演講、活動 □書訊 □其他 ＿＿＿＿＿＿

購書原因：□主題 □作者 □書名 □封面吸引人 □書籍文案 □價格 □促銷活動

感興趣的身心靈主題：□天使系列 □高靈/靈魂系列 □塔羅牌/占卜卡 □心理諮商 □身體保健
　　　　　　　　　　□身體保健 □兩性互動 □親子教養 □水晶系列 □冥想/瑜珈

對此書的意見：

期望我們出版的主題或系列：

【聆聽您的聲音　讓我們更臻完美】

　　謝謝您購買本書。對於本書或其他生命潛能的
出版品項，若您有任何建議與感想，歡迎您將上
方的「讀者回函卡」（免郵資）或掃描線上版的
讀者回函表，填妥後寄出，讓我們更能了解您的
意見，作為出版與修正的參考。非常感謝您！

Scan me

線上版讀者回函表

11167
台北市士林區承德路四段234號8樓
生命潛能文化事業有限公司

感謝所有支持及關心生命潛能的廣大讀者群，即日起，
掃描生命潛能官方LINE@ QR Code，您將能獲得：

◆官網專屬購物金
◆當月出版新書資訊
◆不定期享有獲得活動特殊好禮機會
◆新舊書優惠特價資訊
◆最新活動及工作坊開課資訊

心理諮商經典系列15

意識航行之道：內在旅程的百科全書 II

原著書名｜The Way of the Psychonaut：Encyclopedia for Inner Journeys

作　　者｜史坦尼斯拉弗‧葛羅夫 (Stanislav Grof)

譯　　者｜林瑞堂

發 行 人｜王牧絃

總　　監｜王牧絃

執行編輯｜林德偉

封面設計｜Scott Wang

內頁設計｜陳柏宏

出版發行｜生命潛能文化事業有限公司

聯絡地址｜台北市士林區承德路四段 234 號 8 樓

聯絡電話｜(02) 2883-3989

傳　　真｜(02) 2883-6869

郵政劃撥｜17073315 戶名 / 生命潛能文化事業有限公司（劃撥完成請務必來電告知）

E - M A I L｜tgblife66@gmail.com

網　　址｜http://www.tgblife.com.tw

購書八五折，未滿 1500 元郵資 80 元，購書滿 1500 元以上免郵資

內頁編排｜陳柏宏

印　　刷｜博創印藝文化事業股份有限公司‧電話｜(02) 8221-5966

法律顧問｜大壯法律事務所 賴佩霞律師

版　　次｜2020 年 7 月 5 日 初版

定　　價｜380 元

ISBN：978-986-98853-8-6（平裝）

國家圖書館出版品預行編目（CIP）資料

意識航行之道：內在旅程的百科全書 / 史坦尼斯拉
弗‧葛羅夫 (Stanislav Grof) 著；林瑞堂譯 . -- 初版 . --
臺北市：生命潛能文化，2020.07-
　冊；　公分 . -- (心理諮商經典系列；15)
譯自：The way of the psychonaut：encyclopedia for
inner journeys
ISBN 978-986-98853-8-6（第 2 冊：平裝）

1. 超心理學 2. 心靈學
175.9　　　　　　　　　　　　　　109008551

讓生命潛能 帶你探索心靈世界的真、善、美

Life Potential Publishing Co., Ltd